Carlos Fuentes

L'oranger

Traduit de l'espagnol
par Céline Zins

Gallimard

Titre original :
EL NARANJO

LES DEUX RIVES

À Juan Goytisolo

*À l'instar des planètes sur leurs orbites, le monde
des idées tend à la circularité.*

AMOS OZ, *Amour tardif.*

Combien de royaumes nous ignorent !

PASCAL, *Pensées.*

J'ai tout vu. La chute de la grande cité aztèque,
dans le fracas des timbales, le choc de l'acier
contre le pavé et le feu des canons castillans. J'ai
vu les eaux brûlées de la lagune sur laquelle était
bâtie la Grande Tenochtitlán, deux fois plus vaste
que Cordoue.

Tombèrent les temples, les emblèmes, les trophées. Les dieux eux-mêmes s'effondrèrent. Et
dès le lendemain de la défaite, avec les pierres des
temples indiens, nous commençâmes à édifier les
églises chrétiennes. Pour peu que l'on soit curieux
ou court sur pattes, on n'a aucun mal à trouver à
la base des colonnes de la cathédrale de Mexico
les devises magiques du dieu de la Nuit, le miroir
fumant de Tezcatlipoca. Combien de temps dure-
ront les nouvelles demeures de notre Dieu unique, construites sur les ruines non pas d'un, mais
de mille dieux ? Peut-être pas plus que les noms
de ces derniers : Pluie, Eau, Vent, Feu, Ordure...

En fait, je ne sais pas. Je viens de mourir de la
vérole. Une mort atroce, douloureuse, sans

remède. Un bouquet de plaies que m'ont offert mes frères indigènes, en échange des maux que nous les Espagnols leur avons apportés. Je suis ébahi de voir, du matin au soir, cette ville de Mexico peuplée de visages ravagés, marqués par la variole, aussi dévastés que les chaussées de la cité conquise. Les eaux de la lagune s'agitent, bouillonnantes ; les murs ont contracté une lèpre incurable ; les visages ont à jamais perdu leur beauté sombre, leur profil parfait : l'Europe a défiguré pour toujours la face de ce Nouveau Monde qui, à y regarder de près, est plus vieux que l'ancien. Encore que du point de vue olympien que me donne la mort, je vois tout ce qui est arrivé comme la rencontre de deux vieux mondes, tous deux millénaires, puisque les pierres que nous avons trouvées ici sont aussi anciennes que celles d'Égypte et que le destin de tous les empires était déjà écrit, pour toujours, sur les murs du festin de Balthazar.

J'ai tout vu. J'aimerais pouvoir tout raconter. Mais mes apparitions dans l'histoire sont strictement limitées à ce qu'on a dit de moi. Je suis mentionné cinquante-huit fois par le chroniqueur Bernal Díaz del Castillo dans son *Histoire véridique de la conquête de la Nouvelle-Espagne*. La dernière chose que l'on sache de moi, c'est que j'étais déjà mort quand Hernán Cortés, notre capitaine, se lança dans sa malheureuse expédition au Honduras, en 1524. Ainsi en rend compte le chroniqueur et après je sombre dans l'oubli.

Je réapparais, il est vrai, dans le cortège final des fantômes, quand Bernal Díaz énumère le destin respectif des compagnons de la Conquête. L'auteur est doué d'une mémoire prodigieuse ; il se souvient de tous les noms, il n'oublie pas un seul cheval, ni qui le montait. Il n'a peut-être rien d'autre que le souvenir pour le sauver, lui-même, de la mort. Ou de pire encore : la désillusion et la tristesse. Ne soyons pas dupes ; personne n'est sorti indemne de ces entreprises de découverte et de conquête, ni les vaincus, qui assistèrent à la destruction de leur univers, ni les vainqueurs, qui jamais ne parvinrent à la satisfaction complète de leurs ambitions, au contraire même ils eurent à subir des injustices et des déceptions sans fin. Les uns et les autres durent construire un nouveau monde à partir de la défaite partagée. Cela je le sais, moi, parce que je suis déjà mort. Le chroniqueur de Medina del Campo n'en avait pas bien conscience au moment où il relatait la fabuleuse histoire, car s'il débordait de mémoire, il manquait d'imagination.

Il ne manque pas un seul compagnon à son inventaire. Mais la plupart d'entre eux sont congédiés d'une laconique épitaphe : « Ils moururent de mort naturelle. » Quelques-uns, cependant, se distinguent pour être morts « aux mains des Indiens ». Les plus intéressants sont ceux qui connurent un destin singulier, c'est-à-dire, presque toujours, violent.

La gloire et l'abjection, dois-je ajouter, sont également notoires dans ces aventures de la Conquête. Pedro Escudero et Juan Cermeño furent pendus sur ordre de Cortés pour avoir tenté de s'emparer d'un navire avec l'intention de

13

rejoindre Cuba, tandis qu'à son pilote, Gonzalo de Umbría, il ne faisait que couper les orteils, de sorte que, tout mutilé qu'il était, ledit Umbría eut le courage de se plaindre devant le roi, ce qui lui permit d'obtenir des rentes en or et des villages indiens. Cortés dut se repentir de ne l'avoir point fait pendre lui aussi. Vous voyez, chers lecteurs, auditeurs, pénitents ou qui que vous soyez à venir voir ma tombe, comment on prend des décisions quand le temps presse et que l'histoire vous presse. Chaque événement aurait toujours pu être à l'exact opposé de celui consigné par la chronique. Toujours.

Tout ça pour vous dire que dans cette entreprise il y eut de tout, depuis le plaisir personnel d'un certain Morón, qui était grand musicien, d'un Porras à la rousse tignasse, qui était grand chanteur, ou d'un Ortiz, grand joueur de vihuela et qui enseignait la danse, jusqu'aux malheurs d'un Enrique, originaire de Palencia, qui périt de fatigue sous le poids de ses armes et de la chaleur qu'elles lui occasionnaient.

Il y a des destins contrastés : Alfonso de Grado, mon Cortés le marie à rien moins que doña Isabel, fille de l'empereur aztèque Moctezuma ; en revanche, un certain Xuárez dit le Vieux finit par tuer sa femme avec une pierre à moudre le maïs. Qui gagne, qui perd dans une guerre de conquête ? Juan Sedeño arriva avec une fortune — navire à lui, figurez-vous, une jument et un nègre pour le servir, des porcs et du pain de cassave en abondance —, et ici il fit plus grande fortune encore.

14

Un certain Burguillos, en revanche, amassa richesses et bons Indiens, et puis il abandonna tout pour
se faire franciscain. Mais la plupart revinrent de la
Conquête ou restèrent au Mexique sans le moindre maravédis.

Que vaut un destin parmi d'autres, le mien, au
milieu de ce cortège de gloires et de misères ? Je
dirai simplement que, dans cette histoire de destins, je crois que le plus sage parmi nous fut le
dénommé Solís « Derrière-la-Porte », qui passa le
restant de sa vie dans sa maison à regarder, de
derrière sa porte, ce qui se passait dans la rue sans
s'en mêler ni se laisser entraîner. Maintenant je
pense que dans la mort nous sommes tous,
comme Solís, derrière la porte, à regarder passer
sans être vus, et à lire ce qu'on dit de nous dans
les chroniques des survivants.

En ce qui me concerne, en tout cas, voici ce qui
est consigné :

Mourut un autre soldat qui se nommait Jerónimo de Aguilar ; je fais entrer cet Aguilar dans
ma liste car c'est lui que nous trouvâmes à la
pointe de Catoche, aux mains des Indiens, et
qui fut notre interprète. Il périt infesté de
vérole.

9

Il me reste beaucoup d'impressions de la
grande entreprise de conquête du Mexique, au

cours de laquelle moins de six cents vaillants Espagnols réussirent à soumettre un empire neuf fois plus grand que l'Espagne en territoire, et trois fois plus nombreux en population. Sans parler des fabuleuses richesses que nous trouvâmes ici et qui, expédiées à Cadix et à Séville, firent la fortune non seulement des Espagne, mais de l'Europe entière, pour les siècles des siècles, jusqu'au jour d'aujourd'hui.

Moi, Jerónimo de Aguilar, je regarde le Nouveau Monde avant de fermer les yeux pour toujours, et la dernière chose que je vois c'est la côte de Veracruz et les navires qui lèvent l'ancre remplis des trésors du Mexique, guidés par le plus sûr des compas : un soleil d'or et une lune d'argent, tous deux en suspens, au même moment, dans un ciel bleu noir, tourmenté dans les hauteurs, mais d'un rouge sanglant au niveau de la surface des eaux.

Je veux faire mes adieux au monde avec cette image du pouvoir et de la richesse bien plantée au fond des yeux ; cinq navires bien pourvus, un grand nombre de soldats et de chevaux, quantité de balles, d'escopettes et d'arbalètes ainsi que toutes sortes d'armes, chargés jusqu'aux mâts et lestés jusqu'aux soutes : quatre-vingt mille pesos en or et en argent, des joyaux innombrables, et le contenu au complet des appartements de Moctezuma et de Guatemuz, les derniers rois mexicains. Pure opération de conquête, justifiée par le trésor qu'un vaillant capitaine au service de la Couronne envoie à Sa Majesté le roi Charles Quint.

Cependant mes yeux ne parviennent pas à se fermer en paix, car je pense à l'abondance de protection, armes, hommes et chevaux, qui accompagna l'or et l'argent du Mexique en route pour l'Espagne, en cruel contraste avec l'insécurité des maigres provisions et du petit nombre d'hommes avec lesquels Cortés arriva depuis Cuba à l'orée d'une geste incertaine. Voyez, pourtant, ce que sont les ironies de l'histoire.

Quiñones, capitaine de la garde de Cortés, envoyé pour protéger le trésor, croisa devant la Bahama mais s'arrêta dans l'île de Terceira avec le butin du Mexique, il y tomba amoureux d'une femme, ce qui lui valut de périr poignardé, tandis qu'Alonso de Dávila, qui se trouvait à l'avant-garde de l'expédition, tomba sur le pirate français Jean Fleury, que nous nommons familièrement Juan Florín, lequel s'empara de l'or et de l'argent, et ramena Dávila en France pour le faire emprisonner par le roi François Ier, lequel avait maintes fois déclaré : « Montrez-moi la clause du testament d'Adam qui octroie au roi d'Espagne la moitié du monde. » À quoi ses corsaires avaient répondu en chœur : « Quand Dieu a créé la mer, Il nous l'a donnée à tous sans exception. » Sachez quand même la morale de l'histoire : le dénommé Fleury, ou Florín, fut par la suite capturé en haute mer par des Biscayens (Valladolid, Burgos, Biscaye : la Découverte et la Conquête finirent par unir et mobiliser toute l'Espagne !) et pendu dans le port de Pico...

Attendez, ce n'est pas fini, un certain Cárdenas,

pilote natif de Triana et membre de notre expédition, dénonça Cortés en Castille, disant qu'il n'avait jamais vu un pays avec deux rois comme en Nouvelle-Espagne, vu que Cortés prenait pour lui, sans aucun droit, autant qu'il envoyait à Sa Majesté, et en récompense de sa déclaration le Roi accorda à ce gars de Triana mille pesos de rente et une *encomienda* d'Indiens.

L'ennui, c'est qu'il avait raison. Nous fûmes tous témoins de la manière dont notre capitaine se taillait la part du lion en nous promettant à nous, les soldats, des récompenses après la fin de la guerre. Si long répit vous m'accordez ! Nous nous retrouvâmes donc, après avoir sué sang et eau, raides comme des passe-lacets... Cortés fut jugé et dépossédé du pouvoir, ses lieutenants perdirent la vie, la liberté et, ce qui est pire, le trésor, lequel finit éparpillé aux quatre coins de l'Europe...

Y a-t-il une justice dans tout cela ? me demandé-je aujourd'hui. N'avons-nous simplement donné un meilleur destin à l'or des Aztèques, en l'arrachant d'un office stérile pour le diffuser, le distribuer, lui permettre de remplir une fonction économique au lieu d'une fonction ornementale ou sacrée, le mettre en circulation, le prendre pour le répandre ?

8

De ma tombe, j'essaie de juger sereinement ; mais une image s'impose sans cesse à mes raisonnements. Je vois devant moi un jeune homme, d'une vingtaine d'années, le teint brun clair, de fort gracieuse disposition, tant de corps que de traits.

Il était marié à une nièce de Moctezuma. Il s'appelait Guatemuz ou Guatimozín ; il avait cependant un nuage de sang dans les yeux et, quand il sentait son regard se voiler, il baissait les paupières et moi je les ai vues : l'une était dorée, l'autre argentée. Il fut le dernier empereur des Aztèques, après que son oncle Moctezuma eut péri lapidé par la populace déçue. Les Espagnols détruisirent quelque chose de plus que le pouvoir indien : nous détruisîmes la magie qui l'auréolait. Moctezuma ne lutta point. Guatemuz se battit comme un héros, il faut lui rendre cet honneur.

Capturé avec ses capitaines et amené devant Cortés un 13 août, à l'heure des vêpres, le jour de la Saint-Hippolyte de l'an 1521, le Guatemuz déclara qu'il avait fait pour la défense de sa ville et de ses sujets tout ce que son devoir et son honneur lui commandaient, et aussi (ajouta-t-il) par passion, force et conviction. « Et puisque enfin par la force on m'amène prisonnier, dit-il à Cortés, devant ta personne et en ton pouvoir, prends ce poignard que tu portes à la ceinture et tue-moi. »

Le vaillant jeune Indien, dernier empereur des Aztèques, versa alors des larmes, mais Cortés lui répondit que, pour s'être montré si vaillant, il l'invitait en paix dans la ville vaincue afin d'y gouverner Mexico et les provinces qui en dépendent comme il le faisait auparavant.

Je sais tout cela car je fis office d'interprète dans l'entrevue entre Cortés et Guatemuz, qui ne se comprenaient pas. Je traduisis à ma guise. Je ne communiquai pas au prince déchu ce que Cortés lui dit réellement ; à la place, je mis dans la bouche de notre chef une menace : — Tu seras mon prisonnier, aujourd'hui même je te soumettrai à la torture, je te ferai brûler les pieds à toi et à tes compagnons, jusqu'à ce que tu avoues où se trouve le reste du trésor de ton oncle Moctezuma (c'est-à-dire la part qui n'était pas tombée dans les mains des pirates français).

J'ajoutai, inventant pour mon compte et me moquant de Cortés :

— Tu ne pourras plus jamais marcher, mais tu m'accompagneras dans mes futures conquêtes, impotent et geignard, à titre de symbole de continuité et source de légitimité de mes entreprises dont les étendards, haut brandis, sont l'or et la renommée, le pouvoir et la religion.

Je traduisis, je trahis, j'inventai. Les pleurs de Guatemuz cessèrent aussitôt et, au lieu de larmes, un sillon d'or s'écoula sur une joue, un sillon d'argent sur l'autre, creusant deux entailles pareilles à des estafilades, y laissant pour toujours deux longues plaies que, plaise à Dieu, la mort aura enfin cicatrisées.

Moi, depuis la mienne, je me souviens de cette vêpre de la Saint-Hippolyte, consignée par Bernal Díaz comme une nuit éternelle de pluie et d'éclairs, et me découvre devant la postérité et la mort comme un faussaire, un traître à mon capitaine Cortés, qui, au lieu d'offrir la paix au prince déchu, lui infligea des cruautés, une oppression implacable et la honte sans fin du vaincu.

Mais comme les choses se sont effectivement passées de cette façon, transformant donc mes paroles fausses en réalité, n'ai-je pas eu raison de traduire les propos du capitaine par leur contraire et de dire ainsi, par mes mensonges, la vérité à l'Aztèque ? Ou mes paroles ne furent-elles qu'une simple monnaie d'échange et ce ne fut pas moi, mais l'intermédiaire (le traducteur) ainsi que la fatalité qui changèrent la tromperie en vérité ?

Je ne fis que confirmer, en cette nuit de la Saint-Hippolyte, dans mon rôle d'interprète entre le conquérant et le conquis, le pouvoir des mots quand ils sont inspirés — comme en l'occurrence — par l'imagination hostile, la mise en garde implicitement contenue dans la tournure critique du verbe quand il est véridique ; je prouvai aussi la connaissance que j'avais acquise de l'âme de mon capitaine, Hernán Cortés, mélange détonant de raison et de chimère, de volonté et de faiblesses, de scepticisme et de candeur incroyable, de chance et de malchance, de vaillance et de ruse, de vertu et de vilenie, car c'est bien de tout cela qu'était fait l'homme d'Estrémadure conquérant du Mexique, que je suivis du Yucatán à la cour de Moctezuma.

Tels sont, néanmoins, les pouvoirs de la chimère et de la ruse, de la vilenie et de la chance quand elles ne s'harmonisent pas bien mais se fient aux mots pour exister. De sorte que l'histoire du dernier roi Guatemuz trouva son épilogue non dans la continuité du pouvoir promise par Cortés, ni dans l'honneur dont fit preuve l'Indien au moment de sa reddition, mais dans une comédie cruelle, celle même que j'inventai et rendis inéluctable par mes fabulations. Le jeune empereur fut traité en roi de farce, traîné sans pieds par le carrosse du vainqueur, couronné d'épines de nopal et finalement pendu par la tête aux branches d'un fromager sacré, comme une bête de chasse. Il arriva exactement ce que j'avais mensongèrement inventé.

Voilà pourquoi je ne dors pas en paix. Les possibilités inaccomplies, les solutions de liberté m'ôtent le sommeil.

La faute en revient à une femme.

7

Parmi toutes les nouveautés exhibées par mon capitaine don Hernán Cortés pour impressionner les Indiens — feu d'arquebuses, épées de fer, perles de verre —, aucune n'eut autant d'importance que les chevaux de la Conquête. Une escopette fait jaillir un éclair qui s'évanouit en fumée ; une rapière peut être vaincue par une épée indienne à deux mains ; la verroterie peut séduire, mais l'émeraude aussi. Le cheval, en revanche, est là, il existe, il est doué de vie, il bouge, il possède le pouvoir démultiplié du nerf, du muscle, de la brillance, de la lèvre écumante et des sabots alliés du terrain, outils du tonnerre et jumeaux de l'acier. Des yeux hypnotiques. Le cavalier qui le monte et le démonte ajoute encore aux métamorphoses perpétuelles de l'animal vu pour la première fois, jamais imaginé auparavant, non seulement par les Indiens, mais même pas par un seul de leurs dieux.

— Le cheval serait-il le rêve d'un dieu qui ne nous a jamais fait part de son cauchemar secret ?

Jamais un Indien ne trouva le moyen de l'emporter sur un cavalier castillan armé, et là réside le véritable secret de la Conquête, non dans les rêves et les prophéties. Cortés exploita jusqu'aux limites du possible sa maigre cavalerie, non seulement pour l'attaque et les courses de combat à travers champs, mais pour des cavalcades spécialement préparées au bord de la mer, où les coursiers avaient l'air d'agiter les vagues — au point que nous-mêmes, les Espagnols, imaginions que sans les chevaux ces côtes seraient placides comme un miroir d'eau.

Nous contemplions, ébahis, la fraternité jamais pensée entre l'écume de l'océan et l'écume des mâchoires.

Et quand le capitaine Cortés voulut impressionner les envoyés de Moctezuma au Tabasco, il réunit un étalon et une jument en rut dans un endroit caché, me donnant des instructions afin que je leur fasse pousser des hennissements au moment voulu. Les envoyés de Moctezuma n'avaient jamais entendu ce bruit, et, saisis d'épouvante, ils succombèrent au pouvoir du *teúl*,

23

le dieu espagnol, comme ils nommèrent désormais Cortés.

Le fait est que ni moi ni aucun d'entre nous n'avait jamais entendu sortir du silence un hennissement qui, séparé du corps, révélât le désir animal, la luxure bestiale avec une puissance aussi crue. La mise en scène du capitaine atteignit si largement son but qu'elle réussit à nous impressionner nous-mêmes, les Espagnols. Elle nous donna un peu le sentiment d'être des bêtes, nous aussi...

Mais de toute façon, les émissaires du Grand Moctezuma avaient assisté à tous les prodiges de l'année tels que prévus par leurs mages pour le retour d'un dieu blond et barbu. Nos merveilles — les chevaux, les canons — ne firent que confirmer celles qu'ils avaient dans les yeux :

Des comètes en plein midi, des eaux en feu, des tours qui s'effondrent, hurlements nocturnes de femmes errantes, enfants prisonniers de l'air...

Et voilà que débarque juste à ce moment-là don Hernán Cortés, blanc comme les hivers dans la sierra de Gredos, dur comme la terre de Medellín et de Trujillo, et avec une barbe plus vieille que lui. Ils attendent des dieux et il leur tombe dessus des gaillards comme Rodrigo Jara dit le Bossu, ou Juan Pérez, qui tua sa femme, surnommée la Fille de la Vachère, ou Pedro Perón de Tolède, de turbulente filiation, ou un certain Izquierdo natif de Castromocho. Des dieux, tu parles, jusque dans ma tombe je croule de rire rien que d'y penser.

Une image me glace le rire. C'est le cheval.

À cheval, on y voyait jusqu'à Valladolid la Grosse ; il inspirait l'étonnement et le respect. La mortalité de l'homme était compensée par l'immortalité du cheval. Astucieusement, Cortés nous avait dit dès le début :

— Enterrons nos morts de nuit et en cachette. Que nos ennemis nous croient immortels.

Le cavalier tombait ; jamais le coursier. Jamais, le châtain zain de Cortés, ni la jument grise bonne coureuse d'Alonso Hernández, ni l'alezan de Montejo, ni l'aubère sorti des mains de Morán. Car nous ne fûmes pas seulement des hommes qui entrèrent dans la Grande Tenochtitlán le 3 novembre 1520, mais des centaures, des êtres mythologiques, à deux têtes et six pattes, armés du tonnerre et vêtus de pierre. De surcroît, grâce aux coïncidences du calendrier, confondus avec le dieu qui devait revenir, Quetzalcóatl.

C'est à juste titre que Moctezuma nous accueillit, debout au milieu de la chaussée qui reliait le haut plateau à la ville lacustre, en nous disant :

— Soyez les bienvenus. Vous êtes arrivés chez vous. Vous pouvez vous reposer maintenant.

Personne parmi nous, ni dans l'Ancien ni dans le Nouveau Monde, n'avait vu cité aussi splendide que la capitale de Moctezuma : les canaux, les pirogues, les tours, les vastes places, les marchés si abondamment approvisionnés, avec leurs produits inconnus de nous, des denrées dont même la Bible ne parle pas — la tomate et le dindon, le piment et le chocolat, le maïs et la pomme de terre, le tabac et l'alcool d'agave ; et puis des émeraudes, des jades, de l'or et de l'argent en quantité, des ouvrages de plume et de doux chants mélancoliques...

Jolies femmes, habitations bien balayées, patios remplis d'oiseaux et cages pleines de tigres ; jardins, et des nains albinos pour nous servir. Tel Alexandre à Capoue, nous étions menacés de nous endormir dans les délices du triomphe. Nous étions récompensés de nos efforts. Les chevaux étaient bien soignés.

Jusqu'au jour où Moctezuma, le grand roi qui nous avait reçus en sa ville et ses palais avec si belle hospitalité, étant en compagnie de nous tous dans une salle royale, il arriva quelque chose qui changea le cours de notre entreprise.

Pedro de Alvarado, le hardi et galant, cruel et sans scrupules lieutenant de Cortés, était roux de cheveux et de barbe, raison pour laquelle les Indiens l'appelaient le Tonatío, qui veut dire le Soleil. Sympathique et doté d'un énorme culot, le Tonatío était en train de jouer aux dés — autre nouveauté pour ces Indiens — avec le roi Moctezuma ; ce dernier, absorbé par le divertissement, était pour l'heure incapable de prévoir son sort au-delà du prochain jet de dés, même lorsque l'incontrôlable Alvarado lui tendait des pièges comme en ce moment. Le monarque était en proie à l'irritation car il avait l'habitude de changer de vêtements plusieurs fois par jour ; ses femmes de chambre étaient en retard et sa tunique l'incommodait par son odeur ou le gênait, allez savoir...

26

Et voilà que là-dessus quatre porteurs indiens font leur entrée dans l'appartement, suivis du remue-ménage habituel de notre garde, et laissent tomber, impassibles, devant Cortés et l'empereur, la tête coupée d'un cheval.

C'est alors que la deuxième interprète du conquistador, une princesse esclave du Tabasco baptisée doña Marina, mais surnommée la Malinche, traduisit rapidement les paroles des messagers qui, venant de la côte, apportaient la nouvelle d'un soulèvement de Mexicains à Veracruz contre la garnison que Cortés y avait laissée. La troupe aztèque avait réussi à tuer Juan de Escalante, alguazil mayor du port, ainsi que six autres Espagnols.

Ils avaient surtout réussi à tuer le cheval. La preuve était là.

Je remarquai qu'Alvarado restait la main en l'air, pleine de dés, le regard fixé sur les yeux entrouverts, vitreux, du cheval, comme s'il s'y reconnaissait et comme si, dans la gorge tranchée au silex, comme rageusement, le rouge rageux capitaine discernait sa propre fin.

Moctezuma se désintéressa du jeu avec un léger haussement d'épaules, puis il contempla fixement la tête du cheval. Son regard, éloquent en dépit du silence où il était plongé, nous disait clairement : « Alors comme ça vous seriez des *teúles* ? Mais vos pouvoirs sont mortels, en voici la preuve. Êtes-vous des dieux ou non ? Mortels ou immortels ? Qu'est-ce qui me convient le mieux, à moi ? Je vois une tête de cheval coupée, et je me dis

27

qu'en vérité c'est moi qui détiens le pouvoir de vie et de mort sur vous. »

Cortés, de son côté, regardait Moctezuma avec un tel air de traîtrise que je ne pus lire sur son visage que ce que notre capitaine voulait voir sur celui du Roi.

Jamais comme ce jour-là je n'ai eu le sentiment que tant de choses étaient dites sans qu'un seul mot fût prononcé : Moctezuma, s'approchant de la tête de cheval dans une attitude de dévotion, d'humilité presque, disait sans rien dire que, si le cheval était mort, ainsi pouvaient périr les Espagnols si lui le décidait ; et il le déciderait si les étrangers ne se retiraient pas en paix. Les dieux étaient revenus, ils avaient accompli la prophétie. À présent, ils devaient se retirer afin que les royaumes se gouvernassent eux-mêmes, avec la volonté renouvelée d'honorer les dieux.

Cortés, lui, sans dire un mot, prévenait le Roi qu'il ne souhaitait pas commencer une guerre qui finirait par les détruire, lui et sa cité.

Pedro de Alvarado, qui ne s'y entendait guère en discours subtils, dits ou non dits, jeta violemment ses dés à la face de l'effrayante divinité qui dominait la salle, la déesse dite à la jupe de serpents, mais avant qu'il pût énoncer quoi que ce soit Cortés s'avança et donna l'ordre au Roi de quitter son palais pour venir s'installer chez les Espagnols. Notre capitaine avait deviné la menace, mais aussi l'hésitation, dans les gestes et les expressions du visage de Moctezuma.

— Si vous élevez la voix ou faites quelque

esclandre, vous tomberez mort sous les coups de mes officiers, déclara Cortés d'une voix égale qui impressionna davantage Moctezuma que les gestes de fureur d'Alvarado.

Cependant, après être resté un instant figé de stupeur, le Roi ôta de son bras et de son poignet le sceau à l'effigie de Huichilobos, dieu de la Guerre, comme si ce dernier était responsable du massacre ; puis il présenta sa défense :

— Jamais je n'ai ordonné l'attaque de Veracruz. Je châtierai mes capitaines pour cet acte.

Sur ces entrefaites, les suivantes entrèrent avec les nouveaux habits du monarque. Elles semblèrent effarées par l'atmosphère de gargote qui régnait dans les lieux. Moctezuma recouvra sa dignité et déclara qu'il ne sortirait pas de son palais. Alvarado fit alors face à Cortés :

— À quoi bon tant de paroles ? Ou bien nous le faisons prisonnier ou nous le transperçons de nos épées.

Une fois de plus, ce fut l'interprète doña Marina qui résolut la dispute, conseillant avec force au Roi :

— Seigneur Moctezuma, je vous recommande de les suivre sur-le-champ dans leurs quartiers sans faire aucun bruit. Je sais qu'ils vous rendront honneur et vous traiteront comme il sied au grand seigneur que vous êtes. D'autre façon, vous allez tomber mort ici même.

Vous aurez compris que ces propos adressés par la jeune femme a l'Empereur étaient non pas la traduction de ceux de Cortés, mais énoncés de

29

son propre chef dans la langue mexicaine de Moctezuma, qu'elle parlait couramment. Le Roi ressemblait à un animal aux abois, sauf qu'au lieu de tourner sur quatre pattes il oscillait sur deux jambes. Il offrit ses fils en otages. Il répéta plusieurs fois :

— Ne m'infligez pas cet affront. Que diront mes dignitaires s'ils me voient emmené prisonnier ? Non, pas cet affront.

Était-ce là le grand seigneur qui tenait soumises par la terreur toutes les tribus du Jalisco jusqu'au Nicaragua, cet être pusillanime ? Était-ce là le cruel despote qui avait donné l'ordre d'exécuter ceux qui rêvaient la fin de son règne, afin que la mort des rêveurs signifie la mort des rêves ? Le mystère de la faiblesse de Moctezuma devant les Espagnols, je ne peux l'expliquer que par un problème de langage. Alors qu'il était dénommé le Tlatoani, c'est-à-dire Seigneur-à-la-Grande-Voix, Moctezuma était peu à peu en train de perdre le pouvoir sur la parole, plus que sur les hommes. Ce fut cela, à mon avis, le fait nouveau qui lui fit perdre ses moyens ; et doña Marina venait de lui administrer la preuve, en s'adressant à lui face à face, que les paroles du Roi n'étaient plus souveraines. Et par conséquent, il ne l'était plus lui-même. D'autres, les étrangers, mais aussi cette traîtresse tabasquègne, étaient maîtres d'un vocabulaire interdit à Moctezuma. À combien d'autres encore allait s'étendre le pouvoir de la parole ?

En cette seconde opportunité glissée entre le dire, le faire et les conséquences imprévisibles de l'un et de l'autre, je vis la mienne, et cette nuit-là, en grand secret, je parlai au Roi dans sa langue et lui dévoilai les périls qui menaçaient les Espagnols. Moctezuma savait-il que le gouverneur de Cuba avait envoyé une expédition chargée d'arrêter Cortés, qu'il considérait comme un vil mutin agissant pour son propre compte, qui méritait d'être lui-même jeté en prison au lieu de s'emparer d'un grand seigneur comme Moctezuma, l'égal seulement d'un autre roi, don Carlos, que Cortés prétendait représenter sans aucune lettre de créance ?

Je rapporte ces paroles telles que je les prononçai, d'un seul trait, sans reprendre souffle, sans nuance ni subtilité, me haïssant pour ma trahison, mais surtout pour mon infériorité dans les arts de la dissimulation, de la ruse et de la pose, dans lesquels excellaient mes rivaux, Cortés et la Malinche.

Je terminai aussi abruptement que j'avais commencé, allant, comme on dit, droit au but :

— Cette expédition contre Cortés est commandée par Pánfilo de Narváez, un capitaine aussi vaillant que Cortés lui-même, sauf qu'il est à la tête de cinq fois plus d'hommes.

— Ce sont des chrétiens, eux aussi ? demanda Moctezuma.

Je lui répondis par l'affirmative, et qu'ils représentaient le roi Charles Quint, que Cortés fuyait.

Moctezuma me caressa la main et m'offrit une bague verte comme un perroquet. Je la lui rendis en lui disant que mon amour pour son peuple

31

m'était une récompense suffisante. Le Roi me regarda d'un air d'incompréhension, comme s'il ne s'était jamais rendu compte qu'il régnait sur un ensemble d'êtres humains. Je me demandai alors, et je me demande encore, quelle idée Moctezuma se faisait de son pouvoir et sur qui il croyait l'exercer. Peut-être ne s'agissait-il pour lui que d'une pantomime destinée aux dieux, et peut-être épuisait-il ses forces en s'évertuant à les écouter et à se faire entendre d'eux. Car ce n'étaient pas des joyaux ni des caresses qui s'échangeaient là, mais des paroles qui pouvaient donner à Moctezuma plus de force que tous les chevaux et les arquebuses des Espagnols, si le roi aztèque, si solitaire, se décidait à parler aux hommes de son peuple, au lieu de s'adresser aux dieux de son panthéon.

Je livrai au Roi le secret de la faiblesse de Cortés, comme doña Marina avait livré à Cortés le secret de la faiblesse des Aztèques : la division, la discorde, la jalousie, les luttes fratricides qui affectaient aussi bien l'Espagne que le Mexique : une moitié du pays perpétuellement en train d'assassiner l'autre moitié.

6

Je m'associai donc à l'espoir d'une victoire indigène. Tous mes actes, vous l'aurez deviné et je puis maintenant l'avouer de sous mon linceul immuable, étaient dirigés vers ce but : la victoire des Indiens sur les Espagnols. Moctezuma négligea, une fois de plus, la chance qui se présentait. Il devança les événements, se vanta auprès de Cortés de le savoir menacé par Narváez, au lieu de s'empresser de pactiser avec Narváez contre Cortés, de vaincre l'homme d'Estrémadure, puis de lancer la nation aztèque contre le régiment fatigué de Narváez. Le Mexique eût été sauvé...

De mon point de vue de Sirius, je dois dire que chez Moctezuma la vanité fut toujours plus forte que l'astuce, et encore plus fort que la vanité fut chez lui le sentiment que tout était prévu, qu'il ne lui revenait que le rôle imposé par le cérémonial religieux et politique. Cette fidélité à la forme comportait, dans l'esprit du Roi, sa propre récompense. Il en avait toujours été ainsi, n'est-ce pas ?

Je ne sus point le convaincre du contraire, argumenter avec lui. Peut-être mon vocabulaire mexicain était-il insuffisant, ma façon de parler ignorante des subtilités du raisonnement philosophique et moral des Aztèques. Je sais seulement que mon désir était de faire échouer le funeste projet, à supposer que projet il y eût, au moyen de la parole, de l'imagination, du mensonge. Mais lorsque la parole, l'imagination et le mensonge se confondent, le résultat est la vérité...

Le roi aztèque attendait que Cortés fût vaincu par l'expédition punitive du gouverneur de Cuba, mais il ne fit rien pour hâter la défaite de notre capitaine. Sa certitude était compréhensible. Si Cortés, avec cinq cents hommes seulement, avait défait les caciques du Tabasco et du Cempoala, de même que les féroces Tlaxcaltèques, comment ne serait-il pas battu à son tour par deux mille Espagnols également armés de feu et de chevaux ?

Mais le suprêmement habile Cortés, aidé de ses nouveaux alliés indiens, mit en déroute les gens de Narváez et captura leur chef. Voyez l'ironie de l'affaire : maintenant nous avions deux prisonniers de taille, l'un aztèque, l'autre espagnol, Moctezuma et Narváez. Nos victoires n'avaient donc pas de limites ?

— En vérité je ne vous comprends pas, nous déclara, séquestré mais fort agréablement baigné par ses jolies suivantes, le Grand Moctezuma.

Et nous, le comprenions-nous ?

Cette question, lecteur, m'oblige à faire une pause réflexive avant que les événements, une fois de plus, ne se précipitent, toujours plus rapides que la plume du narrateur, bien qu'en cette occurrence ils s'écrivent d'outre-tombe.

Moctezuma : Comprenions-nous à quel point la pratique politique tortueuse lui était étrangère, et à quel point familière, en revanche, la proximité d'un monde religieux impénétrable aux Européens ? Impénétrable parce que oublié : notre contact avec Dieu et ses émanations premières s'était perdu depuis très longtemps. Effectivement, il y avait au moins une chose que Moctezuma et son peuple avaient en commun, à leur insu : ils étaient encore tout humides de la glaise de la Création, encore tout près des dieux.

Le comprenions-nous, cet être resté à l'abri d'un autre temps, celui de l'origine, qui pour lui était un temps actuel, immédiat, refuge et menace également magiques ?

Je le voyais comme une bête traquée. Qui plus est, cet homme raffiné m'apparaît, maintenant que la mort nous a rendus égaux, non seulement comme la personne scrupuleuse et d'une courtoisie infinie que nous avons connue en arrivant à Mexico, mais comme le premier homme, toujours le premier, émerveillé que le monde existe et que la lumière soit tout au long de chaque jour jusqu'à disparaître dans la cruauté de chaque nuit. Son devoir consistait à être toujours au nom de tous, le premier homme à demander :

— Le jour va-t-il renaître ?

Cette question était plus importante aux yeux de Moctezuma et des Aztèques que de savoir si Narváez allait battre Cortés, ou Cortés l'emporter sur Narváez, ou les Tlaxcaltèques sur Cortés, ou si Moctezuma allait succomber devant tout ce monde : tant qu'il ne succombait pas devant les dieux.

La pluie allait-elle revenir, le maïs allait-il pousser, le fleuve continuer à couler, la bête à bramer ?

Tout le pouvoir, l'élégance, la distance même de Moctezuma étaient les attributs d'un homme récemment arrivé dans les contrées de l'aube. Il était le témoin du premier cri et de la première terreur. Peur et gratitude se confondaient en lui, derrière l'apparat des panaches et des colliers, des cortèges de suivantes, des seigneurs tigres et des prêtres couverts de sang.

Sa défaite lui fut en vérité infligée par une

femme indigène comme lui, quelqu'un de sa terre, mais armée de deux langues. Ce fut elle qui dévoila à Cortés que l'Empire aztèque était divisé, que les peuples soumis à Moctezuma le haïssaient, qu'ils se détestaient entre eux de surcroît, et que les Espagnols avaient donc leurs chances de pouvoir tirer les marrons du feu ; ce fut elle qui comprit la faille secrète commune aux deux puissances, comme je l'ai déjà dit : la haine fratricide, la division ; deux pays dans lesquels une moitié était victime de l'autre moitié...

Il était donc trop tard lorsque je fis savoir à Moctezuma que Cortés était lui aussi haï et acculé par une Espagne impériale aussi conflictuelle que l'Empire mexicain qu'elle était en train de conquérir.

J'oubliais deux choses.

Cortés écoutait Marina non seulement comme interprète, mais comme amante. Et celle-ci, interprète et amante, prêtait l'oreille aux voix humaines de ces contrées. Moctezuma, lui, n'avait l'oreille tendue que vers les dieux ; je n'étais pas un dieu ; et l'attention qu'il me prêtait n'était que l'expression de sa courtoisie, riche comme une émeraude, mais volatile comme la voix d'un perroquet.

Moi qui étais également doué de deux voix, celle de l'Europe et celle de l'Amérique, j'avais perdu la bataille. Car j'avais aussi deux patries ; ce fut là peut-être ma faiblesse plus que ma force. Marina, la Malinche, était porteuse de la douleur et de la rancœur profondes, mais aussi de l'espoir inhérent à sa fonction ; elle dut s'engager tout entière afin de préserver la vie et d'assurer une descendance. Son arme fut la même que la mienne : la langue. Mais moi, je me trouvai divisé entre l'Espagne et le Nouveau Monde. Je connaissais les deux rives.

Pas Marina. Elle put donc se donner totalement au Nouveau Monde, non à son passé de soumission, certes, mais à son avenir ambigu, incertain, et par conséquent invaincu. J'ai peut-être mérité ma défaite. Je n'ai pas réussi à sauver, malgré le secret que je lui dévoilai, qui était une vérité mais aussi un acte de déloyauté, le pauvre roi de ma patrie adoptive, le Mexique.

Ensuite vint le désastre que j'ai raconté.

5

Doña Marina et moi nous mesurâmes, véritablement, au cours du drame de Cholula. Je n'ai pas appris d'emblée l'idiome mexicain. Mon avantage initial était de parler l'espagnol et le maya, acquis pendant mon long séjour parmi les Indiens du Yucatán. Doña Marina — la Malinche — ne parlait que le maya et le mexicain quand elle fut livrée comme esclave à Cortés. De sorte que pendant un temps je fus le seul à pouvoir traduire la langue de Castille. Les Mayas de la côte me disaient ce qu'ils avaient à dire et je traduisais leurs paroles en espagnol, ou ils s'adressaient à la Malinche, mais elle devait passer par moi pour transmettre à

Cortés. Ou bien, s'il s'agissait de Mexicains, ces derniers faisaient connaître leurs propos à doña Marina, qui me les traduisait en maya afin que je les traduise à mon tour en espagnol. Et même si elle possédait là un avantage, car elle pouvait inventer n'importe quoi en passant du nahuatl au maya, je n'en restais pas moins maître de la langue. La version castillane qui parvenait aux oreilles du conquistador était toujours la mienne.

Nous arrivâmes, donc, à Cholula, après les vicissitudes rencontrées sur la côte, la fondation de Veracruz, la prise de Cempoala avec son gros cacique, lequel nous annonça en soufflant comme un bœuf sur sa litière que les peuples assujettis s'uniraient avec nous contre Moctezuma. Nous étions accompagnés des fiers Tlaxcaltèques, qui, tout en étant ennemis jurés de Moctezuma, n'avaient aucune envie de troquer le pouvoir de Mexico contre la nouvelle oppression des Espagnols.

On dira pendant des siècles que tout est toujours de la faute des Tlaxcaltèques ; l'orgueil et la trahison peuvent être de fidèles compagnons se dissimulant l'un l'autre. Il arriva que, nous présentant flanqués des bataillons de féroces guerriers de Tlaxcala devant les portes de Cholula, Cortés et notre petite bande fûmes arrêtés par les prêtres de ces lieux saints pour les indigènes, car Cholula était le panthéon de tous les dieux de ces contrées, tous admis comme à Rome, sans distinction d'origine, dans le grand temple collectif des divinités. Les Cholultèques avaient élevé à cette fin la plus grande de toutes les pyramides, une sorte de ruche faite de sept structures emboîtées les unes dans les autres et communiquant entre elles par de profonds labyrinthes aux lueurs rouges et jaunes.

Je savais que dans ce pays tout est régi par les astres, le Soleil et la Lune, Vénus dédoublée en charmante jumelle à l'aube et au crépuscule, et un calendrier qui rend exactement compte de l'année agricole avec ses trois cent soixante jours de prospérité, plus cinq jours funestes : les jours masqués.

Ce fut un de ces derniers jours que nous dûmes arriver, car, envoyant en avant la troupe de Tlax-cala, nous nous heurtâmes à un barrage de prêtres vêtus de noir, tuniques noires, chevelures noires, peau sombre, noirs comme les loups nocturnes qui hantent ces contrées, l'exception d'une uni-que lueur courant dans les mèches de cheveux, les yeux et les robes, le reflet du sang pareil à une sueur gluante et luisante, propre à leur office.

Les pontifes s'exprimèrent haut et rude pour interdire l'entrée aux guerriers tlaxcaltèques ; Cortés accepta de s'incliner, mais à condition que ceux de Cholula renoncent à leurs idoles.

— À peine arrivés, vous nous demandez de tra-hir les dieux ! s'exclamèrent les pontifes sur un ton difficile à définir, entre lamentation et défi, soupir et colère, fatalisme et dissimulation, comme s'ils étaient prêts à mourir pour leurs divi-nités, mais en même temps déjà résignés à les considérer comme perdues.

Tout cela fut traduit du mexicain en espagnol

par la Malinche, tandis que moi, Jerónimo de Aguilar, premier de tous les interprètes, je demeurai dans une sorte de limbe, attendant mon tour de traduire en castillan jusqu'au moment où, étourdi peut-être par les odeurs insupportablement mêlées de sang et de vapeurs de copal, de crottin de cheval andalou, de sueurs hispaniques, de cuisines dissemblables — porc au piment, dindon à l'ail — indiscernables de la cuisine sacrificielle dont les fumées et les psalmodies émanaient de la pyramide, étourdi par tout ce mélange, je me rendis soudain compte que Jeronimo de Aguilar n'était plus nécessaire, la femelle diabolique traduisait tout, ladite Marina fille de pute et pute elle-même avait appris à parler l'espagnol, la drôlesse, la perfide, concubine du conquistador, experte en pompage, elle m'avait volé ma singularité professionnelle, mon irremplaçable fonction, disons — pour baptiser un vocable — mon *monopole* de la langue castillane... La Malinche avait extorqué la langue espagnole au sexe de Cortés, elle la lui avait sucée, elle l'en avait *châtré* sans qu'il s'en aperçoive, confondant l'amputation avec le plaisir...

Cette langue, je n'étais plus le seul à en détenir l'accès. Maintenant, c'était elle, et cette nuit-là je me torturai, dans ma solitude volontaire au milieu des clameurs de Cholula avec ses habitants agglutinés dans les rues et sur les terrasses pour nous regarder passer avec nos chevaux, nos escopettes, nos casques et nos barbes, à imaginer les nuits d'amour entre le conquistador et sa maîtresse, le corps de la jeune femme, la peau lisse couleur cannelle, avec les roses rondeurs excitables que ces femmes utilisent pour vous assaillir et leur sexe secret et profond qu'elles cachent, au poil rare mais aux sucs abondants, entre leurs larges hanches ; j'imaginai la douceur inégalable de ces cuisses d'Indienne, accoutumées à l'eau, à se laver des croûtes du temps, du passé et de la douleur qui adhèrent entre les jambes de nos mères espagnoles. Ce poli de peau féminine, je l'imaginai dans ma solitude, replis intimes où mon capitaine Hernán Cortés avait glissé ses doigts, sa langue, sa verge, les premiers enserrés dans des bagues à l'heure du repos, dans des gantelets à l'heure de la guerre : les mains du conquistador, entre joyaux et métal, ongles de fer, doigts de sang et lignes de feu : chance, amour, intelligence en flammes, guidant jusqu'à la nèfle parfumée de l'Indienne le sexe embroussaillé d'une barbe pubique qui doit être aussi sauvage que la végétation d'Estrémadure, puis une paire de couilles que je m'imagine tendues, dures, comme les balles de nos arquebuses.

Cependant le sexe de Cortés se révéla finalement moins sexuel que sa bouche et sa barbe, cette barbe qui a l'air trop vieille pour un homme de trente-quatre ans, comme s'il en avait hérité, de l'époque de Viriathe et de ses champs de foin incendiés contre l'envahisseur romain, de l'époque du siège de Numance et de ses soldats vêtus de deuil, de l'époque du roi Pélage et de ses lances faites de brume asturienne : une barbe plus

41

vieille que l'homme sur le menton duquel elle poussait. Peut-être les Mexicains avaient-ils raison, et qu'en fait l'imberbe Cortés avait emprunté l'antique barbe du dieu Quetzalcóatl, avec lequel les naturels l'avaient ainsi confondu...

Le plus terrible, cependant, le plus scandaleux, n'était pas le sexe de Cortés, mais que du fond de la terre brûlée, du deuil, de la brume ait surgi la langue, véritable sexe du conquistador, qu'il l'ait plantée dans la bouche de l'Indienne avec plus de force, plus de semence, plus de fécondité, mon Dieu je délire ! je souffre, Seigneur ! que le sexe lui-même. Langue cravache, cinglante, dure et ductile à la fois : pauvre de moi, Jerónimo de Aguilar, mort pendant tout ce temps, la langue fendue, bifide, à l'instar du serpent à plumes. Qui suis-je ? À quoi suis-je utile ?

4

Les gens de Cholula déclarèrent que nous pouvions entrer, mais sans les Tlaxcaltèques ; qu'ils ne pouvaient renoncer à leurs dieux, mais qu'il leur agréait d'obéir au roi d'Espagne. Ils dirent cela à travers la Malinche, qui traduisit du mexicain en espagnol tandis que je restais là planté comme un nigaud de première, méditant sur les moyens de récupérer ma dignité bafouée. (Je sous-estime : la langue était plus que la dignité, c'était le pouvoir ; et plus encore que le pouvoir, c'était la vie même qui animait mes projets, ma propre entreprise de découverte, unique, étonnante, non renouvelable...)

Mais comme je ne pouvais coucher avec Cortés, il me parut plus approprié de rendre au diable la monnaie de sa pièce et de décider que cette fois la mort n'aurait peur de rien.

Les premiers jours, les Cholultèques nous fournirent de la nourriture et du fourrage en abondance. Mais il arriva que bientôt les vivres commencèrent à manquer, et les gens de Cholula de faire les benêts têtes de mule et moi de jeter des regards soupçonneux à doña Marina tandis qu'elle fait l'impassible, appuyée sur son intimité charnelle avec notre capitaine.

Un nuage perpétuel flottait sur la cité sacrée ; les vapeurs devinrent si épaisses qu'on ne voyait plus la cime des temples, ni même devant soi dans les rues. La tête et les pieds de Cholula disparurent dans le brouillard, sans que l'on pût déterminer si ce dernier provenait, comme je l'ai dit au début, des degrés de la pyramide, du cul des chevaux ou des entrailles de la montagne. La bizarrerie, c'est que Cholula est située en plaine, mais ici rien ne l'est, tous les lieux ont l'air abrupts et insondables.

Voyez comme les mots transformaient jusqu'aux paysages, car la nouvelle géographie de Cholula n'était que le reflet du tortueux combat des mots, affrontement parfois abyssal, parfois aussi abrupt qu'une montagne d'épines ; calme et murmurant comme un grand fleuve, ou agité et bruyant comme un océan qui charrierait des pierres éparses : un vacarme de sirènes blessées par les flots.

Je déclarai aux pontifes : J'ai passé huit ans dans le Yucatán. C'est là-bas que j'ai mes véritables amis. Si je les ai quittés, c'est pour suivre ces dieux blancs et découvrir leurs secrets, car ils ne viennent pas avec des sentiments de fraternité, mais pour soumettre votre pays et détruire vos dieux.

Écoutez-moi bien, dis-je aux prêtres : les étrangers sont des dieux, mais des dieux ennemis des vôtres.

Et à Cortés, je dis : Il n'y a pas de danger. Ils sont convaincus que nous sommes des dieux, et à ce titre ils nous honoreront.

Cortés rétorqua : Alors pourquoi nous refusent-ils les vivres et le fourrage ?

Marina déclara à Cortés : La ville est pleine de piques acérées pour tuer tes chevaux si tu les lances au galop ; prends garde, seigneur ; les terrasses sont remplies de pierres et les rues de tas de briques de pisé et de gros troncs de bois.

Je dis aux pontifes : Ce sont des dieux méchants, mais des dieux quand même. Ils n'ont nul besoin de manger.

Les prêtres me répondirent : Comment, ils ne mangent pas ? Quel genre de dieux sont-ils ? Les *teúles* mangent. Ils exigent des sacrifices.

J'insistai : Ce sont des *teúles* différents. Ils ne veulent pas de sacrifices.

Dès que j'eus prononcé ces mots, je me mordis la langue, car je compris que mon argument équivalait à une justification de la religion chrétienne.

Les prêtres échangèrent des regards et je fus parcouru de frissons. Ils avaient parfaitement saisi. Les dieux aztèques exigent le sacrifice des hommes. Le dieu chrétien, cloué sur la croix, se sacrifie lui-même. Les pontifes regardèrent le crucifix érigé à l'entrée de la maison où s'étaient logés les Espagnols et ils sentirent que leur raison de vivre était en train de s'effondrer. Moi, en cet instant, j'eusse volontiers échangé ma place contre celle de Jésus crucifié, accepté ses plaies, afin que ce peuple ne troque pas une religion qui demandait le sacrifice humain contre une autre qui acceptait le sacrifice divin.

Il n'y a pas de danger, dis-je à Cortés, parce que je pensais le contraire.

Il y a danger, dit Marina à Cortés, parce qu'elle pensait le contraire.

Moi je souhaitais la perte du conquistador afin qu'il n'arrive jamais aux portes de la Grande Tenochtitlán : que Cholula fût sa tombe, la fin de sa téméraire expédition.

Marina souhaitait une punition exemplaire pour Cholula afin d'exclure toute trahison éventuelle. Elle devait pour cela inventer le danger. Elle fit venir comme témoins une vieille femme et son fils qui assurèrent qu'un guet-apens se préparait contre les Espagnols et que les Indiens tenaient déjà toutes prêtes les marmites remplies de tomates, de piments et de sel pour se repaître de notre chair. Était-ce la vérité ou doña Marina fabulait-elle autant que moi ?

45

Il n'y a pas de danger, affirmai-je à Cortés et à Marina.

Il y a danger, nous affirma Marina à tous.

Cette nuit-là, au signal d'une escopette, les Espagnols déclenchèrent le massacre à travers toute la cité des dieux ; ceux qui ne succombèrent pas, transpercés par nos épées ou déchiquetés par nos arquebuses, périrent brûlés vifs ; et lorsqu'ils pénétrèrent dans la ville, les Tlaxcaltèques se déchaînèrent comme un fléau barbare, volant et violant sauvagement, sans que nous puissions les arrêter.

Il ne resta pas dans Cholula une seule idole debout ni un seul autel indemne. Les trois cent soixante-cinq temples indiens furent badigeonnés à la chaux afin d'en chasser les démons et dédiés à trois cent soixante-cinq saints, vierges et martyrs de notre martyrologe, passant pour toujours au service de Dieu Notre Seigneur.

La nouvelle du châtiment infligé à Cholula se répandit rapidement dans toutes les provinces du Mexique. Dans le doute, les Espagnols opteraient pour la force.

Ma défaite personnelle, moins notoire, je la consigne ici aujourd'hui.

Je compris aussi à ce moment-là que, dans le doute, Cortés prêterait plutôt foi au dire de la Malinche, sa femme, qu'au mien — la parole de son compatriote.

3

Pourtant, il n'en fut pas toujours ainsi. Sur les côtes du Tabasco, j'étais le seul interprète. Avec quelle joie je me souviens de notre débarquement à Champotón, quand Cortés dépendait entièrement de moi et que nous remontions le fleuve dans nos canots entre les escadrons d'Indiens alignés le long des berges tandis que Cortés proclamait en espagnol que nous venions en paix, en frères, et que je traduisais en maya, et aussi dans la langue des ombres :

— Il ment ! Il vient vous conquérir, défendez-vous, ne le croyez pas...

Quelle impunité que la mienne ! Le souvenir ne cesse de m'en réjouir, couché comme je le suis au fond d'une éternité encore plus sombre que ma trahison !

— Nous sommes frères !
— Nous sommes ennemis !
— Nous venons en paix !
— Nous venons en guerre !

Personne, personne dans les épaisseurs du Tabasco, son fleuve, sa jungle, ses racines à jamais enfouies dans l'obscurité où seuls les aras semblent touchés par la lumière du soleil ; Tabasco du premier jour de la Création, berceau du silence rompu par le cri de l'oiseau, Tabasco écho de l'aube initiale : personne là, disais-je, ne pouvait savoir qu'en traduisant le conquistador je mentais et cependant disais la vérité.

Les paroles de paix de Cortés, traduites par moi en vocabulaire de guerre, provoquèrent une pluie de flèches indiennes. Déconcerté, le capitaine observa le ciel déchiré par les flèches et réagit en engageant le combat sur les berges mêmes du fleuve... En débarquant, j'avais perdu une espadrille dans la boue, et en voulant la récupérer je reçus une flèche dans la cuisse ; quatorze Espagnols furent blessés, en grande partie grâce à moi, mais dix-huit Indiens succombèrent... Nous dormîmes sur place, cette nuit-là, après la victoire que je n'avais pas souhaitée, à grands renforts de flambeaux et de sentinelles, sur la terre mouillée ; je fis des rêves agités, car les Indiens que j'avais poussés au combat avaient été battus, mais j'en eus aussi d'agréables car j'avais pu vérifier mon pouvoir de décider de la paix ou de la guerre grâce à la maîtrise de la parole.

Sot que j'étais : je vivais dans un faux paradis dans lequel, pendant un court moment, la langue et le pouvoir s'étaient confondus pour mon plus grand bénéfice ; et puis le jour où j'avais retrouvé les Espagnols dans le Yucatán, celui qui avait fait office d'interprète jusque-là, un Indien strabique dénommé Melchorejo, m'avait dit à l'oreille, comme s'il devinait mes intentions :

— Ils sont invincibles. Ils parlent avec les bêtes.

Le lendemain matin, ledit Melchorejo avait disparu, abandonnant ses vêtements espagnols suspendus au fromager dans lequel Cortés, afin de signifier sa prise de possession des lieux, avait fait trois entailles au couteau.

Quelqu'un avait vu le premier interprète s'enfuir tout nu dans un canot. Moi, je songeais à ce qu'il m'avait dit. Tous les indigènes croiraient et répéteraient que les Espagnols étaient des dieux et qu'ils parlaient aux dieux. Seul Melchorejo avait deviné que leur force résidait dans le fait qu'ils parlaient aux chevaux. Cela se vérifierait-il ?

Quelques jours plus tard, les caciques vaincus de la région nous livrèrent vingt femmes comme esclaves. L'une d'elles attira mon attention, non seulement par sa beauté, mais par son air altier qui semblait en imposer aux autres esclaves, et même aux caciques. Autrement dit, elle avait ce qui s'appelle beaucoup de personnalité et jouissait d'une autorité absolue.

Nos regards se croisèrent et je lui signifiai muettement : sois mienne, je parle ta langue maya et j'aime ton peuple, je ne sais comment combattre la fatalité des événements, je ne parviens pas à l'enrayer, mais peut-être que toi et moi ensemble, l'Indienne et l'Espagnol, nous pouvons sauver quelque chose, si nous nous mettons d'accord et, surtout, si nous nous aimons un peu...

— Veux-tu que je t'apprenne la langue de Castille ? lui proposai-je.

Mon cœur battait la chamade de me sentir si près d'elle ; un de ces cas où la simple vue provoque l'excitation et le plaisir, augmentés peut-être par le fait que pour la première fois depuis longtemps je portais de nouveau des culottes espagnoles, après m'être habitué à vivre en chemise large sans rien en dessous, laissant la chaleur et la brise

49

m'aérer les couilles librement. À présent le tissu me caressait la peau et le cuir me serrait le corps, le regard accroché à la femme que je considérais comme ma partenaire idéale pour faire face aux événements. J'imaginais qu'ensemble nous pourrions changer le cours des choses.

Elle se nommait Malintzin, ce qui veut dire Pénitence.

Ce même jour, Olmedo, de l'ordre de la Merci, la baptisa Marina, faisant d'elle la première chrétienne de la Nouvelle-Espagne.

Mais son peuple la surnomma la Malinche, la traîtresse.

Je lui parlai. Elle ne me répondit pas. Elle me laissa cependant l'admirer.

— Tu veux que je t'apprenne à parler... ?

En cette soirée de mars de l'an 1519, elle se dénuda devant moi, sous les mangliers, et un chœur de colibris, de libellules, de serpents à sonnettes, de lézards et de chiens à poil ras éclata en hommage à sa nudité transfigurée, car à ce moment l'Indienne captive était svelte et grosse, enceinte et éthérée, animale et humaine, folle et raisonnable. Elle était tout cela en même temps, comme si elle était non seulement inséparable de la terre qui l'entourait, mais son expression et son symbole. Et comme pour me dire que ce que je voyais ce soir-là, je ne le reverrais plus jamais. Elle se dénuda pour se refuser.

Toute la nuit, je rêvai de son nom, Marina, Malintzin, je rêvai d'un enfant que nous aurions ensemble, je rêvai qu'elle et moi, Marina et Jeró-

50

nimo, maîtres des langues, nous serions aussi maîtres des contrées, couple invincible parce que
nous comprenions les deux voix du Mexique, celle
des hommes et celle des dieux.

Je l'imaginai se roulant dans mes draps.

Le lendemain, Cortés la choisit comme concubine et interprète personnelle.

Je ne venais plus qu'en second pour le capitaine
espagnol. Je ne pouvais plus être le premier.

— Toi, tu parles l'espagnol et le maya, me dit-
elle dans la langue du Yucatán. Moi je parle le
maya et le mexicain. Apprends-moi l'espagnol.

— Apprends-le de ton maître, lui répondis-je
plein de rancœur.

De la tombe, je puis vous assurer que nous
voyons nos rancœurs comme la part la plus stérile
de notre vie. La rancune, comme l'envie, qui est
affliction devant le bien d'autrui, suit de près le
ressentiment comme affliction qui blesse davantage celui qui en souffre que celui qui en est l'objet. Pas la jalousie, qui, elle, peut être à l'origine
d'exquises agonies et d'incomparables excitations.
La vanité non plus, car c'est une condition mortelle qui nous égalise tous, grand principe nivelant
des riches et des pauvres, des forts et des faibles.
Elle ressemble en cela à la cruauté, qui est la chose
la mieux partagée du monde. Mais la rancœur et
l'envie — comment allais-je pouvoir triompher de
ceux qui la provoquaient en moi, elle et lui, le
couple de la Conquête, Cortés et la Malinche, couple que nous aurions pu constituer elle et moi ?
Pauvre Marina, finalement abandonnée par son

51

conquistador, chargée d'un fils sans père, stigmatisée par son peuple du surnom de la trahison et, malgré et en raison même de tout cela, mère et origine d'une nouvelle nation qui peut-être ne pouvait naître et croître qu'en dépit de l'abandon, de la bâtardise et de la trahison...

Pauvre Malinche, mais par ailleurs fortunée Marina, qui avec son homme écrivit l'histoire alors qu'avec moi, pauvre soldat mort de la petite vérole, et non aux mains des Indiens, elle n'aurait pas dépassé l'anonymat qui fut le lot des Indiennes concubines de Francisco de Barco, originaire d'Ávila, ou de Juan Álvarez Chico, originaire de Fregenal...

Je me rabaisse trop ? La mort m'autorise à dire que cela me paraît peu à côté du sentiment d'humiliation et d'échec que j'éprouvai alors. Privé de la femme que je désirais, je la remplaçai par le pouvoir de la langue. Mais comme vous l'avez vu, même cela me fut ôté par la Malinche, avant que les vers ne s'en repaissent et m'en privent définitivement.

La cruauté de Cortés fut raffinée. Il déclara que, puisque elle et moi parlions des langues indiennes, je serais chargé de lui inculquer les vérités et les mystères de notre sainte religion. Jamais le démon ne disposa de catéchiseur plus malheureux.

2

Je dis que je parle l'espagnol. Mais je dois
avouer que moi aussi je dus le réapprendre, car
après huit années de vie parmi les Indiens, j'avais
failli le perdre. Avec la troupe de Cortés, je redé-
couvrais ma propre langue, celle qui avait coulé
dans ma bouche des seins de ma mère castillane,
puis j'appris le mexicain, afin de pouvoir parler
avec les Aztèques. La Malinche me battait toujours
d'une longueur.

La question persistante, cependant, est autre :
Me suis-je redécouvert moi-même en retrouvant la
compagnie et la langue des Espagnols ?

Lorsqu'ils me trouvèrent parmi les Indiens du
Yucatán, ils me prirent pour un Indien.

Ils me virent : la peau brune, les cheveux coupés
ras, rame sur l'épaule, chaussé de savates hors
d'âge, usées jusqu'à la corde, avec une vieille couverture élimée et une étoffe pour couvrir mes parties honteuses.

Ainsi, donc, ils me virent : bruni par le soleil, les
cheveux emmêlés et la barbe coupée à la flèche, le
sexe vieilli et incertain sous le pagne, avec mes
chaussures éculées et ma langue perdue.

Cortés, comme c'était sa coutume, dicta des
ordres précis afin de ne laisser place à aucun
doute ni obstacle. Il manda de me faire vêtir en
chemise et pourpoint, chausses, chaperon et espadrilles, et il me fit appeler pour que je lui raconte

comment j'étais arrivé ici. Je le fis le plus simplement possible.

— Je suis natif d'Écija. Il y a huit ans, nous nous perdîmes, quinze hommes plus deux femmes, alors que nous nous rendions de Darién à l'île de Saint-Domingue. Nos capitaines s'étaient querellés pour des questions d'argent, car nous transportions dix mille pesos or de Panama à la Hispaniola, et le navire, privé de direction, alla s'écraser contre les récifs des Alacranes. Mes compagnons et moi laissâmes là nos chefs incapables et déloyaux, et nous nous sauvâmes dans le canot du navire naufragé. Nous pensâmes faire cap vers Cuba, mais les forts courants nous jetèrent loin de là, nous échouant sur les côtes d'un pays nommé Yucatán.

Je ne pus alors m'empêcher de regarder un homme au visage tatoué, aux oreilles et à la lèvre inférieure percées, entouré d'une femme et de trois enfants, dont les yeux m'imploraient au sujet d'une chose que je savais déjà. Je ramenai mon regard sur Cortés et constatai que son regard voyait tout.

— Nous arrivâmes ici dix hommes. Neuf furent tués, je fus le seul à survivre. Pourquoi m'épargnèrent-ils ? Je mourrai sans le savoir. Il y a des mystères qu'il vaut mieux ne pas chercher à percer. Celui-ci en est un... Imaginez un naufragé quasi noyé, nu, échoué sur une plage dure comme de la chaux où il n'y avait qu'une seule cabane et dans cette cabane un chien qui n'aboya point en me voyant approcher. C'est peut-être cela qui me sauva, car je m'accrochai à ce refuge tandis que le chien s'élançait pour aboyer après mes compagnons, donnant ainsi l'alerte et provoquant l'attaque des Indiens. Quand ceux-ci me trouvèrent caché dans la cabane, avec le chien qui me léchait la main, ils se mirent à rire en parlant entre eux d'un air animé. Le chien remua la queue de contentement et on me conduisit, non avec les honneurs, mais dans un esprit de camaraderie, vers l'ensemble de huttes bâties au pied des grands édifices pyramidaux, maintenant couvertes de végétation...

« Depuis lors, je me suis rendu utile. J'ai participé aux constructions. Je les ai aidés à planter leurs pauvres cultures. En échange, je plantai les graines d'un oranger qui se trouvaient, avec un sac de blé et un tonneau de vin, dans la chaloupe qui nous avait jetés sur ces côtes. »

Cortés me demanda ce qu'étaient devenus mes compagnons, en regardant fixement l'Indien au visage tatoué entouré d'une femme et de trois enfants.

— Tu ne m'as pas dit ce qui est arrivé à tes compagnons.

Afin de détourner l'insistant regard de Cortés, je poursuivis mon récit, ce que je ne désirais pas, car cela m'obligeait à dire :

— Les caciques de la contrée nous répartirent entre eux.

— Vous étiez dix. Et je ne vois que toi.

Je tombai de nouveau dans le piège :

— La plupart furent sacrifiés aux idoles.

— Et les deux femmes ?

— Elles sont mortes elles aussi, car on les a obligées à moudre le maïs alors qu'elles n'avaient pas l'habitude de passer leurs journées accroupies sous le soleil.

— Et toi ?

— Ils me considèrent comme un esclave. Je ne fais que charrier du bois et gratter les champs de maïs.

— Tu veux venir avec nous ?

Question que Cortés me posa tout en tournant une nouvelle fois ses regards vers l'Indien au visage tatoué.

— Jerónimo de Aguilar, natif d'Écija, balbutiai-je dans l'espoir de détourner l'attention du capitaine.

Cortés s'approcha de l'Indien au visage tatoué, lui sourit et caressa la tête de l'un des enfants, blonde et frisée malgré la peau sombre et les yeux noirs :

— Cannibalisme, esclavage et coutumes barbares, déclara-t-il, c'est là-dedans que vous voulez rester ?

Mon but était de le distraire, d'attirer son attention. Heureusement, sous ma vieille couverture, j'avais une orange, fruit de l'arbre que nous avions planté ici, Guerrero et moi. Je l'exhibai comme si j'étais, pour quelques instants, le roi doré : je tenais le soleil dans mes mains. Est-il une image qui signe mieux notre identité qu'un Espagnol en train de manger une orange ? Je mordis joyeusement dans la peau amère, jusqu'à ce que mes

56

dents nues rencontrent la chair cachée de l'orange, elle, la femme-fruit, le fruit-femelle. Le jus me coula sur le menton. Je ris, comme pour signifier à Cortés : Quelle meilleure preuve veux-tu que je suis espagnol ?

Le capitaine ne me répondit pas, mais il se félicita que le pays produise des oranges. Il me demanda si c'était bien *nous* qui les avions apportées, et moi, pour le détourner du méconnaissable Guerrero, je lui dis que oui, mais que dans ces contrées l'orange poussait plus grosse, moins rouge et plus acide, presque comme un pample-mousse. Je dis aux Mayas d'ajouter un sac de graines d'oranger pour le capitaine espagnol, mais celui-ci ne lâchait pas sa question, l'œil rivé sur l'imperturbable Guerrero :

— C'est là-dedans que vous voulez rester ?

Il s'adressait au visage tatoué, mais je m'empressai de répondre que non, que moi je renonçais à vivre parmi des païens et que c'est avec joie que je me joignais à la troupe espagnole afin d'éradiquer toute coutume ou croyance infâme et de contribuer à implanter ici notre Sainte Religion... Cortés éclata de rire et cessa de caresser la tête de l'enfant. Puis il me déclara que, puisque je parlais la langue des naturels et un espagnol minable mais compréhensible, je lui servirais d'interprète pour faire passer ses propos de l'espagnol au maya et lui traduire du maya au castillan. Et là-dessus, il tourna le dos à l'Indien à la face tatouée.

J'avais promis à mon ami Gonzalo Guerrero, l'autre naufragé rescapé, de ne pas révéler son identité. De toute façon, elle était difficile à déceler. Le visage tatoué et les oreilles percées. La femme indienne. Et les trois enfants métis que Cortés avait caressés et examinés avec tant de curiosité retenue.

— Frère Aguilar, m'avait dit Guerrero quand les Espagnols étaient arrivés, je suis marié, j'ai trois enfants, et ici on me considère comme un cacique et un capitaine quand il y a des guerres. Toi, va où Dieu te mène ; mais moi j'ai la figure tatouée et les oreilles percées. Que diront les Espagnols en me voyant de la sorte ? Et puis tu vois comme mes trois petits sont mignons, et ma femme, quel régal...

Celle-ci de son côté m'apostropha avec colère, me disant de ficher le camp avec les Espagnols et de laisser son mari tranquille...

Tel était bien mon propos. Il fallait que Guerrero reste pour que ma propre grande entreprise de découverte et de conquête se réalise. Car depuis que nous étions arrivés ici, huit ans auparavant, Guerrero et moi prenions plaisir à contempler les grandes tours mayas la nuit, quand elles semblaient revenir à la vie et dévoiler, à la lumière de la lune, le délicat travail de frise que Guerrero, qui était originaire de Palos, disait avoir vu dans des mosquées arabes et même dans Grenade récemment reconquise. Mais le jour, le soleil blanchissait les grandes masses jusqu'à l'aveuglement et la vie se concentrait sur les détails du feu, de la résine, de la teinture et des lessives, les cris des enfants et la sapidité du gibier cru : la vie du village au pied des temples morts.

Nous entrâmes dans cette vie naturellement, parce que nous n'avions pas d'autre horizon, certes, mais surtout parce que la douceur et la dignité de ces gens nous séduisirent. Ils possédaient si peu, et pourtant ils ne désiraient pas plus. Jamais ils ne nous racontèrent ce qui était arrivé aux habitants des splendides cités, pareilles aux descriptions bibliques de Babylone, qui veillaient comme des sentinelles sur les tâches quotidiennes du village ; nous sentions là un respect comme celui qu'on réserve aux morts.

Ce n'est que peu à peu que nous comprîmes, en mettant bout à bout des fragments de récits récoltés çà et là, à mesure que nous apprenions la langue de nos geôliers, qu'il régna ici autrefois de grandes puissances qui, comme toutes, dépendaient de la faiblesse du peuple et avaient besoin, pour se convaincre de leur propre pouvoir, de combattre d'autres puissantes nations. Nous en conclûmes que les nations indiennes s'étaient entre-détruites tandis que les peuples avaient survécu, plus forts dans leur faiblesse que les puissants. La grandeur du pouvoir avait succombé ; la petitesse des gens avait survécu. Pourquoi ? Nous aurons le temps de le comprendre.

Gonzalo Guerrero, comme je l'ai déjà dit, épousa une Indienne et il en eut trois enfants. C'était un homme de la mer ; il avait travaillé dans les chantiers navals de Palos. De sorte que, lorsque arriva sur ces rivages, un an avant Cortés, l'expédition de Francisco Hernández de Córdoba, Guerrero organisa la contre-attaque des Indiens qui aboutit à la défaite totale de l'expédition. À la suite de ce succès, Guerrero fut élevé au rang de cacique et de capitaine, participant désormais à l'organisation défensive des Indiens. Cette fonction contribua aussi à le déterminer à rester parmi ces derniers lorsque, pour ma part, je décidai de partir avec Cortés.

Pourquoi Cortés, qui avait deviné qui il était — tous ses gestes le trahissaient —, lui avait-il permis de rester ? Peut-être, me suis-je dit par la suite, parce qu'il ne voulait pas s'encombrer d'un traître. Il aurait pu le tuer sur place : mais il n'aurait alors plus pu compter sur la bonne volonté et le désir de paix des Mayas de Catoche. Sans doute estima-t-il plus judicieux de l'abandonner à un destin sans destin : la guerre barbare du sacrifice. Il est vrai que Cortés aimait ajourner ses vengeances afin de mieux les savourer.

En revanche, il m'emmena avec lui, sans soupçonner le moins du monde que le véritable traître, c'était moi. Car si moi je partis avec Cortés tandis que Guerrero demeurait dans le Yucatán, cette double décision fut prise d'un commun accord. Nous cherchions à assurer, moi en agissant auprès des étrangers, Guerrero auprès des naturels, la victoire du monde indien sur le monde européen. Je vais vous dire en résumé, et dans le rare souffle qui me reste, pourquoi.

Pendant mon séjour parmi les Mayas, je restai célibataire, comme si j'attendais une femme qui me fût parfaitement complémentaire sur le plan du caractère, de la passion et de la tendresse. Je m'épris de mon nouveau peuple, de sa simplicité dans les affaires de la vie, rendant leur dû aux nécessités quotidiennes sans diminuer l'importance des choses graves. Surtout, ils savaient prendre soin de leur terre, de leur air, de leur eau rare et précieuse, cachée au fond de puits profonds, car cette plaine du Yucatán ne possède pas de rivières visibles, mais seulement un réseau de cours souterrains.

S'occuper de la terre, c'était là leur mission fondamentale ; ils étaient les serviteurs de la terre, c'est pour cela qu'ils étaient venus au monde. Leurs récits magiques, leurs cérémonies, leurs prières, je m'en rendis compte, n'avaient d'autre but que de préserver la terre vive et féconde, d'honorer ainsi les ancêtres qui l'avaient avant eux servie et léguée, pour la léguer à leur tour, dure ou prodigue mais vivante, à leurs descendants.

Obligation sans fin, longue succession qui nous apparut au début comme une tâche de fourmis, fatale et répétitive, jusqu'au jour où nous comprimes que faire ce qu'ils faisaient était en soi leur récompense. C'était la politesse quotidienne que les Indiens, en servant la nature, se rendaient à eux-mêmes. Ils vivaient pour survivre, certes, mais aussi pour que le monde continue à nourrir leurs descendants quand eux seraient morts. La mort, pour eux, était le prix accordé en échange de la vie de leurs descendants.

Naissance et mort étaient donc aux yeux de ces

naturels des célébrations allant de pair, des événements également dignes d'honneur et d'allégresse. Je me souviendrai toujours de la première cérémonie funéraire à laquelle nous assistâmes : nous y vîmes une célébration du commencement et de la continuité de toutes choses, pareille à celle de la naissance. La mort, proclamaient les visages, les gestes, les rythmes de la musique, est l'origine de la vie, la mort est la première naissance. Nous venons de la mort. Nous ne pouvons naître si quelqu'un avant nous n'est pas mort par nous, pour nous.

Ils ne possédaient rien, tout était en commun ; et pourtant ils connaissaient la guerre, des rivalités incompréhensibles à nos yeux, comme si notre innocence ne méritait que les bontés de la paix, et non les cruautés de la guerre. Guerrero, poussé par sa femme, décida de participer aux guerres entre tribus, tout en avouant qu'il ne les comprenait pas. Mais lorsqu'il eut prouvé qu'il savait utiliser ses compétences d'armateur pour repousser l'expédition d'Hernández de Córdoba, sa volonté et la mienne (l'art d'armer les bateaux et celui d'ordonner les mots) se joignirent et se prêtèrent serment en silence, en intelligence partagée et dans un but bien déterminé...

1

Peu à peu — cela prit huit ans —, nous réussîmes, Guerrero et moi, Jerónimo de Aguilar, à rassembler suffisamment d'informations pour deviner — nous n'en aurions jamais la certitude — le destin des peuples mayas, la contiguïté entre la grandeur passée et la misère inchangée. Pourquoi la première avait-elle disparu, pourquoi la seconde avait-elle survécu ?

Au cours des huit années passées parmi ces gens, nous eûmes tout loisir de constater la fragilité de la terre et, en bons fils finalement de paysans castillans et andalous, nous nous demandâmes comment ils avaient fait pour assurer la subsistance des grandes cités aujourd'hui à l'abandon sur un sol aussi ingrat et avec des forêts aussi impénétrables. Nous tenions la réponse de nos propres aïeux : sachez exploiter peu la richesse de la forêt, judicieusement la pauvreté de la plaine, prenez bien soin de l'une et de l'autre. Telle était la conduite immémoriale des paysans. Tant que cette attitude fut aussi celle des dynasties régnantes, le Yucatán resta vivant. Quand les dynasties régnantes placèrent la grandeur du pouvoir au-dessus de la grandeur de la vie, la fragile terre et l'épaisse forêt ne suffirent plus à satisfaire, en si grande quantité et en si grande rapidité, les exigences des rois, des prêtres, des guerriers et des fonctionnaires. Survinrent alors les guerres, l'abandon des terres, la faite vers les villes, puis la fuite hors des villes. La terre ne fut plus en mesure de soutenir le pouvoir. Le pouvoir s'effondra. La terre demeura. Demeurèrent les hommes sans autre pouvoir que celui de la terre.

Demeurèrent les mots.

Dans leurs cérémonies publiques, mais aussi dans leurs oraisons privées, les hommes répétaient sans cesse le conte suivant :

Le monde fut créé par deux dieux, l'un se nommait Cœur du Ciel, l'autre Cœur de la Terre. En se rencontrant, à eux deux ils fertilisèrent toutes les choses en les nommant. Ils nommèrent la terre, et la terre fut créée. À mesure qu'elle était nommée, la création se divisait et se multipliait, se transformant en brume, en nuage ou en tourbillon de poussière. Nommées, les montagnes jaillirent du fond des mers, formant des vallées magiques dans lesquelles se mirent à pousser des pins et des cyprès.

Les dieux s'emplirent d'allégresse lorsqu'ils séparèrent les eaux et donnèrent naissance aux animaux. Cependant, aucune de ces choses n'était dotée de ce qui l'avait créée, c'est-à-dire de la parole. Brume, ocelot, pin, eau : muets. Alors les dieux décidèrent de créer les seuls êtres qui seraient capables de parler et de nommer toutes les choses créées par la parole des dieux.

Ainsi naquirent les hommes, aux fins de préserver jour après jour la création divine au moyen de ce qui était à l'origine de la terre, du ciel et tout ce qui s'y trouve : la parole. En apprenant cela, Guerrero et moi comprîmes que la véritable grandeur de ce peuple ne résidait ni dans ses temples magnifiques ni dans ses exploits guerriers, mais dans la vocation tout humble de répéter à chaque instant, dans toutes les activités de la vie, l'événement le plus grand et le plus héroïque de tous, la création même du monde par les dieux.

Nous nous efforçâmes dès lors de renforcer cette mission et décidâmes de rendre à notre terre d'origine, l'Espagne, la beauté, la candeur et l'humanité que nous avions trouvées parmi les Indiens... Car, après tout, la parole était le pouvoir jumeau que les dieux et les hommes avaient en commun. Nous comprîmes que la chute des empires libère la parole et les hommes d'une servitude indue. Pauvres, limpides, maîtres de leur parole, les Mayas pouvaient régénérer leur vie et celle du monde entier, de l'autre côté de la mer...

Au lieu nommé la baie de la Mauvaise-Querelle, à l'endroit même où les compétences de Gonzalo Guerrero avaient permis aux Indiens de battre les Espagnols, on tailla des arbres, on scia des planches, on fabriqua les outils et l'on bâtit les carcasses nécessaires à notre escadre indienne...

Depuis ma tombe mexicaine, j'inspirai mon compagnon, l'autre Espagnol survivant, pour qu'il réponde à la conquête par la conquête ; moi j'ai échoué dans ma tentative de faire échouer Cortés, toi, Gonzalo, tu ne dois pas échouer, fais ce que tu m'as juré de faire, n'oublie pas que je t'observe de ma couche au fond du lac de Tenochtitlán, moi, le cinquante-huit fois nommé Jerónimo de Aguilar, l'homme qui fut maître des mots et qui perdit cette maîtrise dans un combat inégal avec une femme...

J'ai été témoin de tout cela. La chute de la grande cité andalouse, dans le vacarme des grelots, le choc de l'acier contre la pierre et le feu des lance-flammes mayas. J'ai vu les eaux brûlées du Guadalquivir et l'incendie de la Tour d'Or.

De Cadix à Séville, les temples s'écroulèrent ; les enseignes, les tours, les trophées. Et le lendemain de la défaite, avec les pierres de la Giralda, nous commençâmes à édifier le temple des quatre religions, portant le verbe du Christ, de Mahomet, d'Abraham et de Quetzalcóatl, dans lequel tous les pouvoirs de l'imagination et de la parole prendraient place, sans exception, et qui durerait peut-être aussi longtemps que les noms des mille dieux d'un monde subitement animé par les retrouvailles avec tout ce qui avait été oublié, interdit, amputé...

Nous commîmes quelques crimes, je le reconnais. Aux membres de la Sainte Inquisition, nous servîmes un plat de leur propre cru : nous les brûlâmes sur les places publiques de Logroño à Barcelone et d'Oviedo à Cordoue... Nous brûlâmes également leurs archives, avec leurs lois sur la pureté du sang et certificats de christianisme d'origine. Vieux juifs, vieux musulmans et maintenant vieux Mayas, donnant le bras à vieux et nouveaux chrétiens, et si quelques couvents et leurs habitantes furent violés, le résultat, en fin de compte, fut un métissage accru, indien et espagnol, mais aussi arabe et juif, qui en quelques années franchit les Pyrénées et s'étendit dans toute l'Europe... La pigmentation du Vieux Continent s'en trouva aussitôt assombrie, comme l'était déjà celle de l'Espagne levantine et arabe.

Nous abolîmes les décrets d'expulsion des juifs et des Maures. Les premiers revinrent avec les clefs glacées de leurs maisons abandonnées de Tolède et de Séville pour y rouvrir les portes de bois et reclouer dans les armoires leur vieux chant d'amour pour l'Espagne, la mère cruelle qui les avait chassés mais qu'eux, les enfants d'Israël, n'avaient jamais cessé d'aimer malgré les cruautés qu'elle leur avait fait subir... Et le retour des Maures emplit l'air de chants tantôt profonds comme un gémissement de plaisir, tantôt aigus comme la voix d'adoration du muezzin. De doux chants mayas s'unirent à ceux des troubadours provençaux, la flûte et la vielle, le chalumeau et la mandoline, et de la mer face au port de Santa María sortirent des sirènes de toutes les couleurs qui nous avaient accompagnés depuis les îles de la Caraïbe... Ceux d'entre nous qui avaient participé à la conquête indienne de l'Espagne sentirent immédiatement qu'un univers à la fois retrouvé et nouveau, perméable, complexe, fécond était né du contact entre les cultures, mettant en échec le funeste dessein purificateur des Rois Catholiques.

Ne croyez pas, cependant, que la découverte de l'Espagne par les Indiens mayas fut idyllique. Nous ne pûmes freiner les atavismes religieux de certains de nos capitaines. Tout ce que l'on peut dire, c'est que les Espagnols sacrifiés par les Mayas sur les autels de Valladolid et de Burgos, sur les places de Cáceres et de Jaén, eurent l'honneur de périr intégrés à un rite cosmique, et non, comme cela aurait pu leur arriver, vulgairement assassinés au cours d'une de ces rixes de rue si courantes en Espagne. Ou, sur un plan plus gastronomique, d'une indigestion de pot-au-feu. Il est certain que cet argument fut mal compris par tous les humanistes, poètes, philosophes et érasmiens espagnols, lesquels célébrèrent notre arrivée au début, la considérant comme une libération, mais qui à présent se demandaient s'ils n'avaient pas simplement troqué l'oppression des Rois Catholiques contre celle de caciques et pontifes indiens...

Mais vous avez peut-être envie de me demander, à moi Jerónimo de Aguilar, natif d'Écija, mort de petite vérole lors de la chute de la Grande Tenochtitlán et qui accompagne maintenant telle une étoile lointaine mon ami et compagnon Gonzalo de Guerrero, natif de Palos, dans sa conquête de l'Espagne, quelle fut notre arme principale.

Bien qu'il s'agisse à l'origine d'une armée de deux mille Mayas partis de la baie de la Mauvaise-Querelle, dans le Yucatán, à laquelle vinrent s'ajouter des escadres de marins caraïbes recrutés et formés par Guerrero à Cuba, à Borinquen, à Caicos et à Grand Ábaco, il faut cependant ajouter un autre facteur.

Devant ce débarquement absolument inopiné, la réaction des Espagnols (vous l'aurez deviné) fut la même que celle des Indiens du Mexique : la stupéfaction.

À ceci près qu'au Mexique les Espagnols, c'est-à-dire les dieux blancs, étaient attendus. Alors qu'ici personne n'attendait personne. La surprise fut totale, car tous les dieux étaient déjà en Espagne. La seule chose, c'est qu'on les avait oubliés. Les Indiens arrivèrent pour ressusciter les dieux espagnols eux-mêmes, et le plus surprenant — surprise que je partage aujourd'hui avec vous, lecteurs de ce manuscrit conçu et rédigé à grands traits par deux naufragés espagnols perdus pendant huit ans sur les côtes du Yucatán —, c'est que vous soyez en train de lire ces Mémoires dans la langue espagnole de Cortés, que Marina, la Malinche, dut apprendre, et non dans la langue maya, que Marina dut oublier, ni dans la langue mexicaine, que je dus apprendre afin de pouvoir traîtreusement communiquer avec le grand mais aboulique roi Moctezuma.

La raison en est simple. La langue espagnole avait déjà appris, jadis, à parler en phénicien, en grec, en latin, en arabe, en hébreu ; elle était prête à recevoir les apports mayas et aztèques, à s'enrichir grâce à eux, à les enrichir en retour, à leur donner de la souplesse, de l'imagination, de la communicabilité et à leur offrir une écriture, à les transformer en langues vivantes, non plus langues d'empires mais langues des hommes et de leurs rencontres, de leurs contacts, de leurs rêves comme de leurs cauchemars.

Peut-être Cortés lui-même l'avait-il compris et

est-ce pour cela qu'il a fait semblant de rien le jour où il nous a trouvés Guerrero et moi parmi les Mayas, barbouillés et tondus ; moi avec une rame sur l'épaule, une vieille savate à un pied, l'autre attachée à la ceinture, une couverture en lambeaux et un pagne encore pire ; Guerrero, lui, la figure tatouée et les oreilles percées... Peut-être, comme s'il devinait son propre destin, le capitaine espagnol avait-il laissé Guerrero parmi les Indiens pour qu'il entreprenne un jour cette aventure, réplique de la sienne, qu'il conquière l'Espagne dans le même esprit que celui qui l'avait animé lui-même dans sa conquête du Mexique, à savoir apporter une autre civilisation à celle qu'il considérait comme admirable mais entachée par trop d'excès, ici et là : sacrifice et bûcher, oppression et répression, humanité toujours sacrifiée au nom du pouvoir du plus fort et de l'honneur des dieux... Sacrifié, il le fut lui-même, Hernán Cortés, au jeu de l'ambition politique, nécessairement réduit à l'impuissance afin qu'aucun conquistador ne rêve de supplanter le pouvoir de la Couronne, humilié par les médiocres, étouffé par la bureaucratie, récompensé par de l'argent et des titres une fois ses ambitions écrasées — Hernán Cortés eut-il la fulgurante intuition que, pardonné, Gonzalo de Guerrero reviendrait avec une armée maya et caraïbe pour le venger dans son propre pays ?

Je l'ignore. Car Hernán Cortés, avec toute son intelligence rusée, manqua toujours de l'imagination magique qui fut, en son temps, la faiblesse du monde indigène, mais qui pourrait faire un jour sa force : son apport au futur, sa résurrection...

Je dis cela car, pour accompagner en esprit Gonzalo de Guerrero de l'île de Bahama à Cadix, j'ai dû me transformer en étoile afin de pouvoir accomplir le voyage. Mon ancienne lumière (toute étoile lumineuse, je le sais maintenant, est en fait une étoile morte) n'est que celle des questions.

Que se serait-il passé si ce qui est arrivé n'arrive pas ?

Que se serait-il passé si ce qui n'est pas arrivé arrive ?

Je parle et pose des questions du fond de la mort parce que je pense que mon ami l'autre naufragé, Gonzalo de Guerrero, est trop occupé à se battre et à conquérir. Il n'a pas le temps de raconter. Il doit agir, décider, commander, châtier... Moi, en revanche, dans la mort, j'ai tout le temps du monde pour raconter. Y compris (surtout) les exploits de mon ami Guerrero en cette grande entreprise qu'est la conquête de l'Espagne.

Je crains pour lui et pour l'action qu'il a menée avec tant de succès. Je me demande si un événement qui n'est pas narré arrive réellement. Ce qui ne s'invente pas se consigne. Qui plus est : une catastrophe (et toute guerre en est une) ne se discute que si elle est racontée. La narration la dépasse. La narration discute l'ordre des choses. Le silence le confirme.

C'est pourquoi, du seul fait de raconter, je suis forcément obligé de me demander où est l'ordre, la morale, la loi de tout ça.

71

Je ne sais. Et mon frère Guerrero ne sait pas non plus, car je l'ai contaminé d'un rêve douloureux. Il se couche dans son nouveau logis, l'Alcázar de Séville, et ses nuits sont inquiètes ; elles sont traversées, comme par un fantôme, par le regard douloureux du dernier roi aztèque, Guatemuz. Un nuage de sang lui couvre les yeux. Quand il les sent trop mouillés, il baisse les paupières. L'une est en or, l'autre en argent.

Lorsqu'il se réveille, pleurant sur le destin de la nation aztèque, il se rend compte qu'en guise de larmes sur une joue lui coule un sillon d'or, sur l'autre un sillon d'argent, et ses deux joues sont balafrées comme par deux estafilades, deux plaies à vif que seule la mort cicatrisera peut-être un jour.

Mais cela reste, je le sais, une incertitude. Mon unique certitude, vous pouvez le constater, c'est que la langue et les mots ont triomphé sur les deux rives. Je le sais parce que la forme de ce récit, celle d'un compte à rebours, a trop souvent été liée à des explosions mortelles, à des défaites d'adversaires ou à des événements apocalyptiques. Il me plaît de l'employer aujourd'hui, partant de dix pour arriver à zéro, pour suggérer au contraire l'éternel recommencement d'histoires éternellement inachevées lorsque, et seulement lorsque, y préside, comme dans le conte maya des dieux du Ciel et de la Terre, la parole.

Telle est peut-être la véritable étoile qui traverse l'océan et relie les deux rives. Les Espagnols, je dois le dire pendant qu'il est encore temps, ne l'ont pas compris au début. Lorsque j'arrivai à Séville monté sur mon étoile verbale, ils confondirent sa lumière fugace avec celle d'un oiseau monstrueux, somme de tous les oiseaux de proie qui volent dans l'obscurité la plus profonde, mais moins terrorisant par son vol que par son *atterrissage,* sa faculté de se traîner sur le sol avec la puissance de destruction mercureuse d'un venin : vautour des hauteurs, serpent à ras de terre, cet être mythologique qui survola Séville et rampa à travers l'Estrémadure aveugla les saints et séduisit les démons d'Espagne, épouvanta tout le monde et joua le même rôle que les chevaux espagnols au Mexique : invincible parce que inconnu.

Transformée en monstre, la bête n'était pourtant qu'une parole. Et la parole se déploie dans l'air rempli d'écailles, sur la terre couverte de plumes, comme une unique question :

Combien de temps encore pour arriver au présent ?

Jumelle de Dieu, jumelle de l'homme : sur la lagune de Mexico, qui contient le fleuve de Séville, s'ouvrent en même temps les paupières du Soleil et celles de la Lune. Nos visages sont zébrés par les flammes, mais en même temps nos langues sont sillonnées par la mémoire et le désir. Les paroles vivent sur les deux rives. Et ne cicatrisent pas.

Londres-Mexico, hiver 1991-1992.

LES FILS DU CONQUISTADOR

À José Emilio Pacheco

Et si l'on y regarde bien, en nulle chose il n'eut de chance après que nous eûmes gagné la Nouvelle-Espagne, et l'on dit qu'on lui jeta un mauvais sort.

BERNAL DÍAZ DEL CASTILLO,
*Histoire véridique
de la conquête de la Nouvelle-Espagne.*

Martín II

Mon père, Hernán Cortés, le conquistador du Mexique, eut douze enfants. En allant des plus jeunes aux plus vieux, on trouve trois filles de sa dernière épouse, l'Espagnole Juana de Zúñiga : María, Catalina et Juana, bouquet mexicain de filles favorisées par le sort, qui naquirent tard et n'eurent donc pas à porter le poids des malheurs de leur père, mais seulement celui de sa glorieuse mémoire. De la Zúñiga naquit aussi mon frère Martín Cortés, qui porte le même prénom que moi et avec lequel je partage non seulement le nom mais le sort. Et deux enfants mort-nés, Luis et Catalina.

Notre père fut un grand conquérant de chair fraîche, autant que de territoires. Au roi vaincu, Moctezuma, il enleva sa fille préférée, Ixcaxóchitl, Fleur-de-Coton, avec laquelle il eut une fille, Leonor Cortés. Avec une princesse aztèque au nom oublié, il eut une autre fille, qui vint au monde contrefaite, la dénommée María. Avec une autre femme anonyme, il eut un fils prénommé Amadorcico, dont il nous raconta qu'il l'avait beaucoup aimé, puis oublié, le laissant mort ou abandonné quelque part au Mexique. Pire destin encore fut celui d'un autre fils, Luis Altamirano, né d'Elvira (ou peut-être Antonia) Hermosillo en 1529, déshérité dans le testament de notre père prodigue, rusé et vaincu ; mais nul ne connut malheur plus grand que la fille aînée, Catalina Pizarro, née à Cuba en 1514, d'une mère nommée Leonor Pizarro.

Notre père la dorlota, la veuve Zúñiga la persécuta, la dépouilla de ses biens et l'obligea, contre son gré, à passer le restant de ses jours enfermée dans un couvent.

Je suis le premier Martín, fils bâtard de mon père et de doña Marina ma mère indienne, celle qu'on surnommait la Malinche, l'interprète sans laquelle Cortés n'aurait rien conquis. Mon père nous abandonna après la chute de Mexico, car ma mère ne lui était plus d'aucune utilité pour conquérir et qu'elle lui était plutôt une gêne pour régner. J'ai grandi loin de mon père, ma mère ayant été livrée au soldat Juan Xaramillo. Elle est morte sous mes yeux, de la variole, en 1527. Mon père m'a reconnu en 1529. Je suis le premier-né, mais pas l'héritier. J'aurais dû être Martín Premier, mais je ne suis que Martín Second.

Martín I

Trois Catalina, deux María, deux Leonor, deux Luis et deux Martín : notre père manquait d'imagination pour baptiser ses enfants, et cela prête souvent à confusion. L'autre Martín, mon frère aîné et fils de l'Indienne, se console en racontant les difficultés que nous avons rencontrées. Moi, je préfère me souvenir des bons moments, et aucun n'est meilleur que celui de mon retour au Mexique, la terre conquise par mon père au nom de S.M. le Roi. Mais procédons par ordre. Je suis né à Cuernavaca en 1532. Je suis le produit du voyage mouvementé de mon père en 1528 en Espagne, où il retournait pour la première fois depuis la Conquête afin de s'y marier et d'y réclamer les droits que l'administration coloniale cherchait à lui dénier au moyen d'un procès incité par les envieux. L'Espagne, je m'en souviens, est avant tout le pays de l'envie. Les Indes, je le constate de jour en jour, rivalisent à leur avantage avec leur mère patrie sur ce chapitre. Bref, à Béjar, Hernán Cortés épousa en secondes noces ma mère, Juana de Zúñiga. Le Roi confirma les grâces et honneurs dus à mon père : titres, terres et vassaux. Mais en revenant au Mexique au mois de mars de l'an 1530, mes parents et ma grand-mère furent arrêtés à Texcoco à cause du procès contre mon père, lequel ne put entrer dans la ville de Mexico avant le mois de janvier de l'année suivante, s'installant entre-temps à Cuernavaca, où, comme je l'ai dit, je naquis. Dès lors, mon père usa ses forces en chicanes et en expéditions également vaines jusqu'au jour où — j'avais déjà huit ans — il m'emmena avec lui en Espagne, pour batailler de nouveau, pas contre les Indiens cette fois, mais contre les clercs et autres gens de robe.

Je quittai donc le Mexique pour l'Espagne avec mon père, en 1540, à l'âge de huit ans. Nous allions réclamer notre dû, nos charges et propriétés. Les intrigues, les procès et les amertumes ont coûté la vie à mon père : s'être tant battu et avec tant de succès à seule fin de gagner au Roi des territoires neuf fois plus grands que l'Espagne, pour finir par errer d'auberge en auberge, endetté envers tailleurs et domestiques, objet de moqueries et de tracasseries à la cour ! J'étais près de lui quand il est mort. Un franciscain et moi. Ni l'un ni l'autre ne réussîmes à le sauver de l'horrible perte de substance due à la dysenterie. Plus fort que l'odeur des excréments de mon père, cependant, me parvenait le frais parfum d'un oranger qui arrivait à hauteur de la fenêtre de sa chambre et qui, en cette saison, se trouvait superbement en fleur.

Il prononça des paroles incompréhensibles avant de mourir, à Castilleja de la Cuesta, près de Séville, car on ne lui permit point d'aller mourir en paix dans sa maison sévillane tant étaient nombreux les créanciers et les malandrins qui le cernaient comme des essaims de mouches. En revanche, grand seigneur et meilleur ami que le Roi, le duc de Medina Sidonia organisa des obsèques grandioses au monastère de San Francisco à Séville, remplit l'église d'étoffes noires, de cierges, d'étendards et de bannières aux armes du marquis mon père, parfaitement, marquis del Valle de

Oaxaca, capitaine général de la Nouvelle-Espagne et conquistador du Mexique, titres que les envieux ne pourront jamais lui retirer et qui devraient être les miens, car dans le testament de mon père j'étais désigné comme successeur, héritier et titulaire du majorat. Je me gardai, cependant, de respecter les clauses où mon père m'enjoignait de libérer les esclaves de nos terres mexicaines et de rendre celles-ci aux naturels des villages conquis. Repentirs de vieillard, me dis-je. Si j'en tiens compte, je me retrouve sans rien. Lui ai-je demandé pardon ? Sans doute. Je ne suis pas une mauvaise personne. J'ai violé son ultime volonté. Mais il m'a suffi de voir le destin de notre maison de Séville pour me débarrasser de tout scrupule. Pots en cuivre, ustensiles de cuisine, valises, couvertures élimées, draps et matelas, vieilles armes qui avaient livré leur dernière bataille depuis longtemps : tout cela vendu à vil prix sur les marches de la cathédrale de Séville après la mort de mon père. Le fruit de la conquête du Mexique allait être, au bout du compte, l'adjudication d'un tas de matelas et de vieilles casseroles ? Je décidai de rentrer au Mexique réclamer mon héritage. Avant de partir, j'ouvris le cercueil dans lequel gisait notre père Hernán Cortés pour le voir une dernière fois. Je fus saisi d'épouvante et le cri que je poussai me resta en travers de la gorge. Le visage de mon père mort était recouvert d'un masque poussiéreux, fait de jade et de plume.

Martín II

Je ne vais pas verser des larmes sur mon père.
Mais, en bon chrétien que je suis, je ne peux que
compatir à son triste sort. Regardez tout ce qui lui
est arrivé après la chute de la Grande Tenochtitlán
et la conquête de l'empire des Aztèques. Au lieu
de rester dans la ville et d'y consolider son pouvoir, il a cru bon de se lancer dans une folle aventure menée à grand bruit qui l'a conduit à se
perdre et à se ruiner au fin fond de la jungle du
Honduras. Par quel ver cet homme notre père
était-il rongé, pour ne pas pouvoir rester en place
à jouir tranquillement de la fortune et de la gloire
bien méritées, mais pour toujours avoir besoin de
chercher plus d'aventure et plus d'action, quitte à
y perdre la fortune et la gloire ? C'est comme s'il
avait eu le sentiment que sans l'action il redevien-
drait le modeste fils de meunier de Medellín qu'il
était à l'origine ; comme si l'action devait rendre
hommage à l'action. Il ne pouvait s'arrêter pour
contempler ce qui avait été accompli ; il avait
besoin de tout risquer pour tout mériter. Peut-être
avait-il en plus du petit dieu chrétien (qui est le
nôtre, à n'en pas douter) un dieu païen en lui,
séculaire, sauvage et impitoyable, qui lui demandait d'être tout par l'action. Être tout : y compris
rien. Il y avait deux hommes en lui. L'un béni par
la fortune, l'amour et la gloire. L'autre, perdu par
la vanité, l'ostentation et la miséricorde. Quelle
chose étrange je dis de mon papa. Vanité et misé-

ricorde ensemble : une part de lui avait besoin de reconnaissance, de richesse, de la loi du caprice ; une autre demandait pour nous, son nouveau peuple mexicain, compassion et justice. Qu'il ait fini par se sentir des nôtres, par s'identifier à notre pays, est peut-être vrai. Je sais, par ma mère, qu'Hernán Cortés se disputa avec les franciscains, qui exigeaient qu'on rasât les temples alors que mon papa voulait garder les maisons des idoles pour mémoire. Et mon frère Martín vous a déjà parlé de ce qu'il avait mis dans son testament pour libérer les Indiens et leur rendre leurs terres. Lettre morte. Tant de lettres mortes. Vous voyez que je reconnais quand même les vertus de mon paternel. Mais étant le fils de ma maman, et puisque je raconte ici les faits en toute vérité et clarté d'esprit, car je n'aurai pas d'autre occasion de le faire, je dois avouer que ses mésaventures me réjouirent, que le contraste entre les honneurs qu'on lui rendit et les pouvoirs qu'on lui refusa me faisaient des chatouillis à l'âme. Abandonnés, ma mère et moi, quand nous devînmes une gêne pour ses ambitions politiques et matrimoniales, comment n'aurions-nous pas trouvé quelque consolation dans ses déboires ? S'il n'avait pas quitté le gouvernorat de Mexico pour s'en aller conquérir de nouvelles terres au Honduras, ses ennemis n'auraient pas eu le dessus, ils ne se seraient pas emparés de ses biens, et même si les amis de mon père mirent ses ennemis en geôle par la suite, à son retour du Honduras notre papa se retrouva face aux juges venus d'Espagne pour lui faire procès et lui enlever le gouvernorat. Mon âme indienne s'étonne et s'effraie. Pendant son expédition au Honduras, mon père fit torturer puis pendre Cuauhtémoc, le dernier roi aztèque, parce qu'il ne voulait pas révéler la cachette du trésor de Moctezuma ; à Mexico, les amis de mon père étaient soumis à la torture pour qu'ils révèlent la cachette du trésor de Cortés, puis pendus. Les gloires s'évaporent. Les choses se noient dans les procès, les papiers, l'encre ; les hommes aussi. Voici tout ce dont notre père fut accusé à son retour à Mexico : de s'être enrichi illégalement, d'avoir voulu protéger les Indiens, de s'être débarrassé de ses rivaux avec du fromage empoisonné, de ne pas craindre Dieu, et que sais-je encore... Je m'arrête sur la seule chose qui me passionne et me trouble réellement : la vie sexuelle de mon paternel, sa violence, sa volonté de séduction, son goût de la chair. Il avait d'innombrables femmes, d'ici et de Castille, et avec toutes il avait des rapports, même lorsqu'elles étaient parentes entre elles. Les maris, il les expédiait loin de la cité afin d'avoir les coudées franches avec les épouses. Il avait des rapports charnels avec une quarantaine d'Indiennes. Quant à son épouse légitime, Catalina Xuárez dite la Marcaida, il était carrément accusé de l'avoir assassinée. De crimes, de corruptions multiples, de conduite rebelle afin de s'emparer de la contrée et de régner sur elle il est accusé par l'interprète Jerónimo de Aguilar, que mon père avait recueilli, naufragé, sur la côte du Yucatán. Il est, de surcroît, accusé d'abus charnel par six vieilles servantes illettrées. Entre l'interprète félon et les femmes de chambre cancanières, j'interviens, moi, Martín Cortés le bâtard, fils de la loyale interprète doña Marina, illettrée elle aussi mais possédée par le démon de la langue. Je me glisse, moi, entre les deux, entre Aguilar et les commères, parce qu'ils s'accordent à dire que c'est ma naissance qui a rendu folle de jalousie la stérile Catalina Xuárez, épousée par Cortés à Cuba et amenée au Mexique lors de la chute de l'Empire, la seule femme de mon père qui ne lui ait jamais donné d'enfant. Malade, toujours souffreteuse, couchée sur un sofa, oisive et plaintive, par ma faute cette femme eut un soir une dispute avec mon père, selon ce que racontent les servantes, au sujet du travail des Indiens, que la Marcaida exigeait pour elle toute seule, nous excluant ma mère et moi, et mon père lui répliquant qu'il ne voulait rien savoir d'elle ni de ses esclaves indiens, qu'il ne s'occupait que de ce qui lui appartenait en propre, dont ma mère et moi. Mortifiée, elle se retira en sanglotant dans sa chambre. C'est là que les servantes la trouvèrent le lendemain, morte, avec des marques bleues autour du cou et le lit imbibé d'urine. Aux servantes les amis de Cortés répondirent : elle est morte de son flux menstruel. Cette Marcaida était toujours très malade de ses affaires de femme. Ses propres sœurs, Leonor et Francisca, périrent après avoir perdu tout leur sang à cause de l'abondance anormale de leurs menstrues. Et moi aussi je commence à avoir les yeux voilés de sang. Sang de la menstruation, de la guerre, du sacrifice sur les autels, des rivières de sang qui vont bientôt nous emporter tous. Sauf ma mère, la Malinche. En ce qui la concerne, ses menstrues se sont arrêtées, la guerre s'est achevée, le poignard du sacrifice est resté suspendu en l'air, le sang a séché, et moi j'ai été conçu dans le ventre de la Malinche lors d'une pause entre le sang et la mort, comme en un désert fertile. Je suis le fils de la semence morte, voilà ce que je suis. Mais je préfère me noyer dans le sang plutôt que dans la paperasserie, les intrigues, les procès ; me noyer dans le sang plutôt que dans les choses, ces choses pour lesquelles nous nous démenons jusqu'à nous retrouver sans rien, ayant perdu et les choses et notre âme. Sur ce point au moins, mon frère sera d'accord. En effet, l'autre Martín conviendra sans doute que notre père a connu les hauts faits, mais que nous ses enfants nous n'avons connu que les procès, n'est-ce pas ? Héritiers du désert et de quelques cabanes !

Martín I

Hernán Cortés a toujours aimé l'élégance, le faste et les belles choses. Pour les obtenir, il a usé de tous les moyens, il est vrai. Bernal Díaz relate comment à Cuba, avant l'expédition du Mexique, mon père avait commencé à se parer de beaux atours, portant panache de plumes, médailles, chaînes en or et habits de velours semés de rubans dorés. Cependant, il n'avait pas de quoi payer tout cet apparat, se trouvant à l'époque très endetté et fort pauvre, car il dépensait tout ce qu'il gagnait pour sa personne et les toilettes de sa femme. Ce côté extravagant me plaît bien chez mon père ; c'était un gaillard sympathique, capable de reconnaître qu'il s'était procuré les provisions pour son armée mexicaine en écumant les côtes de Cuba tel un vaillant corsaire, soutirant et dérobant des poules et du pain cassave, des armes et de l'argent aux voisins de l'île fertile, ébahis devant l'audace de cet Extrémègne. Fils de meuniers et de soldats de la guerre contre les Maures, mon père avait hérité du sien la vigueur, mais non la résignation. Il se forgea un destin personnel et, prodigue comme il l'était, il se le forgea deux fois : un destin d'ascension, un autre de déclin. Aussi étonnants l'un que l'autre.

Moi, il me légua le goût pour les choses. Le Roi refusa à mon père le pouvoir sur la terre mexicaine qu'il avait conquise. Cortés demanda le gouvernorat du Mexique, mais on ne le lui accorda pas afin qu'aucun conquistador ne pût penser que cela lui était dû. Le grand-père du roi Charles, Ferdinand le Catholique, avait déjà fait de même avec Colomb en lui refusant le gouvernement des Indes, que celui-ci avait découvertes. En revanche, on combla mon père d'honneurs et de titres dont j'appris à jouir dès mon enfance. Capitaine général de la Nouvelle-Espagne, marquis del Valle de Oaxaca — le Roi concéda à mon père vingt-trois mille vassaux et vingt-deux territoires villageois allant de Texcoco à Tehuantepec et

87

de Coyoacán à Cuernavaca : Tacubaya, Toluca, Jalapa, Tepoztlán... Dans l'espoir de se faire confirmer ces attributions et de faire taire ses ennemis, mon père retourna en Espagne en 1530. Jamais on ne vit capitaine des Indes revenir au pays avec pareil déploiement de faste, entièrement payé par lui, et non par la Couronne. Du port de Palos, mon père prit la route de Tolède, où se trouvait alors la cour, avec une suite de quatre-vingts personnes amenées du Mexique, plus les Espagnols qui acceptèrent l'invitation ouverte à se joindre à l'escorte de soldats de la Conquête, nobles Indiens, gens de cirque, nains, albinos et domestiques en grand nombre, sans compter les colibris, les aras et les quetzals, les urubus et les dindons, les plantes du désert, les ocelots, les joyaux et les codex illustrés, que mon père avait fait transporter dans deux navires, louant des mules et des voitures pour monter d'Andalousie en Castille, s'arrêtant dans son village natal de Medellín pour aller s'incliner sur la tombe de son père, mon grand-père, dont je porte le nom et baiser la main de sa mère, la veuve Catalina Pizarro, mère d'un conquistador et tante d'un autre, don Francisco, d'Estrémadure lui aussi. La différence, c'est que mon père savait lire et écrire, alors que Pizarro était analphabète. Cortés et Pizarro se rencontrèrent à mi-chemin, alors que l'un était déjà tout et l'autre rien encore, bien qu'au bout du compte le mauvais sort nous frappe tous également. Chacun vit briller l'éclat insensé de la jalousie dans les yeux de l'autre Extrémègne au spectacle de mon père distribuant les cadeaux afin d'obtenir des faveurs, offrant aux dames des coiffures de plumes vertes emplies d'objets d'argent, d'or et de perles, ordonnant de confectionner du liquidambar et des baumes pour qu'elles puissent se parfumer dans les cours et villes royales, et ainsi procéda-t-il jusqu'à la cour installée à Tolède, entre banquets et fêtes, précédé d'une renommée et d'un faste qui impressionnèrent tout le monde. À Tolède, il arriva tard pour la messe et passa devant les plus illustres seigneurs d'Espagne pour aller s'asseoir au côté du roi Charles au milieu des murmures d'envie et de désapprobation. Il n'avait peur de rien, mon père ! Il offrit tout ce qu'il avait apporté, à l'exception de cinq émeraudes d'une délicatesse infinie, qu'il tenait de Moctezuma et qu'il avait toujours gardées par-devers lui à titre de preuve, selon moi, de ses hauts faits. L'une des émeraudes était taillée en forme de rose, une seconde en cornet, une troisième représentait un poisson aux yeux d'or, la quatrième ressemblait à une clochette sertie d'or avec une perle magnifique en guise de battant et portant l'inscription « Béni soit qui t'a élevé » ; la dernière était en forme de petite tasse munie d'un pied en or et de quatre chaînettes pour assurer son assise sur une perle longue comme un bouton. Mon père se vanta tant et si bien de ces joyaux que la reine, lorsqu'elle en fut informée, voulut les voir et les garder pour elle, disant que l'empereur Charles Quint les lui paierait cent mille ducats. Mais mon père attachait si grand prix à ces émeraudes qu'il refusa de les céder, même à l'impératrice, auprès de laquelle il s'excusa, disant qu'il les réservait pour ma mère, Juana de Zúñiga, qu'il était venu épouser... Ainsi en fut-il : c'est avec celle-ci qu'il s'en retourna au Mexique, et s'il avait quitté Cuba dans le faste pour partir à la conquête du Mexique, quitté le Mexique dans le faste pour rentrer conquérir l'Espagne, c'est dans le plus grand luxe qu'il débarquait de nouveau sur la terre soumise ; mais ses ennemis, les envieux de toujours, l'arrêtèrent à Texcoco, loin de Mexico, et le soumirent à un siège destiné à l'affamer en attendant l'issue du procès intenté contre lui en son absence. Ils lui refusèrent le pain. Ils refusèrent le pain à ma grand-mère doña Catalina Pizarro, que mon père avait emmenée au Mexique pour qu'elle connût ce que son fils avait gagné pour l'Espagne et le Roi. Doña Catalina ma grand-mère, veuve depuis peu, s'était laissé convaincre par son fils : « Abandonne Medellín, où tu as été une femme vigoureuse, dévote, mais modeste ; viens au Mexique ; là-bas tu seras une grande dame. » Eh bien, elle est morte de faim, ma grand-mère, à Texcoco, de faim, messieurs, Catalina Pizarro ma grand-mère est morte de faim... De faim, vous dis-je, si incroyable que cela vous paraisse, de faim ! Pourquoi dans cette famille n'y a-t-il pas de place entre le bonheur et le malheur, entre la gloire et la défaite ? Pourquoi ?

Mon frère parle de richesses, de joyaux et de serviteurs, de titres et d'atours, de pouvoir et de terres, même s'il parle aussi de la faim... Moi je parle de papiers. Car tout ce dont tu as parlé, Martín mon frère, a perdu de sa substance tangible pour se transformer en papier, des montagnes de papier, des labyrinthes de papier, tonnes de papier vomi par les interminables procédures et les jugements sans fin, comme si chaque chose conquise par notre père n'avait qu'un seul destin éternellement ajourné : l'accumulation de dossiers dans les tribunaux des deux Espagne, l'ancienne et la nouvelle. Victime d'un jugement sans cesse différé, dans lequel les choses matérielles finissent par montrer qu'elles portaient caché dans leur âme un double de papier, inflammable et submersible. Choses effacées par le feu et l'eau du papier effacé. Vois, mon frère. Procès intenté par Hernán Cortés contre des dénommés Matienzo et Delgadillo en vue de récupérer des terres et des vergers situés entre la chaussée de Chapultepec et la chaussée de Tacuba. Autre procès, un mois plus tard, contre les mêmes, au sujet d'une dispute concernant les tributs et services dus par des Indiens à Huejotzingo. Lettres de doléances contre la Couronne. Mémoires déposés devant le Conseil des Indes. Listes de quatre-vingts, cent, mille questions répétitives. Frais de scribes, de copistes, de messagers. Plus de deux

cents cédules royales relatives à notre père, reje-
tant ses plaintes, ajournant ses requêtes, payant en
fiel glacé le féal exploit de la Conquête. Monde
d'avocats chicaniers, de lois incontestées mais
jamais appliquées, mains maculées d'encre, pyramides de dossiers, oiseaux déplumés pour ajouter
des milliers de codicilles, plus de plumes dans les
encriers que d'oies dans les marais ! L'interminable action judiciaire contre notre père au Mexique
pour tout ce qui a déjà été dit : corruption, abus,
promiscuité charnelle, rébellion et assassinat. Tu
le sais bien : le procès contre notre père demeura
sans jugement. Il resta consigné dans deux mille
folios, envoyés du Mexique au Conseil des Indes,
à Séville. Des milliers de pages, des centaines de
dossiers. L'encre s'impatiente. La plume grince.
La montagne de parchemins est à jamais ensevelie
dans les archives qui sont le destin mort de l'histoire. Reconnais la vérité avec moi, frère Martín :
deux mille folios de prose juridique furent à
jamais enterrés à Séville, car le but était bien de
laisser la procédure sans issue, afin qu'elle reste
suspendue, telle une épée de Damoclès, au-dessus
de la tête d'Hernán Cortés puis de celle de ses fils,
mon crétin de frère, aveuglé que tu es par la
funeste gestion de la renommée et du luxe paternels, mais dépourvu de l'astuce qui du moins a
toujours accompagné les destins de mon père, sa
gloire aussi bien que sa ruine. Celles-ci furent-elles
également grandes ? Je ne puis en juger. La véritable histoire, et non les archives poussiéreuses, le
dira un jour. L'histoire vivante de la mémoire et

du désir, mon frère, qui se déroule toujours dans l'instant, ni hier ni demain. Mais que dire de moi-même, qui me suis laissé entraîner dans ta folle aventure, entraîné par toi que je connais si bien que je ne sais si je dois te craindre ou te mépriser ? Hélas ! comment ai-je pu avoir l'idée de te faire confiance, mon frère ?

Martín I

Je ne suis pas aussi stupide que tu le crois, Martín Second. Second, oui, en second, même si ça te fait mal. Je te blesse pour me blesser moi-même et te montrer que moi aussi je vois clairement ce qui se passe. Ne me prends pas pour un aveugle du destin, un Œdipe indien, non. J'aime et je respecte notre père. Il est mort dans mes bras, pas dans les tiens. Je comprends ce que tu dis. Hernán Cortés a eu deux destins. Comment ne pas fuir l'éternel procès, le tribunal immobile, pour se lancer dans une folle aventure après l'autre ? Comme il avait quitté l'Estrémadure de son enfance pour découvrir par lui-même le Nouveau Monde ; comme il avait quitté Cuba et sa vie tranquille pour se lancer à la conquête du Mexique ; de même laissa-t-il derrière lui l'univers d'intrigues et de paperasseries qui suivit la Conquête pour se lancer dans le Honduras, puis à la découverte de la contrée la plus stérile du monde, cette longue côte de la mer du Sud où il ne trouva, contrairement à ce qu'il avait sans doute rêvé, ni le royaume des Sept Cités d'Or ni les amours de la reine des Amazones nommée Calafia, mais seulement de l'eau et du sable. Comment ne se serait-il pas senti humilié lorsque, à son retour des Californies, le torve et cruel Nuño de Guzmán lui interdit le passage par les terres du Xalisco ?

C'est avec une amère ironie que notre père me dit, avant de mourir, que l'expédition n'avait peut-être pas été vaine, ne fût-ce que pour deux raisons. La première est qu'elle permit de découvrir une nouvelle mer, un golfe profond et mystérieux aux eaux si cristallines qu'à fleur de rivage on avait l'impression de flotter dans l'air, n'était la multitude de poissons argentés, bleus, verts, noirs et jaunes qui s'agitaient autour des genoux des soldats et des marins émerveillés de tomber sur un lieu aussi paradisiaque. Était-ce une île ? une péninsule ? Conduisait-elle réellement au pays de la reine Calafia, à Cibola, à El Dorado ? Peu importe, me dis-je, et sur le moment cela n'avait réellement aucune importance. La rencontre du désert et de la mer, les cactus immenses et l'eau transparente, le soleil rond comme une orange... L'autre raison fut justement, se souvint-il, son émerveillement, en arrivant dans le Yucatán, de découvrir un oranger dont les graines avaient été apportées jusque-là par les deux naufragés déloyaux, Aguilar et Guerrero. Cependant mon père, humilié par le satrape de Xalisco, l'assassin Nuño de Guzmán, fut contraint de réembarquer à la Barra de Navidad et de naviguer jusqu'à la baie d'Acapulco, où il débarqua pour remonter jusqu'à Mexico. Il eut une idée. Il demanda des graines d'oranger au contremaître du bord. Il en glissa une poignée dans son gousset. Sur la côte acapulquègne, il chercha un endroit bien ombragé, face à la mer, et il creusa un trou profond dans lequel il enfouit les graines d'oranger.

— Il te faudra cinq ans pour donner des fruits, déclara mon père aux graines qu'il venait de planter ; le problème est que tu pousses bien en climat froid comme le nôtre, où les gelées te permettent de dormir tranquillement tout l'hiver. Voyons si ici, sur cette terre aromatique et brûlante, tu donnes des fruits. L'essentiel, je crois, c'est de toujours creuser bien profond pour te protéger.

Maintenant, le parfum de la fleur d'oranger entrait par la fenêtre jusqu'à son lit d'agonie. C'était la seule consolation de sa fin brisée, humiliée...

Martín II

Attends une minute. Ta vanité me fait mal au cœur. Tu vois tout en termes de perte de dignité, d'humiliation, de fierté d'hidalgo. Créole de merde ! Reconnais plutôt que notre père n'a pas été si malin qu'on le dit. Quelle incroyable innocence se cachait sous l'apparence si sagace de cet homme ! Reconnais que les choses sont comme je le dis, mon frère Martín. Ce n'est que dans l'astuce qu'il épousa l'astuce. Par la suite, il y eut divorce, et une astuce resta sans partenaire tandis que l'autre épousait l'ingénuité. Très malin, mais aussi parfaitement couillon. Pourquoi ne pas le reconnaître ? Tu as peur que s'éteigne la flamme que tu crois alimenter par ta piété filiale ? Tu as peur que ton père te lègue non la gloire, mais l'échec ? Tu fuis la part maudite et frivole de son destin, de peur qu'elle ne devienne aussi la tienne ? Tu ne préfères pas ma franchise ? Ne comprends-tu pas que son impérial retour en Espagne, avec une cour à lui et distribuant les richesses à tout va, confirma le Roi dans la suspicion que ce soldat voulait être le souverain du Mexique ? Ses cadeaux exagérés aux femmes exaspérèrent les maris. L'insolence avec laquelle il s'autorisa à passer par-dessus les grands pour aller s'asseoir auprès du Roi pendant la messe, le dédain qu'il manifesta en refusant d'offrir, et même de vendre, les émeraudes à la Reine, ne crois-tu pas que tous ces comportements indisposèrent le Roi et la cour envers notre père éveillèrent leur méfiance, les rendirent mauvais ? C'est pour ta mère qu'il gardait les fameuses émeraudes ? Il aurait aussi bien fait de les jeter aux porcs. Ne me regarde pas comme ça.

Martín I

Je me sépare de toi, mon frère. Je te relègue de nouveau à la troisième personne, je ne t'accorderai même plus la deuxième, que je venais de te donner. Tu ne vas pas m'obliger à la franchise déchirante qui consisterait à dire du mal de ma mère. La paperasse, dis-tu ? Possessions, choses, héritage ? Je peux accepter que le Roi, notre seigneur, ait concédé des Indiens et des territoires à mon père pour les lui reprendre peu à peu, lui enlever Acapulco par-ci, Tehuantepec par-là... Mais que mon père ait essayé de dépouiller ses propres enfants... J'ai été franc. Je reconnais que j'ai violé le testament de mon père afin d'éviter la dilapidation d'Indiens et de terres au nom de je ne sais quel humanisme sénile et désordonné. Je ne savais pas alors que ma propre mère, Juana de Zúñiga, autoritaire et arrogante, dévorée par la jalousie et les absences de mon père parti pour l'Espagne (faire reconnaître ses droits et n'y trouvant que la mort), humiliée par l'abandon puis la disparition de son mari, connaissant ses faiblesses charnelles, isolée pendant des années avec six enfants dans un village d'Indiens comme Cuernavaca, irritée par la légèreté avec laquelle son mari contractait des dettes pour financer de folles expéditions, entretenir ses maisons, se procurer des femmes, payer ses avocats, empruntant pour cela des sommes exorbitantes aux banquiers sévillans et aux prêteurs italiens (qui n'aurait accordé crédit à l'homme qui avait vaincu Moctezuma, l'empereur au Siège d'Or ?), se sentant insultée par la disposition testamentaire de mon père lui rendant les deux mille ducats qu'elle lui avait apportés en dot, et rien de plus, que cette femme, ma mère, se transformerait, après la mort de notre père, en une pie voleuse de ses propres enfants. J'aurais dû m'en douter. La fille naturelle que mon père avait eue avec Leonor Pizarro, fruit d'amours précoces à Cuba, et qui se nommait simplement Catalina Pizarro, avait été choyée par lui avec affection et diligence. C'est surtout contre elle que s'acharna ma mère, doña Juana, s'entourant d'avocats véreux pour la tromper, l'obliger à signer des documents par lesquels elle cédait à ma mère ses propriétés et finalement, avec l'aide de l'hypocrite Medina Sidonia qui avait tant flatté mon père à Séville, la faisant interner de force dans le couvent dominicain de la Madre de Dios, près de Sanlucar, où la pauvre créature sans défense passa le restant de ses jours dans l'angoisse et l'incompréhension de ce qui lui arrivait. Dans tout cela, j'aurais dû reconnaître le présage de ce qui m'attendait, et aussi quand ma mère, veuve d'Hernán Cortés, interdit l'entrée de notre maison aux exécuteurs testamentaires, qu'elle fit recevoir les avocats par les domestiques, refusant qu'on procède à l'inventaire, et encore moins à la remise de la part qui m'était due, puis quand elle entama des procès contre moi pour réclamer des pensions alimentaires, des dots pour ses filles, mes sœurs Catalina et Juana, déjà mariées avec des hommes de bonne famille en Espagne, et les terres, de plus en plus dispersées et réduites, du marquisat. Elle me réclamait pension, dot (la sienne) et biens du marquisat que, prétendait-elle, je m'étais indûment appropriés, sans compter une rente qu'elle estimait que je devais verser à son frère moine. Elle allégua que j'étais en dette depuis dix ans de sommes dues à mes sœurs Juana et María, deux épines du bouquet de filles mexicaines de mon père. Mais ma pauvre sœur Catalina, la fille aînée d'Hernán Cortés, ma mère la dépouilla des terres qui lui appartenaient à Cuernavaca et, comme il a déjà été dit, la fit enfermer à vie dans un couvent. Tant vaut l'amour de la mère que la piété du fils. Elle ne se fia pas à ma générosité, pourtant jamais démentie. Elle ne comprit pas que j'avais besoin de concentrer toutes les richesses de notre maison entre mes mains pour pouvoir faire forte impression à mon retour au Mexique après la mort de mon père et rétablir notre fortune sur la base d'un pouvoir politique. Son ambition et sa cupidité la changèrent en statue. À jamais figée dans la feinte posture de la prière, ma mère, pétrifiée, vit à genoux dans la maison de Pilatos à Séville, sous un voile de dissimulation, lorgnant le monde d'un œil avide, globuleux, lèvres serrées et menton prognathe. L'hypocrite prie les mains jointes, sans bijoux. Mais à ce jour on entend encore au-dessus de sa tête de pierre le battement d'ailes d'un faucon qui fit l'objet de l'unique requête que lui adressa mon père avant de mourir : « Madame, je vous prie instamment de veiller à ce qu'on soigne mon faucon El Alvarado, car vous savez en quelle grande affection je le tiens, et c'est pourquoi je le recommande à votre diligence. » Quand le faucon descendra-t-il en piqué sur la tête orante de ma mère ? Il se fracassera dessus, le pauvre. La bonne dame a une tête dure comme la pierre. Choses et papiers, dure matière, papier inflammable, effacé par les eaux de la mer Océane, quelle tristesse... Tu as raison, Martín fils de la Malinche. Le monde est un monde de pierre et ne peuvent rien contre lui ni les papiers, ni l'eau, ni les flammes.

Martín II

Je fais un effort pour me gagner tes bonnes grâces, frère Martín. J'accepte que pour des raisons différentes, mais au bout du compte convergentes, nous ayons toi et moi quelque chose à faire ensemble. Mieux vaut le faire de bonne volonté, d'après moi, en bons camarades. Peu m'importe que tu cesses de t'adresser à moi et me relègues à la troisième personne. Ecoute, pour te faire plaisir, je vais raconter moi-même ton retour au Mexique, à l'âge de trente ans, en l'an 1562, dans l'allégresse de tous les fils de conquistadors, car nous en étions à la deuxième génération et ces derniers voyaient en toi la justification de leurs richesses mexicaines quand ils en avaient, ou la justesse de leurs revendications quand ils n'en avaient pas. Ils se rassemblèrent tous sur la grande place de Mexico pour accueillir le fils créole du conquistador. Chacun y alla de son obole, car Mexico était une ville très riche, où il n'y avait pas d'Espagnols pauvres. Il y avait tant d'argent que quiconque se faisait mendiant finissait dans l'opulence, vu que la moindre aumône s'élevait à cinq réaux d'argent. On sait que les fortunes au Mexique se bâtissent rapidement, mais en ces années qui suivirent la Conquête il suffisait d'être pauvre et espagnol pour s'installer comme mendiant, et l'on fondait bientôt une fortune dynastique, n'en déplaise aux enfants et aux petits-enfants, aujourd'hui anoblis, de ces bélîtres. Ceci est un pays, tu le sais aussi bien que moi, où l'argent pousse sur les arbres, puisque la monnaie courante des Indiens est le cacao, dont l'arbre a la taille de l'oranger et les fruits la taille de l'amande, et cent de ces grains valent un réal. Il suffit de s'allonger au marché sur un *petate* à vendre du cacao pour finir, tel le chevalier Alonso de Villaseca, avec un pécule d'un million de pesos. Cela pour donner une idée de l'éclat de la réception de mon frère Martín Cortés à son retour d'Espagne et lorsqu'il fit son entrée sur la grand-place de Mexico, remplie de plus de trois cents cavaliers montés sur de superbes chevaux richement parés, en livrée de soie et étoffes tissées d'or, qui en l'honneur du fils du conquistador mimèrent des joutes et des combats de lice. Puis arrivèrent deux mille cavaliers de plus en cape noire pour accroître l'émotion, et aux balcons parurent les dames (et celles qui ne l'étaient pas) sous des dais et portant leurs joyaux. Le vice-roi en personne, Luis de Velasco, sortit du palais pour accueillir mon frère et lui donner l'accolade, mais si le vice-roi balayait du regard autour de la place ce qui ne lui était que prêté, mon frère contemplait ce qui lui appartenait en propre : le centre de la capitale de Moctezuma, où notre père s'était attribué les palais d'Axayácatl afin d'y aménager les Casas Viejas pour lui et les siens tandis

101

que sur les fondations du palais de Moctezuma on construisait les Casas Nuevas, c'est-à-dire le palais d'où sortait aujourd'hui le vice-roi pour te recevoir, Martín mon frère. Moi j'assistai au spectacle de l'ouvrage qu'on venait de commencer et qui allait devenir la cathédrale de Mexico, au milieu des poteaux et des palissades, indistinctement mêlé aux maçons et aux portefaix qui se pressaient là, ces hommes si éloignés du luxe qui t'entourait, eux sans argent, sans pécule, sans même le moindre grain de cacao, le visage grêlé de petite vérole, la morve au nez parce qu'ils n'arrivaient pas à s'habituer au vulgaire catarrhe européen. Et moi, mon frère, te regardant entrer, auréolé de gloire, dans la ville conquise par notre père. Moi perché sur ce qui restait du vaste mur aztèque, le mur aux crânes, au-dessus duquel commençait à s'ériger la cathédrale. Je détournai les yeux des cavaliers et des chevaux pour les poser sur les gens crasseux qui m'entouraient, une couverture en guise de vêtement, pieds nus, le front ceint de cordages, les épaules chargées de fardeaux, et je pensai, oh mon Dieu, combien de chrétiens viendront un jour prier dans cette cathédrale sans se douter qu'à la base de chacune des colonnes du temple catholique se trouve inscrit l'emblème des dieux aztèques ? Cependant, avec votre permission, le passé fut oublié et la Couronne restitua à mon frère une partie des biens de notre père, lesquels, même amputés, n'en représentaient pas moins la plus grande fortune du Mexique.

Voilà ce dont j'aime me souvenir ! Figurez-vous que dans la grande ville de Mexico on ne savait pas ce que voulait dire « trinquer ». J'eus l'idée d'introduire dans les dîners et les soirées de la capitale cette coutume espagnole. Personne à Mexico ne connaissait cette façon de boire. Je mis la trinquée à la mode, et il n'y avait pas de réunion de filsdalgos, descendants de conquistadors ou simples notables du vice-royaume, où ne se succédassent les trinquées, dans la beuverie, les rires et le tumulte. À voir qui tiendrait le mieux la boisson, ferait preuve de plus d'esprit dans la formule, à voir aussi qui refuserait d'aller jusqu'au bout ! La trinquée devint le centre de toutes les réunions, et celui qui n'acceptait pas le défi, nous lui ôtions son bonnet et lardions celui-ci de coups de couteau devant tout le monde. Puis nous nous répandions dans les rues de Mexico pour faire mascarade, autre coutume que j'avais rapportée d'Espagne, qui consistait à sortir à une centaine d'hommes à cheval, masqués, et à aller de fenêtre en fenêtre bavarder avec les femmes, à entrer dans les maisons des gentilshommes et des riches marchands pour y entretenir les dames, jusqu'à ce que ces bons messieurs finissent par s'indigner de nos manières et fermassent portes et fenêtres ; mais c'était compter sans notre ingéniosité — nous vînmes sous les balcons des dames avec de longues sarbacanes piquées d'une fleur au bout — et sans l'ingéniosité des belles, qui, défiant ordres paternels et maritaux, se penchaient entre les courtines pour regarder les galants. Pure réjouissance fut à cette époque ma vie dans la capitale de la Nouvelle-Espagne, plaisirs, gracieusetés, honneurs et mille séductions. Qui ne voyait en moi mon père ressuscité, jouissant enfin des fruits bien acquis de la Conquête ? Qui ne m'admirait ? Qui ne m'enviait ? Quel être, mâle ou femelle, ayant beauté et élégance, dans cette capitale toute jeune, ne m'approchait pour me séduire ? Je sais ce que tu vas dire. Toi, Martín Cortés le petit second, le métis, le fils de l'ombre. Sans toi, je n'étais rien dans ce pays, sans aucun pouvoir. J'avais besoin de toi, fils de la Malinche, pour accomplir mon destin au Mexique. Quel malheur, mon malheureux frère : avoir besoin de toi, le moins séduisant des hommes !

Martín II

Personne de plus séduisant, cela dit, qu'Alonso de Ávila, dont la somptuosité d'habillement dépassait celle des cours d'Europe, car au luxe de là-bas il ajoutait la richesse naturelle d'un pays d'or et d'argent, et à l'éclat des métaux mexicains le contraste de la peau la plus blanche qu'on ait jamais vue sur un homme, où que ce soit : seules les femmes les plus blanches étaient aussi blanches qu'Alonso de Ávila, lequel paraissait peut-être encore plus blanc de se trouver en terre sombre ;

104

ses mains surtout se remarquaient, resplendissantes, qui se mouvaient, se dirigeaient et parfois
effleuraient avec une légèreté auprès de laquelle
l'air même paraissait pesant, ah comme il était
léger cet Alonso de Ávila, obligé de marcher sur
le sol simplement à cause de l'opulence et de la
gravité de ses habits de damas et ses fourrures
d'ocelot, ses chaînes en or et son reliquaire au
bout d'un ruban mauve, l'air encore plus aérien
grâce aux plumes de la toque et à l'envol des
moustaches pareilles à des ailes posées sur le
visage. Martín et Alonso se lièrent d'amitié ;
ensemble ils organisèrent des trinquées et des
mascarades, s'amusant follement ; ils se vouaient
une admiration réciproque, en jeunes et riches
hidalgos qui se surprennent parfois (comme je les
surpris moi, plus d'une fois, de la pénombre où je
me cachais) à s'admirer l'un l'autre plus que les
femmes qu'ils courtisaient ; s'efforçant de séduire
une belle dame rien que pour l'imaginer dans les
bras de l'autre ; jouant du cul, les vicieux, pour
s'imaginer chacun à la place de l'autre ; telle fut
l'intimité qui s'établit entre Alonso de Ávila et
Martín Cortés. Quoi d'extraordinaire que dans
cette folle ambiance de luxe et de fête, de car-
rousse et de bamboche, effets de miroir sur effets
de miroir, parfums et séduction mutuelle, Martín
et Alonso, Alonso et Martín, fils et héritier du
conquistador, fils prodigue d'Hernán Cortés,
tombe dans les bras du neveu d'un autre bruyant
capitaine de la Conquête, Ávila des *encomiendas*, le
larron qui fit main basse (c'est ma mère qui l'a vu

de ses yeux et qui me l'a raconté) sur les habits d'or de Moctezuma, et fils de Gil González, distributeur *d'encomiendas* et trafiquant de terres dont il dépouilla les véritables conquistadors, coyote et prête-nom qui dissimula soigneusement ses richesses afin que seuls ses fils, Alonso et Gil, les contemplent et en usent, se lancent ensemble dans un tourbillon de plaisirs ? Mon frère Martín et cet Alonso de Ávila firent culminer leurs frasques en une fête singulière que je laisse à Martín le soin de raconter.

Martín I

Pardieu, ce n'est pas moi qui ai introduit la bamboche dans la colonie mexicaine ; par la Sainte-Mère, moi je suis arrivé dans une capitale déjà éprise de fête et de luxe, où l'on organisait des corridas à Chapultepec et des promenades à cheval qui résonnaient dans les bois alentour : joutes, parties de furet, jeux de toutes sortes ; le vice-roi, don Luis de Velasco, disait que si le Roi privait les créoles de leurs Indiens et haciendas, il se chargerait lui-même de les consoler en faisant sonner des grelots dans les rues. Si bien qu'à la mort du vice-roi il y eut grande tristesse, tous revêtirent des habits de deuil, grands et petits ; et les troupes, qui s'apprêtaient à partir pour les Philippines, s'armèrent pour les funérailles, avec des bannières noires et des insignes de deuil, tambours assourdis et traînant les piques. Une faible, grise et morne

Audiencia fut instaurée en attendant la nomina-
tion d'un nouveau vice-roi, mais Alonso et moi,
héritiers royaux de la Nouvelle-Espagne en notre
qualité de fils des conquistadors, respectueux
envers le défunt vice-roi comme envers le vice-roi
à venir — mais pas envers la médiocre Audiencia —, nous décidâmes de préserver dans tout leur
éclat la joie de vivre, le luxe et les droits de la
descendance sur ces terres conquises par nos
pères. Le vice-roi était mort ; ce n'était pas le premier, ce ne serait pas le dernier. Les vice-rois
changeaient, les héritiers de la Conquête restaient. Le vice-roi était mort, mais moi il me naquit
des jumeaux et j'estimai que c'était là un motif de
réjouissance suffisant pour abandonner le deuil et
montrer à l'Audiencia qui nous étions, nous les
véritables maîtres de la Nouvelle-Espagne. Mon
frère veut que je raconte : je vais lui faire ce plaisir.
Nous nous emparâmes de la plaza Mayor ; la moitié des maisons nous appartenaient, de toute
façon. Je fis construire de chez moi à la cathédrale
une galerie en bois largement au-dessus du sol,
richement ornée, pour y faire passer le cortège
qui conduirait mes enfants jusqu'à la porte du
Pardon afin d'annoncer au monde qu'il y avait
désormais deux petits-fils d'Hernán Cortés, conti-
nuateurs de notre dynastie. Je fis l'annonce à
grand bruit, naturellement. Coups de canon, tour-
nois à pied sur l'estrade et festivités auxquelles
tous furent conviés, Espagnols et Indiens. Taureau
grillé, poulets et gibier, tonneaux de vin pour les
Espagnols. Pour les Indiens, lapins, lièvres et cerfs,

selon la tradition, ainsi que des oiseaux en grand nombre qui au moment où l'on rompit leur enclos de branchages s'échappèrent en courant et en volant, abattus à coups de flèches, et qui furent offerts au menu peuple, ravi et reconnaissant. Jeux de roseaux, feux d'artifice, *piñatas*... Huit jours de fête au milieu du peuple, à trinquer et à faire carnaval, et pour finir en apothéose le grand souper et la réception qu'offrit dans sa demeure mon véritable frère Alonso de Ávila. Quelle jolie surprise nous leur fîmes à tous, parents et alliés, mais aussi à la rancuneuse Audiencia, par le contraste jaloux entre une table d'avocaillons et de pisse-copie et l'opulence d'une table de filsdalgos, lesquels, s'ils chient quelque chose, ce ne peut être que de l'or ! Je suivis, avec un rire infantile, toutes les propositions de mon ami Ávila. Au grand étonnement et sous les acclamations des invités, nous représentâmes la rencontre entre Hernán Cortés et l'empereur Moctezuma, c'est-à-dire le moment où mon père fut le premier — le tout premier, vous m'entendez ? — homme blanc à contempler la splendeur de la Grande Tenochtitlán. Moi, je jouais le rôle de mon père, naturellement. Alonso de Ávila était déguisé en Moctezuma et il me passa autour du cou un collier de fleurs et de joyaux en me disant d'une voix sonore : non seulement je te respecte et te vénère, je t'obéis et suis ton vassal (ajoutant de près, à voix basse, je t'aime comme un frère). Tous applaudirent la farce de bon cœur, mais je sentis l'allégresse se tempérer d'un autre genre d'agitation lorsque

Alonso de Ávila, de manière inattendue, me ceignit le front d'une couronne de laurier et attendit, souriant, les exclamations des invités : « Ah ! comme la couronne sied bien à votre seigneurie ! »

Martín II

Je ne fus pas convié à ces festivités. Mais j'y assistai de loin. Que dis-je, de près, de très près : à la loupe, que je les reluquai. Me promenant parmi les gens, dans les huttes, les débits de pulque, entre ceux qui fabriquaient des sièges en osier, qui entassaient les tortillas et transportaient des bassines d'eau fraîche ; le long des canaux, des porcheries et des buvettes, écoutant la nouvelle langue secrète qui se forgeait entre le nahuatl et l'espagnol, les secrets jurons à la mère, les secrets soupirs de celui qui hier encore était prêtre, aujourd'hui vieux mendiant vérolé, de celui qui était autant fils de prince aztèque que moi et mon frère fils de conquistador espagnol, mais à présent lui transportait des sacs de bois de maison en maison tandis que mon frère faisait baptiser ses jumeaux dans la cathédrale, alors que le fils et les petits-fils de Cuauhtémoc entraient à genoux dans la même cathédrale, la tête basse et les scapulaires comme des chaînes traînées par la main invisible des trois dieux du christianisme, le Père, le Fils et le Saint-Esprit, le paternel, le gamin, le succube, lequel des trois choisis-tu, nouveau petit Mexicain, à la fois indien et castillan, comme moi, le papa, le gosse ou le fantôme ? Je les voyais là, à cette fête par laquelle mon frère célébrait sa progéniture, je les voyais s'inventer une couleur, une langue, un dieu, trois à la place de mille, quelle langue ? quel mot pour dire gamin : *escuincle* ou *chaval* ? pour dire dindon : *guajolote* ou *pavo* ? Cuauhnáhuac ou Cuernavaca où est né mon frère ? *maguey* ou *agave* ? le haricot, *frijol* ou *judía* ? le haricot vert, *ejote* ou *habichuela* ? quel dieu, miroir fumant ou esprit saint ? serpent à plumes ou Christ crucifié ? un dieu qui exige ma mort ou un dieu qui me fait don de la sienne ? père sacrificateur ou père sacrifié ? silex ou croix ? quelle mère de dieu, Tonantzín ou Guadalupe ? quelle langue, l'espagnole : Guadalupe encore, Guadalquivir, Guadarrama, *alberca, azotea, acequia, alcoba, almohada, alcázar, alcachofa, limón, naranja, ojalá* ? quelle langue, le náhuatl : *seri, pima, totonaca, zapoteca, maya, huichol* ? Je me promène dans la nuit, entre les flammes des flambeaux allumés pour célébrer les descendants créoles de mon insatiable et putassier de père, m'interrogeant sur mon propre sang, mon ascendance et aussi ma descendance — que sera-t-elle ? Je regarde la peau sombre, les yeux vitreux, les têtes baissées, les épaules chargées, les mains calleuses, les pieds fendillés, les ventres engrossés, les seins affaissés de mes frères et sœurs indiens et métis, et je les imagine à la place qui était la leur — il y a quarante ans à peine ! — : accaparant les richesses, imposant leur caprice, ordonnant des sacrifices, collectant les tributs, recevant les rayons d'or solaire et les réverbérant de la pointe de leur regard altier, maîtres du soleil lui-même, de l'or même ! C'est-à-dire faisant exactement la même chose que font en ce moment mon frère Martín et son compagnon Ávila, et ces fichus jumeaux qu'on baptise aujourd'hui au nom du dieu qui réussit à vaincre ma mère grâce à cette seule annonce, scandaleuse : Ne meurs plus pour moi, c'est moi qui suis mort pour toi. Salaud de Jésus, roi de putes, c'est toi qui as conquis le peuple de ma mère par la jouissance perverse de tes clous phalliques, ton sperme vinaigré, les lances qui te pénètrent et les humeurs que tu exhales. Comment te reconquérir, toi ? Comment nommer notre prochain temps : reconquête, contre-conquête, anticonquête, rétroconquête, cuauhté-moconquête, préconquête, cacaconquête ? Qu'en ferai-je, avec qui, au nom de qui, pour qui ? Ma mère la Malinche sans laquelle mon père n'aurait rien conquis ? Ou mon père lui-même, dépouillé de sa conquête, humilié, traîné devant les tribunaux, épuisé par des procès mesquins et des paperasseries perverses, mille fois accusé, châtié seulement par un jugement éternellement ajourné ? Épée de Damoclès, silex de Cuauhtémoc, stylet des Autrichiens, tout est en suspens au-dessus de nos têtes et mon frère Martín le sait parfaitement, il s'amuse, il partage l'arrogance d'Alonso de Ávila, il ne se rend même pas compte de la façon dont le regarde l'Audiencia. Comme le maître de la ville. Il ne se rend pas compte que l'Audiencia ne peut rien contre lui : ramassis

111

d'hommes médiocres, couards, soumis à une collégialité indécise, manquant d'autorité, ils voient que la conjuration s'ourdit, que le péril approche, mais ils ont peur de Martín, mon frère, ils ont peur... mais lui ne le sait pas. Il ne sait pas non plus qu'ils vont lui rendre les biens de notre père pour qu'il se tienne tranquille, qu'il ne soit pas tenté par des velléités de pouvoir politique. Je le lui dis mais je manque me faire étrangler, il me traite d'envieux, de fils de pute, son argent il l'obtient sans conditions, en homme libre. Voilà ce qu'il me hurle à la figure et moi je lui rétorque de ma voix toujours étouffée, toujours obséquieuse, mélancoliquement haut perchée, alors démontrele, fais ce qu'ils redoutent le plus...

Les deux Martín

Que vient me dire mon frère ? Qu'il n'est de plus haute autorité en Nouvelle-Espagne que la mienne ? Que je ne pense qu'à profiter de ma fortune et à l'étaler aux yeux des autres en beuveries et mascarades, bals et baptêmes, processions et mondanités ? Il vient me rappeler que je suis l'aîné par droit de succession, héritier des biens d'un père humilié qui dépend de moi pour faire en sorte d'être ce qu'il aurait voulu être mais en fut empêché ? Moi, être plus que mon père ? Moi, supérieur à Hernán Cortés le conquérant du Mexique ? Moi, je serais capable de faire ce que mon père n'a pas fait ? M'insurger ? M'emparer

112

du pays ? Me rebeller ? Me rebeller contre le Roi ?
Mon frère Martín me dit qu'il est allé sur la tombe
de sa mère l'Indienne, une sépulture inondée du
côté d'Iztapalapa, humide mais entourée de fleurs
tourmentées et de fragments flottants. Il est allé
sur cette tombe et il a dit à sa mère la Malinche
que c'est grâce à elle que mon père a conquis ce
pays. Et à moi il vient demander si je suis moins
que sa mère indienne. Il m'insulte. Il me provoque. Il m'aiguillonne. Et puis il commence à parler une langue que je ne reconnais pas. Mais il
s'en sert bien, avec ruse et malice. Car si lui parle
à sa mère, moi je ne peux pas parler à la mienne.
Doña Juana de Zúñiga, murée dans son palais de
Cuernavaca, entourée de douves, de gardes et de
chiens, me refuse l'accès à mon héritage — enfin,
à une partie de celui-ci. Alors que mon frère
s'adresse directement à sa mère pour lui dire, me
raconte-t-il : *Madrecita* Malinche, je ne demande-
rais pas mieux que d'être le roi de ce pays. Mais
regarde-moi, avec ma peau sombre et mon air ren-
tré, qui diable veux-tu que je sois ? Mon frère, lui,
en revanche, est beau comme un soleil, c'est un
marquis tout-puissant, choyé par la fortune, et
pourtant il n'ose pas, il n'ose pas. Ça lui fait peur
de s'emparer du pays. Le pays. Hier je l'ai
emmené (mon frère métis m'a conduit) sur les
hauteurs de Chapultepec et là je lui ai montré (il
m'a montré) la beauté de cette vallée de Mexico.
C'était tôt le matin et la fraîcheur annonçait la
chaleur du jour. Nous savions l'un et l'autre que
l'aube embaumerait la rose perlée de rosée et le

fruit mûr, s'ouvrant pour laisser couler le jus si nouveau de la papaye, de l'anone et du corossol. La magie de cette vallée, c'est qu'elle rend tangible un mirage. Les distances se transforment du fait de l'illusion créée par les montagnes et le plateau. Le lointain semble proche, et très lointain ce qui est à portée de main. Les lagunes s'assèchent et s'évaporent, mais elles sont encore le miroir des arbres nouvellement plantés sur leurs rives, lauriers, *pirules* et saules. Les agaves exigent leur ancestral exercice dans la poussière. Et les montagnes bleutées, les volcans couronnés de tourbillons blancs, les pentes couvertes d'épaisses forêts, la limpidité de l'air, l'haleine du soleil comme un souffle de feu, l'averse vespérale, ponctuelle, tout ce paysage que nous contemplons mon frère et moi un matin, puis un soir, me dit que ce qui compte c'est le pouvoir sur la terre, non sur les choses, non sur tout cet inventaire qui a ôté le sommeil à mon père et qui menace aujourd'hui de t'engloutir à ton tour, mon frère : maisons, meubles, bijoux, vassaux, villages ; prends garde : tu as assisté à la vente aux enchères de la maison de notre père à Séville et tu as craint que la conquête du Mexique ne finisse en braderie de casseroles et de vieux matelas. Prends garde. Prends la terre, laisse choir les choses. Fais ce que ton père n'a pas fait. Regarde la terre et souviens-toi. Hernán Cortés ne fut pas le seul à la voir pour la première fois. Avec lui vinrent de nombreux hommes, soldats et capitaines, certains criminels, d'autres fils d'hidalgo, la plupart gens honorables des bourgs d'Estrémadure et de Castille. Tu n'es pas seul. Notre père n'a jamais été seul. Il a gagné parce qu'il a posé son oreille contre la terre et écouté ce que la terre disait. Ne sois pas comme Moctezuma, qui est demeuré à attendre la voix des dieux, mais les dieux sont restés muets parce qu'ils avaient déjà mordu la poussière. Sois comme notre père. Écoute ce que dit la terre.

Mais ces arguments n'avaient aucun poids devant l'ensorcellement physique que suscitait cette vallée de Mexico, dans laquelle se fondaient toutes les saisons en même temps : été et printemps, automne et hiver confondus en un seul instant, comme si l'éternité s'était donné rendez-vous dans cette atmosphère transparente. Tant de pureté nous laissait pantois d'admiration. Et nous tremblions de concert en percevant le vacarme de la ville à venir, l'incessant bruit de crécelle, le grondement d'un million de tigres, le hurlement plaintif des loups affamés, l'épouvante des serpents qui en changeant de peau révèlent un squelette de métal. La vallée s'emplit de lumières multicolores, blanches comme les reflets d'argent d'une épée pointée entre les sourcils du monde, rouges comme un souffle sorti de l'Averne, toutes cependant effacées par une brume malodorante, une couche de gaz, comme si la vallée était un ventre flatulent, délibérément ouvert par un scalpel pour y pratiquer une autopsie prématurée. Nous plongeons les mains, les deux Martín, dans ce ventre ouvert, nous nous barbouillons de sang jusqu'aux coudes, nous remuons les tripes et les

115

viscères de la ville de Mexico, et nous ne savons pas séparer les joyaux de la boue, les émeraudes des calculs rénaux, les rubis des chancres intestinaux.

Alors surgit du fond de la lagune, d'une manière inattendue, un chœur de voix que nous avons du mal, au début, à discerner... L'une chante en náhuatl, l'autre en castillan, mais elles finissent par se confondre : l'une chante le déploiement des manteaux de quetzal s'ouvrant comme des fleurs, l'autre le balancement des peupliers dans le ciel sévillan ; l'une prie pour que les fleurs ne meurent pas entre ses mains ; l'autre pour que ne meure pas le héron blessé, amoureux... Et les deux voix se fondent pour chanter ensemble la courte durée de la vie ; elles se demandent si c'est en vain que nous sommes venus et ne faisons que passer par la terre : nous touchons les fleurs, nous touchons les fruits, mais un cri aigu de détresse nous rappelle, ajoutant une voix au duo : à l'intérieur du verger, je mourrai ; à l'intérieur de la roseraie, *matar'ham*, paroles qui se confondent avec la réponse de la terre indienne, personne, personne, personne, en vérité ne vit sur terre : nous ne sommes là que pour rêver, et les paroles s'envolent loin de la vallée, vers un océan lointain dans lequel se jettent les fleuves silencieux de la vie ; nous devrons aller, dit la voix náhuatl, vers le lieu du mystère... Et alors, comme porté par un vent qui dissipe les vapeurs pestilentielles, éteint les lumières cruelles et fait taire les bruits stridents, le chant s'achève sans s'achever :

> *Mes fleurs ne finiront jamais,*
> *mes chants ne finiront jamais.*
> *Je me contente de les lancer,*
> *car je ne suis qu'un chanteur.*

Martín I

Il veut que je me détache de mon existence, des honneurs et des plaisirs. Il ne se rend pas compte qu'à moi cela me suffit. Je ne prétends pas gouverner ce pays. Que d'autres le gouvernent, et plus ils seront médiocres, plus ils m'envieront, quoi de mal à cela ? Il croit que je ne comprends pas ses arguments. Quiconque vit ici les comprend. Il veut venger sa mère. Il essaie de me convaincre que je dois venger mon père. Mais ce n'est pas la vengeance qui nous unit. Cela va au-delà. Je me souviens que notre père avait fini par aimer le Mexique plus que l'Espagne, qu'il considérait le Mexique comme son pays et que c'est là qu'il avait voulu revenir pour y mourir. L'Espagne, le temps, les paperasses, la perversité administrative l'en empêchèrent. Peut-être, comme le dit mon frère, craignait-on en fait la présence de notre père au Mexique. Ce procès qu'on faisait traîner en longueur était en réalité une façon de le maintenir en exil. Hernán Cortés avait voulu sauver les temples indiens · les Franciscains l'en empêchèrent. Il voulut mettre fin au système des *encomiendas* et du vasselage des Indiens ; les *encomenderos* l'en empêchèrent. Le Roi vit dans l'humanisme de notre père ce qu'il redoutait le plus : le pouvoir sans bornes des conquistadors. Leur caprice. Leur insolence. Pour le bien de tous, le Roi devait imposer son pouvoir aux conquistadors, que ceux-ci n'aillent pas croire que leurs exploits leur donnaient le droit de gouverner.

Gonzalo Pizzaro n'avait-il pas pris les armes contre le Roi au Pérou ? Le traître Lope de Aguirre n'avait-il pas pénétré en Amazonie pour y fonder un nouveau royaume, opposé au roi d'Espagne ? Mieux valait écarter les conquistadors, les traquer, les déposséder, les laisser mourir noyés sous les flots d'encre et de papier ou s'entre-tuant à coups de poignard ; que meure de faim et du mal français Pedro de Mendoza au bord du Río de la Plata ; que périsse Francisco Pizarro assassiné par les partisans de Diego de Almagro, son rival ; que périsse Pedro de Alvarado écrasé par un cheval et que périsse de rage et de désespoir notre père, Hernán Cortés. À tous ces noms mon frère le fils de l'Indienne veut-il ajouter le mien ? Foutre, mon ressentiment n'est pas le même que le sien, et mon secret, je ne le partage pas avec lui. Je sais que mon père voulait libérer le pays et les Indiens asservis. J'ai violé le testament de mon père. Que sa gloire et son projet humaniste soient chantés par d'autres, tel le père Motolinia : « Qui, dans ce nouveau monde, a aimé et défendu les Indiens autant que Cortés ? » Moi, je place mon orgueil dans ma modestie. Je n'ai pas respecté la volonté testamentaire de mon père qui était de donner la liberté à ce pays. Comment irais-je réclamer cette liberté maintenant, de quoi aurais-je l'air ? Surtout s'il m'en coûte mes trinquées, mes bals masqués, mes baptêmes, mes jalousies et ma fortune.

Martín II

Pauvre frère. Aveugle. Dupe. Orgueilleux. Il détient un immense pouvoir dans ce pays, mais il ne sait pas s'en servir.

Miroir des exploits de notre père. Miroir présentable. Moi, en revanche... Lui : rente annuelle de cinquante mille pesos. Instruit, raffiné. Je le vois. Je me vois. Je suis son miroir déformé. Il n'est aucun gentilhomme plus puissant que lui dans la colonie. Tous les honneurs et les avoirs dus à mon père, refusés à mon père, c'est à lui qu'on les a donnés. Il ne représentait plus, contrairement à mon père, un danger politique. Terres cultivables, demeures, tributs, dîmes, prémices : on lui offrit tout pour lui signifier : Tiens-toi tranquille. Nous te rendons tous les honneurs, toutes les richesses. Mais nous te dénions le pouvoir, comme à ton père. Moi je lui dis : Prends le pouvoir aussi. Mais il refuse : il obéit, tel est son caractère. Cependant, l'idée de rébellion pour gagner l'indépendance du Mexique n'est pas une idée née de ma rancœur (comme il l'entend) ni de sa vanité (comme je l'entends). Ces choses arrivent malgré nous. Dans notre dos. Elles sont dotées de leur propre force, de leur propre loi. Le Mexique n'est plus Tenochtitlán. Il n'est plus l'Espagne non plus. Le Mexique est un pays nouveau, un pays différent, qui ne peut plus être gouverné de loin, du bout des lèvres, comme si on n'en voulait pas. Nous sommes les enfants par alliance de la Couronne. Mon père le savait, mais il n'avait pas encore de patrie mexicaine, même s'il la désirait. Il l'a aimée ; je l'aime. Nous autres, ses fils, non seulement nous avons un nouveau pays. Nous *sommes* le nouveau pays. J'entends les voix qui la composent et je dis à mon frère, ne fais pas de bruit, tiens-toi tranquille, parle à voix basse, baise en secret ; le Mexique est un pays blessé de naissance, nourri au lait de la rancune, élevé au bercement de l'ombre. Parle-lui gentiment, soigne-le, donne-lui ce qu'il veut et fais-le tien en secret. Ne révèle à personne ton amour pour le Mexique. La lumière crue offense les fils de l'ombre. Feins de mourir dans la discrétion, recrute des partisans, promets tout à tout le monde, puis ne distribue qu'un tout petit peu (personne ici n'attend jamais rien et les gens se contentent du peu qu'on leur donne qui leur paraît beaucoup). Profite des opportunités politiques.

Le vice-roi mourut. Trois Auditeurs restèrent, dans l'attente du nouveau vice-roi. Ils continuèrent à expédier les affaires courantes, presque par inertie. La règle de l'administration était toujours la même seule et unique : délimiter les droits de la Couronne et ceux des conquistadors. Les fils de la Conquête présentaient leurs mémoires à l'Audiencia. Celle-ci, débile, se contentait de les ajourner. Mais les descendants y voyaient une injure insolente et répondaient par plus d'insolence encore : « Pourvu qu'il n'arrive pas au Roi ce qu'on dit : celui qui trop convoite finit par tout perdre », déclara l'arrogant Alonso de Ávila, phrase que tous estimèrent inspirée par mon frère.

Il se forma deux bandes à cause d'une histoire de gants. Les créoles remirent à un certain don Diego de Córdoba vingt mille ducats soi-disant pour qu'il leur achète en Espagne des gants qui ne se fabriquaient pas ici. C'était là un prétexte destiné à dissimuler que ce don Diego était en fait chargé de négocier à la cour les droits des créoles, et à éviter qu'on puisse flairer la subornation. Mais comme don Diego ne remplit point sa mission, garda les ducats pour lui et que n'arrivèrent point non plus les gants dans les blanches mains des hidalgos, les gens se divisèrent en deux groupes. Les uns se tournèrent vers mon frère pour lui demander de prendre la tête de la rébellion en profitant de la faiblesse de l'Audiencia. Les autres, au contraire, s'en furent directement dénoncer mon frère, Ávila et leurs amis devant l'impotente Audiencia. Celle-ci, craignant le pouvoir de mon frère, hésita. Mon frère, craignant le pouvoir royal, hésita lui aussi. Derrière le dos de l'une et de l'autre, ceux qui n'hésitaient pas entrèrent en action.

Se réclamant de mon frère, ses partisans profitè-
rent d'une date mémorable, celle du 13 août
1565, jour anniversaire de la prise de Mexico-
Tenochtitlán par Hernán Cortés. C'était le jour de
ce qu'on avait appelé la fête du Pardon. Les conjurés décidèrent de profiter des festivités, de la foule
dans les rues et de la tradition qui voulait qu'on
organisât des simulacres de combats et d'escar-
mouches pour armer un bateau d'artillerie rou-
lante soi-disant destiné à affronter une tour
également montée sur roues et également armée
d'artillerie et de soldats. Entre les deux passerait
l'échevin avec son fanion et des deux bâtiments
surgiraient les gens en armes, qui se saisiraient des
membres de l'Audiencia, arracheraient le fanion
et proclameraient don Martín Cortés roi et seigneur du Mexique.

Mais hélas... Il se passa ce que je redoutais : tu
perdis l'initiative, mon frère.

Ils te prirent de vitesse.

Martín I

Tout cela s'est passé à mon insu, je le jure.
Acheter des gants pour les riches hidalgos ! Qui
pouvait imaginer... Ils vinrent me voir, c'est vrai,
pour me compromettre, pour m'imposer leurs
sempiternelles plaintes de créoles, qu'on ne les
prenait pas en considération, qu'ils étaient mal
gouvernés par des gens ineptes envoyés d'Espagne, que les Auditeurs et les régisseurs les bri-

maient et gâtaient leurs affaires, qu'ils n'avaient plus le droit de gouverner le pays comme l'avaient fait leurs pères les conquistadors, sans consulter personne. Je les laissai parler. Je ne les décourageai pas Mais je les mis en garde : — Avez-vous réellement des gens derrière vous ? — Beaucoup, me répondirent-ils, et ils les nommèrent, dont un certain Baltasar de Aguilar, mestre de camp. — Car ne faites pas en sorte qu'après il ne se passe rien, objectai-je, et que nous perdions tous et les biens et la vie. Et en mon for intérieur je me dis (comme je le répète aujourd'hui, preuve de ma bonne foi jamais démentie) : S'ils ne bougent pas, je ne bouge pas. S'ils se lancent dans l'aventure, je sortirai de ma réserve et les dénoncerai moi-même devant le Roi, disant : « Monseigneur, mon père vous a jadis offert une contrée. Aujourd'hui je vous la rends. » Mais avant que quiconque ait fait quoi que ce soit, ledit Baltasar de Aguilar, nommé mestre de camp par les conjurés, nous prit tous de vitesse et s'en fut devant l'Audiencia dénoncer tout ce qu'il savait du soulèvement, comment on devait me faire roi et comment lui devait être mestre de camp de la nombreuse troupe des conjurés. Moi, j'ignorais tout. J'étais très occupé par une dame et, sous son influence, je favorisais les membres de sa famille, lesquels étaient convaincus que je gardais caché le trésor de Moctezuma et que celui-ci finirait par apparaître d'entre les jupes de ma maîtresse. Dites-moi si j'avais le temps de penser à devenir roi alors que les parents de ma maîtresse, ne voyant nul signe d'apparition du trésor, commencèrent à s'impatienter, firent enfermer la dame, se mirent à publier des articles infâmes et à passer dans la rue devant moi sans soulever leur toque. Je me consolai de ces affronts en célébrant la naissance d'un autre fils et en m'efforçant de renouveler les fêtes de l'année précédente, lors de la naissance des jumeaux : arcs de triomphe, décorations végétales, musique, grand apparat, une mascarade très joyeuse pour couronner les festivités, puis un somptueux dîner offert par mon compère Alonso de Ávila, lequel, étant seigneur de Cuautitlán, dont la spécialité était la fabrication de cruches en terre cuite, fit graver sur ces dernières un chiffre ainsi composé : un R surmonté d'une couronne et au-dessous un S, ce qui signifie : TU RÉGNERAS. La soirée fut interrompue par l'irruption d'un cortège d'hommes en armes menés par quelqu'un que je n'avais jamais vu, un trapu à grosse tête, mal vêtu, doté de rares cheveux de mandragore au-dessus d'un visage râpé comme s'il se lavait à la pierre ponce. Quel contraste entre la grossièreté de son habit et les identiques atours qu'Alonso et moi avions choisi de porter pour cette nuit de gala. Nuit d'été — juillet 1565 — où nous étions tous deux vêtus d'un long habit de damas, avec une courte cape noire, épée au côté. Et voici ce que nous déclara l'homme à la face de pierre, carré comme un dé et peint de couleur orange par une nature sournoise encore que justicière : — Que vos seigneuries me remettent leur épée. De par Sa Majesté, vous êtes prisonniers. —

Pour quelle raison ? demandâmes-nous d'une seule voix, Alonso et moi. — Vous en serez informés plus tard. — Par qui ? dîmes-nous de nouveau à l'unisson. — Par le licenciado Muñoz Carrillo, le nouvel Auditeur, c'est-à-dire moi-même, répondit l'apparition trop charnelle pour être un fantôme et qui, se saisissant d'une cruche de Cuautitlán, la jeta brutalement par terre. Nous étions en argile, lui en pierre.

Martín II

On l'accusa de multiples trivialités. De faire le galant. De favoriser la parentèle de sa maîtresse. De garder caché le trésor de Moctezuma. Pures inepties. La véritable accusation était d'avoir voulu s'emparer du pays. C'est-à-dire de s'être rebellé contre le Roi. Et pour mon malheur, cette accusation me visait également. On me tira de l'ombre. Ce soir-là, les rues et les portes de la place étaient déjà investies par des cavaliers et des fantassins. Tout était en grande agitation et mon frère en grande affliction. On le conduisit dans un appartement du palais du gouvernement, solidement gardé par de nombreux soldats, mais muni d'une fenêtre qui donnait directement sur la petite place sur l'un des flancs de la cathédrale en construction, où l'on était en train de dresser en toute hâte un échafaud. On lui ôta son épée mais on lui laissa son élégant costume d'été damassé ; on ne toucha pas à son corps. Moi, parce que j'étais indien, on m'attacha sur un âne après m'avoir fait déshabiller et roué de coups, puis on me jeta dans la même prison que mon frère, pour voir si ma rancune augmentait, si sa compassion m'offensait.

En chemin, couché tout nu sur l'âne, à plat ventre, le cul en l'air, avec tous les gueux de la ville rivalisant de bons mots sur mon passage, depuis quand est-ce qu'un âne porte un autre âne sur son dos, lequel des deux est l'âne en vérité, non mais quel culot il a de mesurer son embryon de quéquette avec le braquemart de l'âne, le grand t'agrandit, le petit te rapetisse, alors ça te plaît là, tu vas ou tu viens, tu entres ou tu sors, tu prends ou tu donnes, tu tringles ou tu trembles, et je vais, je vais, les yeux au sol, le sang battant dans les tempes et les yeux, les testicules réfrigérés, vides et recroquevillés de peur. Je regarde défiler les détritus de la ville et je me rends compte que j'ai toujours plutôt regardé vers le haut, vers les palais en construction, les balcons d'où mon frère et ses amis lançaient des sarbacanes de fleurs, les niches des saints (cité de pierre s'enfonçant dans la boue : l'eau s'en est allée avec les dieux). Maintenant ma posture m'oblige à contempler les canaux emplis d'ordures, les rues de boue sillonnées d'empreintes de pattes et de roues de charrette, les traces de pas dans la poussière, celles des chiens et celles des gens indiscernables les unes des autres. J'essaie de lever les yeux vers le chantier de la cathédrale, mais je ressens une vive douleur dans le cou. Une force qui ne me touche pas m'oblige à courber la tête de nouveau. Je me rends compte que tout ce que je tenais pour acquis, naturel, me fait à présent plier l'échine. Je regarde le sol de Mexico et je me rends compte qu'il change sans cesse, sous l'effet des saisons, du malheur, des larmes, des pieds, l'effritement, la décomposition de ce sol poreux, effondré, fait d'une matière indéterminée entre l'eau et la terre, entre le ciel et l'enfer. L'âne s'arrête et une petite femme contrefaite, enveloppée dans des châles noirs, s'approche de moi, me caresse la main, me tapote la joue et de sa bouche creuse, édentée, de ses grosses joues de naine, de sa langue mouillée qui ne parvient pas à retenir convenablement la salive, sort la parole que j'attendais, la parole qui a plané au-dessus de ma vie comme cette épée de Damoclès de tous les procès ajournés suspendus au-dessus de la tête des descendants d'Hernán Cortés. La petite femme contrefaite me relève brutalement la tête, me saisit par les cheveux et me dit ce que j'espérais entendre depuis longtemps : « Tu es un fils de pute. Tu es mon frère. »

Martín I

Ils ont jeté dans ma prison mon frère, l'autre Martín. Comme notre père manquait d'imagination. Les mêmes prénoms, toujours. Martín, Leonor, Catalina, María, Amadorcico. Qu'est devenu ce dernier ? Qu'est devenue María la contrefaite ? Je contemple l'échafaud dressé sur la place, le long du squelette de ce qui sera un jour la cathédrale, et je dis à mon frère le fils de l'Indienne de se mettre debout et de venir contempler l'aube avec moi, comme nous l'avions fait un jour du haut de Chapultepec. Mais l'autre Martín a mal aux côtes. On l'a amené nu comme un ver, roué de coups, sale et malodorant. Peu importe. C'est dans ces circonstances que l'on doit plus que jamais se montrer bon chrétien, et par ma foi je le suis. Tu sais, dis je à mon frère, la pluie va tomber tôt ce matin ; c'est bizarre. Ça arrive parfois, me répondit-il d'une voix souffrante. Ce qu'il y a c'est que tu ne te lèves jamais tôt le matin. Je ris : C'est parce que je me couche tard. Mais j'entendrais les gouttes ; j'ai l'ouïe très fine. Eh bien, essaie de distinguer entre le battement de la pluie et le tambour annonciateur de mort, dit mon frère endolori. Je me penchai à la fenêtre. La placette s'était emplie de menu peuple, contenu par des cavaliers. Entre deux rangées d'hommes en armes, je vis avancer les frères Ávila, Alonso et Gil. Alonso mon frère portait de somptueuses chausses, un pourpoint en satin et une cape en damas doublée de fourrure d'ocelot, une toque ornée de pièces d'or et de plumes, et une chaîne en or autour du cou. J'aperçus entre ses mains un chapelet fait de petits grains blancs en bois d'oranger qu'une nonne lui avait envoyé pour les jours d'affliction et dont il m'avait dit en riant qu'il n'y toucherait jamais. Auprès des deux frères marchaient les moines dominicains. À son frère Gil je ne prêtai aucune attention. Il arrivait sans doute

128

de la campagne quand ils l'avaient arrêté, car sa mise était modeste, en toile verdâtre, et il portait des bottes. Les frères Ávila montèrent sur l'échafaud. Ce fut d'abord Gil qui se plaça, la tête en avant, mais moi je n'avais d'yeux que pour Alonso, mon ami, mon compagnon qui se tenait là, la toque à la main, sous la pluie qui mouillait ces cheveux qu'il mettait tant de soin à faire friser, cette houppe qu'avec tant de soin il arrangeait pour s'embellir, je le voyais ainsi et j'entendais les coups de hache maladroits du bourreau pour enfin couper de vilaine façon la tête de Gil, sous les cris et les sanglots des spectateurs. Alonso contempla son frère décapité et il poussa un grand soupir dont le son parvint jusqu'à notre prison, puis il se mit à genoux, leva sa blanche main et commença à rouler sa moustache comme il en avait l'habitude, mais le frère Domingo de Salazar, qui par la suite devint évêque des Philippines et qui l'aida à bien mourir, lui dit que ce n'était pas l'heure de se lisser les moustaches mais de se mettre en règle avec Dieu. Une voix entonna le Miserere, et le moine s'adressa à la foule :

« Messieurs, je recommande à Dieu ces gentilshommes, qui déclarent mourir injustement. » Alonso fit alors un signe au moine ; celui-ci se pencha vers l'homme agenouillé qui lui chuchota quelque chose à l'oreille. On banda les yeux d'Alonso. Le bourreau s'y reprit à trois fois, comme s'il avait affaire à une tête de mouton, et je me mordis la main, intérieurement assailli de questions : que nous a-t-il manqué, Alonso ? quelque chose que nous ne nous sommes pas dit, pas fait ? nous nous quittons sans avoir fait ce que nous aurions dû faire ? nous rapprocher, nous parler, nous aimer davantage ? quel secret as-tu confié au moine ? as-tu pensé à moi au moment de mourir ? ai-je été seul à penser à toi ? as-tu été infidèle à notre amitié à l'heure de ta mort ? es-tu mort sans moi, mon Alonso adoré ? me condamnes-tu à être celui qui devra vivre sans toi ? te désirant, regrettant ce qui n'a pas été ?

Martín II

Je connais bien ma ville. Quelque chose est en train de la changer. Je perçois la hâte. Je n'ai pas besoin qu'on vienne me raconter qu'à l'instar de l'échafaud, dressé du jour au lendemain sous notre fenêtre, quelque chose est en train de transformer à vue d'œil la forme, le visage de Mexico. Il ne s'agit pas seulement des têtes des frères Ávila, toutes deux exposées au bout de piques sur la Plaza Mayor. Elles ont été disposées de telle sorte que mon frère et moi ne puissions faire autrement que les voir. L'Auditeur Muñoz Carrillo n'a nul besoin de nous rendre visite, avec sa figure toujours bien récurée, pour nous annoncer que cet appartement dans lequel nous sommes enfermés n'est que temporaire, qu'il a donné l'ordre de construire une nouvelle prison, en quinze jours, qui puisse contenir tous les conspirateurs contre l'autorité du Roi, car ils sont nombreux. Dès qu'elle sera prête, on vous y conduira, et ce sera une prison, nous dit-il, où il ne pourra pas passer une mouche sans que je la voie. Il nous regarde, puis il nous déclare que les inculpés seront jugés à minuit afin qu'ils n'aient le temps de prévenir personne, pas même eux-mêmes. À l'aube on viendra simplement nous chercher, on nous fera monter chacun sur un âne avec chacun un crucifix que nous devrons porter dans les mains. Nous entendrons sonner les clochettes des moines. Le bourreau et le crieur public nous accompagneront jusqu'au lieu de l'exécution. Le crieur proclamera : « Telle est la sentence prononcée au nom de Sa Majesté et de l'Audiencia royale du Mexique, à l'encontre de ces hommes, déclarés traîtres à la Couronne. » Et cetera. Ce mot, c'est moi qui l'adresse à l'Auditeur : « Et cetera. » C'est une de ces latineries que m'a enseignées ma mère. Une fois convertie au christianisme, elle fut enchantée d'apprendre que la langue de la religion était différente de celle du pays. Comme elle aurait beaucoup aimé être, ou plutôt continuer d'être, traductrice, cela la séduisit et elle se mit à parsemer son parler quotidien d'alleluyas, d'oremus, de dominus vesbicus, de repose en pax, de paternotres et surtout d'et ceteras, qui, selon ce qu'elle m'a dit, signifie « tout le reste, tout le bataclan, le codex, quoi ». Mais l'Auditeur prit fort mal la chose et me flanqua une formidable gifle sur la figure. Alors mon frère Martín fit une chose inattendue : il rendit la gifle à l'insolent officier de l'Audiencia. Il osa faire face pour me défendre.

Je le regardai avec un amour qui me rachetait, moi en tout cas, de toutes les différences, les unes graves, les autres absurdes, qui nous séparaient. En cet instant, j'aurais donné ma vie avec lui. Si vos grâces le permettent et n'y voient pas d'inconvénient, je répète ma phrase afin d'éviter toute confusion. Je n'aurais pas donné ma vie pour lui. Je l'aurais donnée avec lui.

Martín I

Je ne m'explique pas pourquoi ils ne se décident ni à nous juger ni à nous exécuter. La ville entière est une prison et une chambre des supplices. Cela se voit, se sait, se sent et on nous le raconte. Sous nos yeux se dresse l'échafaud destiné à nous couper la tête, comme aux frères Ávila. Pourquoi tardent-ils ? Est-ce le supplice que nous inflige l'Auditeur à cause du soufflet qu'il a reçu ? Sous nos yeux sont déjà passés les frères Quesada avec leur crucifix à la main, encore tout étourdis de la rapidité de leur procès, convaincus jusqu'à la dernière minute qu'ils n'allaient pas mourir ; Cristóbal de Oñate fut écartelé ; Baltasar de Sotelo, ils ne lui trouvèrent aucune responsabilité dans la conspiration mexicaine, mais ils le décapitèrent quand même pour s'être trouvé servir au Pérou durant le soulèvement de Gonzalo Pizarro contre le Roi : coupable d'association suspecte ; passa aussi sous nos yeux Bernardino de Bocanegra, sur une mule, précédé du Christ et du crieur public, suivi de sa mère, de sa femme et de parentes, toutes pieds nus, découvertes, échevelées comme des Marie-Madeleine, traînant leur manteau par terre derrière elles, pleurant, suppliant qu'on accorde le pardon au ci-devant gentilhomme, et ce fut la seule fois où le redoutable Muñoz Carrillo fit preuve de compassion en condamnant Bocanegra à être dépouillé de tous ses biens, à servir le Roi pendant vingt ans sur une galère et, passé ce temps, à demeurer banni pour toujours de tous les royaumes et territoires de Sa Majesté le roi Philippe II. De sorte que nous ne savions, mon frère et moi, à quoi nous attendre. Perdre la tête, ou être bannis, ou ramer pour le restant de nos jours. Le diabolique Muñoz Carrillo ne donnait rien à entendre ; avant il faisait sonner des clochettes devant notre porte, comme si nous nous réveillions à l'aube de notre dernier rendez-vous. Il faisait passer des crucifix sous notre nez et poster des ânes sous notre fenêtre. Pourquoi ne se passait-il plus rien ? Nous vîmes disparaître de la place et des édifices publics les têtes embrochées des suppliciés. Les édiles avaient protesté. Les têtes exposées étaient signe de trahison. Mais la ville n'avait pas été déloyale. Cependant, l'orgie d'exécutions se poursuivit. À chaque tête qui tombait, l'hypocrite Auditeur Muñoz Carrillo énonçait cette phrase : « Il s'est accordé bien grande grâce, il s'en est allé jouir de Dieu, car il est mort en bon chrétien et on lui a offert de nombreuses messes et oraisons. » Mon frère, plus astucieux que moi, vit dans tout cela le signe du pouvoir déclinant de

133

Muñoz Carrillo. Puis il ajouta : « Mais tu as raison, il veut se mettre bien avec le Roi. C'est un misérable lèche-cul. Qu'il aille au diable et *chingar* sa mère. » Je n'avais jamais entendu cette expression et je supposai que c'était un de ces nombreux termes que la Malinche avait enseignés à mon demi-frère. Il me plut, cependant, ce petit mot. Je l'appliquai allégrement à notre délateur, Baltasar de Aguilar, lorsque arriva enfin à Mexico le nouveau vice-roi, don Gastón de Peralta, marquis de Falces, qui trouva la ville en sourde révolte contre l'Auditeur Muñoz Carrillo. La première décision du nouveau vice-roi fut de nous envoyer, mon frère et moi, en Espagne, car il estimait que l'Audiencia du Mexique n'était pas impartiale à notre égard, qu'elle ne pouvait entendre notre cause avec équité. Telle était la volonté du roi Philippe II lui-même quant aux fils d'un homme qui avait apporté tant de gloire à l'Espagne. Il suffit alors à ce maudit de Baltasar de Aguilar, notre délateur, d'apprendre que le vice-roi nous manifestait de la bienveillance pour se dédire de ses accusations afin de se mettre en bons termes avec tout le monde. Je crois que c'est à ce moment-là, et seulement à ce moment-là, que s'alluma en moi la divine flamme de la justice. Je demandai à être confronté avec ce fils de la *chingada* — je parle comme mon frère maintenant —, et Muñoz Carrillo décida d'assister à l'entretien. Je reprochai violemment au traître ses procédés. L'air contrit, il s'agenouilla devant moi et me demanda pardon. Je répondis que rien ne pouvait racheter la mort d'Alonso de Ávila, mon frère le plus bien-aimé, perdu par sa faute. Aguilar était frappé de stupeur, mais pas l'Auditeur, qui en était à compter ses quelques jours de pouvoir. Pourquoi Alonso de Ávila ne s'est-il pas défendu ? me demanda-t-il. Je ne sus que répondre. Le grossier Muñoz Carrillo se frotta la figure de ses mains calleuses et, d'une voix caverneuse du fond de laquelle le rire ne se distinguait pas du sanglot, nous déclara : — Nous avons trouvé en sa possession une multitude de billets d'amour des plus grandes dames de la ville. — Il est mort pour ne pas les compromettre, dis-je plein d'admiration. — Non. Il est mort parce que dans ses billets, don Alonso se vantait de sa conspiration, la détaillait par le menu et promettait aux dames des richesses et des privilèges sans fin lorsque lui et vous, don Martín, vous partageriez le pouvoir du Mexique.

La sentence fut juste. J'étais un parfait nigaud.

Martín II

Je crois que de tant d'erreurs seul nous sauva le sens inné de la justice du vice-roi don Gastón de Peralta, lequel décida que, dans cette affaire de conspiration en vue de s'emparer du pays et d'arracher le Mexique des mains du roi d'Espagne, la Couronne procéderait conformément au principe qui va suivre. Ceux qui avaient été les premiers à dénoncer le complot seraient graciés. En entendant cela, Aguilar poussa un cri de joie. Les seconds à le dénoncer seraient seulement pardonnés. Aguilar fit une figure de circonstance. Quant aux derniers, ils seraient passés par les armes. Aguilar se mit à genoux : « Et ceux qui, comme moi, se sont simplement repentis et retirés de l'affaire ? » implora le misérable.

Eh bien, je déclare qu'il y a quelque justice dans tout cela après tout. Baltasar de Aguilar, cette fripouille, fut condamné à dix ans de galère pour parjure, à la confiscation de tous ses biens et territoires, suivis de l'exil perpétuel de toutes les Indes de la mer Océane et de Terre Ferme. Renvoyé en Espagne, l'Auditeur Muñoz Carrillo eut une attaque d'apoplexie à la lecture d'une lettre par laquelle le roi Philippe le destituait de ses fonctions en lui mettant la tête encore plus au carré qu'il ne l'avait : « Je vous ai mandé en Nouvelle-Espagne pour gouverner, non pour détruire. » Il perdit la parole et pour lui administrer ses breuvages il fallait lui ouvrir la bouche avec des bouts de bois. Il finit par mourir, cet homme au visage passé à la pierre ponce et aux poils de mandragore sur la tête. On sait que ces homoncules naissent au pied des gibets. Mais leur sosie l'Auditeur Muñoz, pour ne pas le jeter à la mer, on l'ouvrit, le vida de ses entrailles, puis on le sala, car avant de mourir il avait réussi à dire : « Je veux qu'on m'enterre à El Ferrol. » Mais une tempête se déchaîna et les marins se mutinèrent. Transporter un cadavre sur un navire porte malheur. Alors ils le jetèrent à la mer, bien enveloppé et ligoté dans des toiles enduites de goudron. Mon frère Martín, qui aurait pu être le roi du Mexique, on l'envoya en Espagne. Pourquoi ? Ses ennemis se réjouirent, car ils pensèrent que ce serait pire pour lui là-bas où le Roi lui ferait expier tout le poids de ses fautes. Ses amis aussi se réjouirent, car ils virent dans la décision qui venait d'être prise une façon de protéger Martín et d'ajourner le procès. Moi, en revanche, instruit par mon échec, je lui dis, frère, reste au Mexique, prends des risques mais hâte le procès. Ne vois-tu pas que si tu rentres en Espagne, il va t'arriver la même chose qu'à notre père ? Ton procès n'en finira jamais. Il durera éternellement. Il faut que tu coupes le fil qui retient l'épée suspendue au-dessus de nos têtes. Si tu rentres en Espagne, tu seras réduit à l'impuissance, comme notre père. C'est là le secret des administrations en Espagne comme ailleurs : enterrer les affaires jusqu'à ce que tout le monde les oublie. Mais mon frère me répondit tout simplement : Ils ne veulent pas me voir ici et moi non plus. Ni eux ni moi ne voulons de ce qui m'attend ici. Le combat, et peut-être le martyre. Je n'en veux pas.

Martín I

En 1545, Charles Quint réunit une grande armée pour aller combattre l'eunuque Aga Azan, qui régnait sur l'Algérie. Douze mille marins, vingt-quatre mille soldats, soixante-cinq galères et cinq cents autres navires se rassemblèrent dans les Baléares. L'Empereur prit la tête de l'Armada.

Avec seulement onze navires et cinq cents hommes, mon père avait conquis l'empire de Moctezuma. À présent, on ne lui offrait même pas le commandement d'une galère. Mais il le prit de lui-même. J'avais neuf ans. Mon père s'engagea comme volontaire et m'emmena par la main pour aller prendre possession de la galère *Esperanza*. Personne ne s'y connaissait en guerre mieux que lui, pas même l'Empereur. Mon père mit en garde contre le mauvais temps. Il mit en garde contre le nombre excessif de l'expédition. Il suffisait d'attendre le beau temps et d'arriver par surprise avec un contingent réduit. Personne ne lui prêta attention. L'expédition échoua au milieu de la tempête et dans la confusion. Mon père se déplaçait toujours avec ses cinq émeraudes. De peur de les perdre dans le désastre d'Alger, il les enferma dans un mouchoir. Il les perdit en se sauvant à la nage. Maintenant moi je voudrais bien plonger dans la Mare Nostrum pour les retrouver : l'une en forme de rose, une autre en forme de cornet, une troisième comme un poisson au yeux d'or, une quatrième taillée en clochette et la dernière en petite tasse à pied doré.

Mais était-ce là ses véritables trésors ? Je repensai à la mort de mon père, le parfum des orangers en fleur qui entrait par la fenêtre de la maison en Andalousie, et je me plus à imaginer que, depuis le jour où il avait débarqué à Acapulco et où il y avait semé une graine d'oranger, mon père gardait les précieuses graines dans son gousset et qu'*elles* ne s'étaient pas perdues, *elles* n'avaient pas coulé au fond de la mer, *elles* permettraient aux fruits jumeaux d'Europe et d'Amérique de pousser, de nourrir et, qui sait, un jour de se rencontrer sans rivalité.

Les choses profondément oubliées finissent par refaire surface en des circonstances qui font mal. Je maudis jusqu'à la quatrième génération ceux qui nous ont fait du mal.

Martín II

Mère, c'est grâce à toi que mon père a gagné. Ce n'est qu'à tes côtés qu'il a connu l'ascension de la fortune. Ce n'est qu'avec toi qu'il a connu le destin sans rupture du pouvoir, la renommée, la compassion et la richesse. Je te bénis, mère chérie. Je te rends grâce pour ma peau brune, mes yeux liquides, mes cheveux pareils au crin des chevaux de mon père, mon pubis peu fourni, ma taille courte, ma voix chantante, mes mots comptés, mes diminutifs et mes injures, mon rêve plus long que la vie, ma mémoire toujours vive, ma satisfaction déguisée en résignation, mon envie de croire, mon désir de paternité, mon effigie perdue au milieu de la marée humaine brune et assujettie comme moi : je suis la majorité.

Martín I

Je ne veux pas être martyr. Je préfère la parodie à un procès interminable aussi usant pour mes juges que pour moi-même. Je quitte le Mexique, comme ils me le demandent. Ils veulent que je me tienne tranquille. Parfait. Je m'en vais et je laisse mes biens à la garde de mon frère aîné, le fils de l'Indienne. En Espagne, je suis poursuivi et condamné à l'exil, à payer des amendes et à la séquestration de mes biens. Cela se passe en 1567. La sentence est levée en 1574, sauf en ce qui concerne les amendes. J'ai quarante-quatre ans. On me rend mes biens, mais on m'oblige à consentir un prêt de cinquante mille ducats à la Couronne pour ses guerres. Méritante intention. Mon domaine mexicain se trouve démembré lorsque la Couronne s'annexe mon Tehuantepec et mon Oaxaca. Seigneur et maître ! Je ne le serai pas, même si je laisse quelque chose à mes descendants. Plus d'argent, en fin de compte, que de pouvoir. Il en sera toujours ainsi. Un caudillo ne dure jamais très longtemps au Mexique. Le pays n'aime pas les tyrans. Il aime trop se tyranniser lui-même, jour après jour, rancœur après rancœur, injustice après injustice, jalousie après jalousie, soumission après soumission, jusque par-dessus la tête. Je ne rentrerai jamais au Mexique. Je mourrai en Espagne le 13 août 1589, à l'âge de soixante ans, encore un jour anniversaire de la prise de Tenochtitlán par mon père et de la faillite du complot pour instaurer l'indépendance de la colonie. Je laisse ma fortune à mes fils, mais au moment de mourir je plonge dans la mer au large de l'Algérie, à la recherche des cinq émeraudes perdues par mon père. Ce sont celles que lui a offertes Moctezuma. Ce sont celles que pour son malheur, aveuglé par sa superbe, il a refusé d'offrir en cadeau, et même de vendre, à la reine d'Espagne.

Martín II

J'ai été torturé au Mexique et exilé en Espagne. Je suis mort à la fin du siècle. À quel âge ? Soixante-dix, quatre-vingts ans ? J'ai perdu le compte. À la fin, en vérité, je n'avais pas plus de huit ans d'âge. Je me blottissais dans les bras de ma mère, l'Indienne Marina, la Malinche. Serrés dans les bras l'un de l'autre, ce n'est qu'ainsi que nous échappions à la peur. Nous écoutions le galop des chevaux. C'est de là que vient l'épouvante, la nouveauté. Les chevaux galopent, les oiseaux volent, les mouches bourdonnent. Nous nous serrons l'un contre l'autre, ma mère et moi, tremblants de peur. Nous savons que nous ne devons pas craindre les chevaux que mon père a amenés au Mexique. Nous devons craindre l'agitation incessante du monde sur nos âmes. Je pense à la peau abîmée et malade de ma mère. J'aurais voulu avoir vu, comme mon frère Martín, qui l'a tenu dans ses bras au moment de sa mort, mon père vieux : sa peau. Maintenant je vois la mienne, de vieillard, et je repense au matin que nous avons passé à contempler la vallée de Mexico, mon frère et moi. Ma peau ressemble à un champ labouré. Mes rides et mes veines forment des sillons et des talus, des accidents du terrain. Mes os sont comme des pierres. Les lignes de ma main sont de la peau, de la terre et du papier. Terre écrite, terre douloureuse et sensible comme une peau, inflammable comme un codex. Ma mère et moi nous serrons l'un contre l'autre la nuit pour nous défendre, pauvres de nous, du sommeil de la terre. Nous avons vu en cauchemar le spectacle de la mort. Mon père vient accompagné de l'escorte de la mort. Il meurt. Combien sont morts avant lui ? Avec combien d'autres meurt-il ? Combien, en vérité, nous survivent ? Je raconte cela en admirant le monde, et pourtant par moments j'aurais voulu ne pas l'avoir connu. Nous nous désenchantons de ce que nous avons tant aimé. Je suis las du spectacle de la mort. J'ignore ce que signifie la naissance d'un pays.

El Escorial, juillet 1992.

LES DEUX NUMANCE

À Plácido Arango

Ô murs de cette ville !
Si vous pouvez parler, dites...

CERVANTES,
Le Siège de Numance.

EUX les Espagnols sont un peuple grossier, sauvage et barbare que nous les Romains devons conduire, que cela leur plaise ou non, vers la civilisation. Il existe bien quelques points plus avancés sur les côtes de la péninsule, grâce à la présence grecque et phénicienne. Mais dès qu'on pénètre à l'intérieur des terres incultes et arides, il n'y a rien : ni chemins, ni aqueducs, ni théâtres, ni villes dignes de ce nom. Ces gens ne connaissent pas le vin, ni le sel, ni l'huile, ni le vinaigre. Dans ces conditions, il n'est pas étonnant que nos soldats pâtissent tant des campagnes ibériques. Contraintes qu'elles sont de se nourrir d'orge et de lapin bouilli au sel, la dysenterie devient le mal endémique de nos troupes. Nos poètes satiriques se moquent, mais aussi les simples soldats. Nous sommes en train de fertiliser la terre hispanique avec de la merde romaine. De surcroît, ces gens-là ne se lavent jamais.

Ils sont braves, cependant. Nous avons pu le constater au cours de la centaine d'années (cent quatre, exactement) que nous avons passée à guerroyer contre l'Espagne. Depuis qu'Hamilcar Barca quitta l'Afrique pour débarquer à Cadix et nous défia en ravageant l'Espagne pour y établir la base de ses opérations carthaginoises contre Rome, jusqu'à la chute de l'entêtée et suicidaire cité de Numance devant les forces de notre héros Cornelius Scipion Émilien.

Ils vivent dans une île. Ou quasiment. Entourés d'eau de quatre côtés à l'exception de l'étroite mais massive chaîne des Pyrénées, les Espagnols sont des êtres insulaires. Ou péninsulaires, si l'on veut être plus exact. Le monde leur importe peu. La terre, beaucoup. Et le monde s'intéresse peu à eux. Nous les Romains, nous aurions peut-être laissé l'Espagne tranquille : qu'ils crèvent à force de manger de l'orge et du lapin bouilli. Mais Carthage est intervenue pour faire de l'Espagne un objet d'enchère et un danger potentiel. C'est par l'Espagne qu'on arrive d'Afrique jusqu'à Rome. C'est en Espagne que l'Afrique met Rome en échec. Et si Rome est conquise, tout est conquis. Tels étaient la menace que Carthage faisait peser sur Rome et l'enjeu que représentait l'Espagne.

Les Espagnols se sont toujours considérés comme situés à la fin du monde, à l'extrémité du continent. Et comme c'est ainsi qu'ils voulaient qu'on les perçoive, c'est ainsi qu'ils étaient perçus. Extrémité, confins, recoin, trou, cul du monde connu. Quel malheur que Carthage ait choisi l'Espagne pour défier Rome ! Rome se vit obligée d'accourir en Espagne pour se défendre et défendre l'Espagne.

Hannibal, fils et successeur d'Hamilcar, se présenta devant Sagonte, encercla la ville et y mit le siège. Les Sagontins rassemblèrent tous leurs biens sur le forum et y mirent le feu. Puis ils sortirent pour se battre plutôt que de mourir de faim. Ils furent décimés par Hannibal. Du haut des terrasses, les femmes virent mourir leurs hommes en un combat inégal. Certaines se jetèrent au pied des murailles, d'autres se pendirent, d'autres encore se suicidèrent avec leurs enfants. Hannibal entra dans une ville fantôme.

Ils sont comme ça. Ainsi s'inaugura et se dénoua la terrible guerre que Carthage livra en Espagne ; Sagonte fut le miroir anticipé du siège de Numance.

VOUS ne savez distinguer l'histoire de la fable. Rome se croit civilisée. Moi, Polybe de Megalopolis, grec de vieille souche, je vous dis de ne pas vous laisser tromper. Rome est une nation imberbe, grossière et barbare, à l'instar des Celtibères. Moins que ces derniers, sans doute, mais sans comparaison possible avec le raffinement des Grecs. Cependant, il est une chose qui nous a quittés et qui s'est, au contraire, installée dans le cœur des Romains : la Fortune, ce que nous les Grecs nommons Tukhê. Dans le domaine de l'histoire, Tukhê mène toutes les affaires du monde dans une seule direction. À l'historien il ne revient que d'ordonner les événements déterminés par la Fortune. Ma chance personnelle (ma fortune) est d'avoir été témoin du moment où Rome est devenue protagoniste de la Fortune. Jusque-là, le monde vivait sous le signe de la dispersion. À partir de l'Empire romain, le monde forme un tout organique ; les affaires concernant l'Italie et l'Afrique sont reliées à celles de la Grèce et de l'Asie. Et toutes ces affaires convergent vers un même but : le monde uni par Rome. Telle est la raison même de l'histoire. Vous êtes les témoins de ma bonne fortune. En cinquante-trois ans (l'âge de Scipion lorsqu'il est arrivé à Numance), Rome a soumis la quasi-totalité du monde habité. C'est la première fois qu'une chose pareille arrive dans l'histoire. Et cet événement constitue l'unique thème de mon ouvrage. La Fortune a accordé à Rome la domination du monde. Si je respecte la déesse Tukhê, je me vois obligé de dire : S'il en est ainsi, c'est que Rome le méritait. Vous garderez mémoire de cette histoire. Le reste, je le laisse aux antiquaires.

NOUS les Romains avons commencé et achevé la guerre contre Carthage en Espagne, puis, les Carthaginois boutés hors de la péninsule, nous avons poursuivi les combats contre la résistance hispanique. Jeune république, nous voulions inculquer une tradition de force militaire, mais aussi de force civilisatrice à nos entreprises. Fort heureusement, nous pouvions compter sur deux héros de la même grande famille, les Scipions. Deux frères, Publius Cornelius Scipion et Cnaeus

Cornelius Scipion, furent les premiers que le sénat et le peuple de Rome chargèrent de soumettre les tribus hispaniques et d'intégrer le territoire à la République romaine, balayant à jamais l'orgueilleuse ambition des Carthaginois. Les deux Scipions amenèrent donc en Espagne la guerre contre Carthage. Ils arrivèrent avec soixante embarcations, quatre cents hommes à cheval et dix mille fantassins. Les Carthaginois envoyèrent Hasdrubal avec trente éléphants masqués. Les Scipions massacrèrent beaucoup d'éléphants, aveuglés par les masques qui devaient leur éviter d'être sujets à la peur. Mais la mort attendait les deux Scipions.

Ils étaient tranquillement installés tous les deux, comme le veut la coutume de la guerre durant l'hiver, époque où s'instaure une trêve tacite entre les adversaires, qui se réfugient chacun de leur côté en haut des monts. Parfois, la tempête est si violente que le vent écrase les aigles contre les flancs de la montagne, et leurs plumes tombent comme une pluie noire sur la neige. Le véritable guerrier, cependant, ne se laisse pas décourager par le caprice des saisons. Il est rongé par le virus de la guerre. Publius Cornelius, transi de froid et d'anxiété, décida donc de surprendre Hasdrubal le Carthaginois ; mais ce dernier, plus anxieux encore, s'était déjà mis en marche à la rencontre de Publius Cornelius, l'encercla et le tua. L'autre Scipion, Cnaeus Cornelius, ignorait ce qui venait de se passer. Cependant, mû par un obscur instinct fraternel, il s'en fut parcourir les étendues glacées. Il était guidé par un pressentiment. Les Carthaginois l'attaquèrent, l'obligeant à se réfugier dans une tour à laquelle ils mirent le feu. C'est là que périt le vaillant héros, dans les flammes et les glaces. Ainsi se confirme que durant les trêves d'hiver il ne peut y avoir de repos que si l'un au moins des deux adversaires s'abstient de combattre, car on peut être sûr que l'autre se tient toujours sur le qui-vive. Qui comprend la fatalité de ces jeux mortels ?

La rupture de la trêve hivernale fut de funeste augure. Cinq commandants romains se succédèrent en Espagne. Marcellus arriva avec mille cavaliers et dix mille fantassins. Son entreprise connut un échec retentissant, au point que la succession de ses défaites livra à Carthage la totalité de l'Espagne, à l'exception d'un recoin des Pyrénées. C'est ainsi que nous découvrîmes qu'en Espagne prévaut une curieuse perversion du principe d'Archimède : donnez-moi un recoin pour me battre, si petit et obscur soit-il, et à partir de là j'ébranlerai le monde...

Personne ne voulut succéder à Marcellus et à ses infortunes. L'inquiétude se répandit dans Rome. Quelle était cette lâcheté, cette décadence ? Ce fut de nouveau un Scipion qui releva le défi. Noble famille, jamais nous n'en finirons de vous louer et de compter la fortune et la renommée que vous nous avez acquises !

Le jeune Cornelius Scipion, pleurant la mort en Espagne de son père et de son oncle, qui eux s'étaient moqués de l'hiver et de Carthage, se pro mit de les venger. Le sénat, s'appuyant sur la loi (garante de la justice, mais servant parfois de refuge à la lâcheté), objecta que le jeune Scipion, avec ses vingt-quatre ans, n'avait pas le droit de commander des troupes. Alors le jeune homme lança un défi aux vieux. Si les aînés le préfèrent ainsi, qu'ils assurent eux-mêmes le commandement. Personne ne se proposa. Le jeune homme prit la tête de cinq cents hommes à cheval et de dix mille gens de pied. L'Espagne, lasse de la domination africaine, l'attendait dans l'allégresse. Cornelius Scipion sut mettre à profit cet état d'esprit, lequel se conjugua à son propre tempérament hors du commun. Il se dit inspiré par la providence. Il monte sur son cheval, se dresse sur ses étriers, parle au nom des dieux, enflamme les troupes par sa présence juvénile, fascine par son corps gracile qui supporte à peine la pesante musculature de bronze de la cuirasse, le duvet doré de ses jambes qui se confondent avec le corps de l'aubère, et, tel un nouveau centaure, il se plante face à Carthago Nova, en Méditerranée, avec des machines, des pierres, des catapultes, des lances et des javelots. Dix mille Carthaginois défendent la ville. Cornelius profite de la marée basse pour les surprendre par-derrière et monter à l'assaut avec seulement une douzaine d'échelles, tandis que de l'autre côté il fait sonner les trompettes comme si la Nouvelle-Carthage était déjà tombée.

Et Carthago Nova tombe. En un jour. Le quatrième après l'arrivée de Cornelius Scipion en Espagne. Il s'empare de provisions, d'arsenaux entiers, de marbre, d'or et d'argent (que les Espagnols dédaignent, mais que les Carthaginois adorent). Des pièces de monnaie, des céréales et les bassins avec leurs trente-trois navires de guerre. Des prisonniers. Des otages.

Le jeune Scipion libère les prisonniers afin de se concilier le peuple. Il prend un air illuminé. Il le fait très bien. Il fait tout très bien, mais l'air illuminé est ce qui lui réussit le mieux. Il maîtrise parfaitement notre superbe rhétorique, source commune à notre politique et à notre littérature. Des murs de Carthago Nova, il proclame : N'oubliez pas les Scipions !

Il se consacre. Il consacre, en la prolongeant, la gloire de la lignée familiale. Et ce faisant, il consacre Rome, sa loi, ses armes, son sénat et son peuple. Il est le digne fils de Publius Cornelius, qui s'est sacrifié pour sa patrie. Qui peut lui reprocher son triomphe ? Devant les murs de Carmona, le jeune général se comporte comme dans l'amphithéâtre. Il prend sa figure la plus inspirée. Il dit attendre un signe divin pour attaquer. Comme si Jupiter en personne était son directeur de scène, arrive à cet instant une bande d'oiseaux noirs qui se mettent à décrire des cercles en poussant des cris. Cornelius les imite ; il commence à tourner en rond en émettant des bruits. Toute l'armée fait de même, entre rire et stupeur. La passion de la victoire les inspire.

Cependant, de l'arrière on s'aperçoit que des Africains en grand nombre avancent vers nous. Les discours ne suffisent plus, ni les inspirations.

Les oiseaux, comme tous les acteurs, sont partis pour la scène suivante. Cornelius démonte, confie son cheval à un jeune garçon, prend son bouclier à un soldat, court seul vers l'espace ouvert entre les deux armées et s'écrie : « Romains, sauvez votre général en péril ! »

Mus par la soif de gloire, la peur, la honte, nous nous précipitons pour sauver notre chef d'un péril inventé par lui-même. Huit cents des nôtres perdent la vie à Carmona, ainsi que quinze mille Carthaginois. Nous ne pouvons même pas imaginer la victoire si notre chef ne s'expose pas, sans nécessité, de par sa propre volonté, à la mort...

Cornelius Scipion a tout pour lui : jeunesse et beauté, inspiration et courage, don du théâtre, vertu rhétorique, et l'oreille des dieux. Mais il n'est point de héros sans son talon d'Achille. L'Espagne, reliée au continent par le cou des Pyrénées, serait sans cela, comme nous l'avons observé, une île. Mais ce cou est vulnérable, comme se révéla celui de notre héros Cornelius Scipion lors de la bataille suivante, contre Ilurgie, bourg anciennement allié, passé du côté des Carthaginois. Cornelius prit la cité en quatre heures, mais il fut blessé au cou, seule partie découverte entre son buste et sa tête, car tout le reste, le casque, le plastron, la cuirasse et l'épée courte, donnait à notre commandant l'aspect d'une bête de métal. Le coup, cependant, était son tendon d'Achille.

Blessés par la blessure de leur chef, nos hommes en oublièrent de piller le bourg et au lieu de cela, sans ordres, ils égorgèrent tous les habitants. Le sang d'Ilurgie se répandit par la gorge ouverte de ses hommes, de ses femmes et de ses enfants.

Scipion malade, il fut remplacé par Marcius. Celui-ci était faible et il ne sut pas s'imposer à nos hommes. Privés de la fascination qu'exerçait sur eux le jeune héros, ces derniers sombrèrent dans l'indiscipline, peut-être refrénée, qui n'osait pas, en tout cas, se manifester lorsqu'ils avaient Cornelius Scipion debout devant eux. Le héros eût certes préféré ne pas avoir à faire ce qu'il fit alors, à savoir quitter son lit de malade pour remettre de l'ordre parmi les soldats rebelles. Les faire fouetter d'abord. Puis les immobiliser par terre, le cou coincé entre deux pieux pour les faire décapiter. Cela acheva de le rendre malade. Il vécut un instant au-delà de sa part de gloire. Il le comprit et se retira. Scipion maîtrisait le rythme du temps. Il sut mesurer le sien, et quatre ans plus tard, à Zama, il vainquit définitivement Hannibal et Carthage, et reçut alors le titre glorieux de Scipion l'Africain. Telle fut la vie du grand-père du Scipion qui assiégea et détruisit Numance.

Au vaillant Scipion et au faible Marcius succéda le jeune Caton. Celui-ci, voulant rivaliser avec son vaillant prédécesseur, inaugura son règne par un geste spectaculaire. Il renvoya la flotte à Rome, puis il annonça aux soldats qu'ils avaient moins à craindre l'ennemi que le manque de navires : Il n'y avait plus aucun moyen de rentrer en Italie.

L'audace de Caton le Jeune, qui faisait marcher ses troupes à la peur plus qu'à l'espoir, était telle qu'il réussit à obtenir de toutes les bourgades des bords de l'Èbre qu'elles abattissent leurs murailles afin que leurs habitants ne fussent pas vendus comme esclaves. Cependant, les victoires emportées par Cornelius Scipion et Caton virent leurs effets annulés par l'infamie aveugle de Galba au cours de la dénommée « guerre lusitanienne ». L'astuce de ce général notre chef, dépourvu de tout sens de l'honneur, consistait à se rendre sympathique auprès des peuples ibères, à leur proposer des trêves en leur déclarant qu'il comprenait les raisons de leur révolte, due à la pénurie dans laquelle ils vivaient, à leur promettre des terres fertiles s'ils se rendaient, à leur donner rendez-vous dans un lieu découvert soi-disant pour y procéder à une répartition, et là à les massacrer tous.

De ces embuscades indignes un rebelle nommé Viriathe réussit à réchapper. Durant huit années de guerre, il nous tint en échec. Il installa son campement dans une oliveraie récemment plantée et qu'on appelait le Mont-de-Vénus. Il mit tous nos généraux en déroute, à commencer par Vitellius. Accoutumés qu'ils étaient à la vaillance et à la beauté des Scipions, personne parmi les soldats ne reconnut dans ce vieil homme obèse leur successeur. Ignorant son identité, les Espagnols le tuèrent. Plautius, qui lui succéda, s'enfuit d'Espagne dans le désordre. En plein été, il déclara : « On est en hiver », et il chercha refuge. Mais comme les saisons n'étaient pas à ses ordres, Viriathe le négligea et occupa tout le pays.

La guerre de guérilla telle que la menait Viria-

the, et que l'on connaît bien aujourd'hui, décon-
certa à l'époque nos généraux. Habitués au
combat frontal, alignés en rangs serrés face à l'ad-
versaire, et ne concevant de tactique que selon le
schéma logique des flancs, de l'avant-garde et de
l'arrière-garde, nous mîmes un certain temps à
comprendre la manière du guérillero. Il attaquait
de jour comme de nuit, qu'il fît chaud ou froid,
qu'il plût ou que la terre mourût de soif. Ses troupes étaient légères, ses chevaux rapides, les nôtres
lents, et les armures pesantes. Ne pouvant le vaincre, nous offrîmes à Viriathe une paix généreuse.
Fabius Maximus Servilianus lui déclara notre amitié et lui promit la terre et la paix pour ses descendants. Mais Cépion, notre chef suivant, estima que
ces accords étaient indignes de Rome et de sa
grandeur. Il relança la guerre, et une nuit il réussit
à introduire des espions à nous dans le campement de Viriathe. Le chef ibérique dormait armé,
toujours prêt au combat. Les assassins lui plantè-
rent un poignard dans la seule partie du corps à
découvert : le cou. Le lendemain matin, ses gens
crurent qu'il dormait encore. Mais Viriathe n'était
plus qu'un cadavre en armes.

C'est ainsi que nous soumîmes l'Espagne rebelle,
que nous tuâmes ses chefs et nous apprêtâmes à
réduire l'ultime poche de résistance : l'opiniâtre,
intraitable et pour finir terrible capitale des Celtibères : l'orgueilleuse cité de Numance.

IL sait parfaitement ce qui est en train de se
passer en Espagne. Il est surtout parfaitement

conscient de ce qui est en train de se passer à Rome. Vous êtes-vous donné la peine de compter le nombre de soldats qui ont été envoyés combattre en Espagne depuis un siècle ? Entre fantassins et cavaliers, entre le commandement des deux Scipions et celui de Fabius Maximus Servilianus, cela fait quatre-vingt-treize mille hommes. Mille par an. Peu sont revenus. Il le sait. Il le sent. Il perçoit et connaît l'inquiétude de Rome devant l'interminable guerre d'Espagne : un siècle, ça suffit comme ça... Et l'on envoie encore des troupes, encore. Le plus terrible, c'est que maintenant elles ne combattent qu'une seule cité, et cette cité dévore autant de milliers de soldats qu'autrefois la péninsule tout entière.

Il connaît le nom de cette ville.

À l'origine de la nouvelle guerre, on trouve un conflit réitéré. Séguéda, une des cités celtibères, persuada un certain nombre de villages de venir s'installer autour d'elle afin d'élargir son périmètre urbain. Le sénat romain déclara qu'il était interdit aux Espagnols de fonder de nouvelles cités ; les gens de Séguéda répondirent qu'ils ne fondaient rien de nouveau, qu'ils se contentaient de renforcer ce qui existait déjà. Le sénat répliqua avec superbe que les cités espagnoles ne pouvaient rien entreprendre, pas même ce qui avait fait l'objet d'un accord, si cela déplaisait à Rome.

Les Espagnols s'obstinèrent à coloniser de nouvelles terres. Nobilior se présenta devant Séguéda avec trente mille hommes afin d'empêcher les nouvelles implantations. Comme les Espagnols

157

n'avaient pas fini d'ériger leurs fortifications, ils se réfugièrent à Numance.

Nobilior installa son campement à quelque vingt-quatre stades de la cité. Masinissa, le roi africain, s'attira les bonnes grâces de Rome en envoyant dix éléphants et trois cents chevaux sauvages aux portes de Numance. Les Celtibères les virent avancer lourdement en direction de la ville et furent pris d'épouvante au spectacle des pachydermes écrasant tout sur leur passage. Cependant, au moment où l'invincible troupeau approchait des murs de Numance, une pierre de très grande taille tomba sur la tête d'un des éléphants. L'animal devint fou de rage, c'est-à-dire qu'il cessa de distinguer entre ami et ennemi. Tournoyant comme un pesant derviche, la bête gagna en légèreté à mesure qu'elle gagnait en folie ; elle se mit à agiter puis à durcir l'énorme pavillon de ses oreilles, lesquelles ressemblèrent bientôt à des oreilles non pas d'éléphant mais de chauve-souris ; comme si elle voulait mieux entendre son propre désespoir douloureux.

Les neuf autres éléphants, excités par le gémissement aigu de leur compagnon blessé, levèrent tous leur trompe, qu'ils abattirent comme des fouets sur l'infanterie romaine, puis ils se mirent à piétiner nos soldats tombés au sol. Nous n'étions que des fourmis sous les énormes pattes aux vieux ongles fendillés, jaunes comme l'entaille la plus profonde d'une montagne, vibrants comme au cœur d'une jungle. Avec leurs trompes enroulées et cinglantes, ils firent voler en l'air nos soldats.

Nous étions tous leurs ennemis. Ils transformèrent le champ de bataille face à Numance en scène ancestrale de leur peur et de leur liberté. Lui comprit alors que les deux choses peuvent n'en faire qu'une. On l'informa du désastre des éléphants et il décida de séparer pour toujours la peur de la liberté. La discipline de la loi serait l'arbitre entre les deux.

Les Romains prirent la fuite en désordre, poursuivis par le galop des pachydermes. Nobilior se retira dans les habituels quartiers d'hiver. Lui tombèrent dessus les pires chutes de neige de l'histoire arévaque. Les arbres gelèrent et les neiges descendirent des plus hautes cimes jusqu'aux basses-cours de la plaine, tuant les animaux. Les soldats ne pouvaient même pas aller couper du bois pour se chauffer : les troncs étaient aussi gelés qu'eux-mêmes. Confinés, tremblants de froid, les soldats de Rome finirent par demander la paix.

Arriva alors devant Numance Marcellus, chef d'une grande famille, avec huit mille soldats de pied et cinq cents cavaliers, et là il trouva ce que le sénat ne désirait pas : la volonté de paix. Les éléphants et le froid avaient convaincu les deux parties que l'homme avait pire ennemi que l'homme lui-même. Non, répliqua le sénat en remplaçant Marcellus par Lucullus, l'homme doit être un loup pour l'homme, son éléphant en folie, son hiver impitoyable, son vampire aux incisives effilées, assoiffé de sang qui palpite au cou de l'humanité.

C'est Lucullus qui l'emmena avec lui, le jeune

159

Cornelius Scipion Émilien, petit-fils du vainqueur d'Hannibal, faire la guerre contre Numance. Ambitieux, anxieux, colérique, craintif, Lucullus était le plus mauvais commandant qu'on pouvait imaginer pour soumettre l'Ibérie. Le jeune Scipion — Lui — prit conscience de l'occasion perdue. Numance voulait la paix. Rome voulait la paix. Les légions romaines se mouraient de froid et de dysenterie. L'or que cherchait Lucullus n'existait pas : l'Espagne n'en produisait pas et les Celtibères n'en faisaient pas grand cas. La cruauté et l'hypocrisie de Lucullus portaient atteinte au prestige de Rome. Il viole tous les traités. Il promet la trêve et passe les habitants par les armes. Il désobéit au sénat, ce qui est facile vu l'indécision et les incessantes volte-face de l'auguste assemblée, de plus en plus oscillante, tantôt sous l'emprise d'une conception arrogante de la dignité de Rome, tantôt influencée par l'impatience et la souffrance croissantes du peuple de Rome : Quand donc prendra fin la saignée espagnole ?

LUI en profite pour se fixer à Numance. Quinte Pompée, successeur du déshonoré Lucullus, nourrit le projet de dévier le cours du fleuve Duero, par lequel vont et viennent les provisions et les hommes de Numance. Pompée voudrait affamer la ville. Mais les Numantins font une sortie à l'improviste et en grand nombre, attaquent les sapeurs romains et finissent par enfermer l'armée romaine dans son propre casernement. Le froid, la diarrhée et la honte jettent Pompée hors d'Espagne. Son successeur, Marcus Poillius Laena, n'arrive à rien non plus. Mancinus, enfin, découvre un fort romain assiégé par les Numantins, qui ont l'audace de menacer de mort le nouveau général s'il refuse de signer la paix. Mancinus accepte de signer un accord sur un pied d'égalité. Rome s'indigne. Le général est convoqué en justice. Mais ce sont les Numantins qui capturent le chef romain et le rendent à Rome sur le mode de la farce. Ils l'expédient nu comme un ver. Rome refuse de recevoir son chef militaire. Monté sur un bateau, il est condamné à errer sans pouvoir jeter l'ancre, jusqu'à disparition dans les eaux. Le général humilié refuse à son tour de remettre des vêtements. Il mourra comme il est né. Maudite soit Rome, qui se vide de son sang en Espagne...

Au malheureux Mancinus succède Æmilius Lepidus, pris dans les tergiversations du sénat : un jour il attaque ; le lendemain il propose la paix ; un jour, ça suffit, le peuple en a assez ; le lendemain, en avant, jusqu'à la mort.

— Ignorants ! rétorque Lepidus aux sénateurs. Vous ne savez même pas où est Numance.

Rome se lasse de l'Espagne. Lepidus est encerclé à Palencia par les Celtibères. Il n'a pas de provisions. Les bêtes meurent de faim. Les tribuns et les centurions profitent de la nuit pour s'enfuir, abandonnant les blessés et les malades. La troupe s'agrippe à la queue des chevaux en fuite, implorant : Ne nous abandonnez pas ! Tournant en rond dans la nuit, les Romains se jettent à terre n'importe où. Ne nous abandonnez pas ! Mais

Rome ne les écoute plus. Le vacarme de sa machine de guerre assourdit tout le monde ; on n'entend ni les plaintes de souffrance du peuple ni les cris des soldats laissés à eux-mêmes tandis que leurs chefs prennent la fuite.

Cinq mille sous Marcellus. Vingt mille sous Lucullus. Trente mille sous Cæcilius Metellus. Trente-cinq mille sous Pompée. Encore des milliers et des milliers sous Marcus Poillius Laena, sous Mancinus, sous Æmilius Lepidus : les morts d'Espagne remplissent les cimetières romains. Les navires lèvent l'ancre chargés de vie et s'en reviennent avec le seul bénéfice assuré de cette guerre d'Espagne : la mort. C'est l'armée de Charon. Les mères hurlent sur les toits-terrasses. Les sœurs marchent dans les rues en déchirant leurs vêtements. Les sénateurs se font insulter partout où ils passent. Rome est fatiguée de l'Espagne : l'Espagne menace la vie, l'ordre, l'avenir de Rome.

Et l'Espagne c'est Numance.

Lui, Cornelius Scipion Émilien, est désigné pour soumettre Numance.

TU es un homme avec des faiblesses et des incertitudes. Tu te regardes dans le miroir et tu ne vois pas ce que les autres disent voir en toi. Tu vas mourir cette année, mais ton miroir renvoie l'image d'un jeune homme de dix-huit ans, parfaitement coiffé et frisé, épilé et parfumé, qui tous les matins se passe la main sur le cou afin de vérifier qu'elle ne rencontre pas, même au réveil, le moindre poil. Tu t'es proposé d'être parfait durant les vingt-quatre heures du jour. Ton corps, cependant, n'est qu'une métaphore de ton esprit. Depuis ton enfance, tu es préoccupé, parfois jusqu'à la limite du cauchemar, par la séparation de l'âme et du corps. Tu vis avec cette division, tu ne l'acceptes pas vraiment, tu t'endors toi-même pour croire que les deux ne font qu'un ; mais il te suffit de te regarder dans un miroir, conscient que celui-ci reflète un mensonge, pour savoir que c'est faux. Ce reflet est un autre. Et cet autre est lui aussi divisé, si ce n'est entre la chair et l'esprit, en tout cas entre le passé et le présent, l'apparence et la réalité. Tu auras bientôt cinquante-sept ans. Et dans le miroir tu vois un garçon de dix-huit ans.

Tu connais tes zones d'insécurité. Comment ? N'y a-t-il de plus grande sécurité que d'être le petit-fils de Scipion l'Africain, le héros victorieux de la seconde guerre punique, le vainqueur d'Hannibal ? Mais tu ne l'es que par adoption, et le miroir le confirme. Tu es autre. Tu n'as hérité de rien. Plus précisément, tu ne peux compter sur une transmission naturelle, biologique, de tes dons. Ton grand-père Scipion l'Africain te le répète chaque jour du haut du ciel : Tu dois conquérir par toi-même l'héritage de notre lignée. Le nom de Scipion n'est pas encore tien de plein droit. Tu dois le gagner. Tu dois illustrer nos vertus, te montrer digne d'elles. Et se montrer digne des Scipions signifie, de surcroît, se montrer digne de Rome. En tout état de cause, même comme simple citoyen de la capitale du monde, tu aurais cette obligation.

Tu contemples ton image de dix-huit ans dans le miroir que tu tiens avec ta main de cinquante-sept, et tu te dis que tout, pas seulement la tache de l'adoption, conspire contre ton devoir d'être grand. Tu es d'un naturel apathique. Il t'en coûte d'apprendre. Certes, ta famille adoptive t'a soumis aux rigueurs de la meilleure éducation patricienne qui soit, l'éducation grecque. Tu as étudié la rhétorique, la sculpture, la peinture. Tu as appris à chasser, à monter à cheval et à soigner tes chiens. Mais ton inclination ne va pas du côté de ces disciplines, mais vers d'autres plaisirs. À cheval, dans un bois, poursuivant un sanglier, suivi des chiens, tu es un garçon heureux. Tu ajoutes à ton corps le plaisir d'autres corps. Celui de l'animal abattu, dont tu ravives le cadavre en le prenant dans tes bras. Le museau froid, la salive tiède, l'œil mélancolique d'un lévrier sont ton corps reflété dans un autre corps qui ne pense jamais à l'âme. Un chien est-il doué de mémoire ? A-t-il des insomnies à la pensée du divorce entre son âme et son corps ? Tu caresses le col de ton chien dressé. Il respire en paix avec lui-même. Il n'est qu'un. Toi, tu es deux. Tu passes ta main sur ton cou. Pas le moindre poil pour l'enlaidir, ni au lever du jour ni à la tombée de la nuit. Ce que tu as, en revanche, c'est un tremblement d'incertitude. Où commence ton âme, où finit ton corps ? Dans le tremblement de ton cou, union de ton esprit et de tes viscères ? Tu chasses la vie de ta chair vers la base de ton cou. Mais ta tête reste vide, divorcée.

Fils de consuls et de censeurs, ton vrai père, Paul Émile, divorça de ta mère, Papiria, deux mois après ta naissance, comme si tu étais la cause du divorce. Abandonnés, ton frère et toi fûtes adoptés par deux familles différentes. Quelle chance fut la tienne : entrer dans le clan des Scipions, hériter de la renommée des conquérants d'Hannibal et de Persée. Secrètement malheureux, ton héritage sépara encore plus ton âme de ton corps. Sauras-tu un jour à qui tu dois ton esprit, à qui ta chair ? Tu livres celle-ci au jeu, à la chasse, à la randonnée à cheval, à l'amour sexuel indifférencié, à la compagnie des chiens, qui ne souffrent pas comme toi...

Arriva chez toi un jour un prisonnier grec dénommé Polybe de Megalopolis, qui avait été à la tête de la Ligue achéenne, ultime effort pour sauver l'indépendance de la Grèce. Déporté à Rome sans jugement, il était arrivé sans autre bagage que ses livres. Ta famille l'avait choisi comme esclave parce qu'elle voulait lire ses ouvrages. C'est ainsi que Polybe s'acquit la protection des Scipions. Au début, tu évitas sa compagnie. Il passait son temps à la bibliothèque, toi dans les écuries. La tension entre vous commença à croître. Il avait quinze ans de plus que toi, mais il était encore jeune et animé par le souvenir de ses combats militaires en Grèce. Tu te moquais de lui : Rat de bibliothèque, efféminé, maître de sa tête seulement, pas de son corps. Tu n'avais pas besoin de lui. Tu ne pensais, à l'époque, qu'à dompter un cheval sauvage noir, venu d'Afrique avec d'autres cadeaux envoyés par le prince Jugurtha, neveu de Masinissa l'allié de Rome et de ta famille depuis les guerres contre Hannibal. Ce qui devait arriver arriva. Le cheval te jeta à terre. Polybe le monta et le dompta. Sur la poitrine nue du bibliothécaire, tu vis les cicatrices des lances romaines. La poitrine de Polybe était la carte de sa patrie.

— Je t'apprendrai à parler et à te comporter de manière à être digne de tes prédécesseurs.

Telles furent les paroles de l'homme auquel tu dois tout. En lui se trouvaient réunies la matière et la pensée, Rome et la Grèce. Il ne fut pas ton amant, seulement ton maître, ton mentor, ton père. Il apaisa en toi l'angoisse du monde divisé, séquelle de ton enfance et succube de tes nuits. Il concilia, harmonisa, traduisit en pensée et raison — en mots — le sentiment que reflétait déjà ta force animale, le pouvoir de ton corps : Faire honneur à Rome. La servir. Gagner pour ta patrie la gloire, le renom et le triomphe des armes.

Cependant, Rome n'avait pas de livres ; elle n'avait que des sentiments. Sa littérature n'existait pas ; elle ne connaissait que la rhétorique. Les urnes du triomphe restaient encore à remplir, comme l'outre du corps, du vin de la pensée et de la poésie. Polybe t'apprit à penser et à parler comme un Grec pour agir comme un Romain. Grâce à lui, tu rendis visite au Jardin d'Épicure, au Portique de Zénon, au Lycée d'Aristote et à l'Académie de Platon. Dans le Jardin, tu appris à penser et à dire le plaisir ; au Lycée à le modérer ;

166

au Portique, tu te sus imparfait, mais perfectible par la pratique de la vertu ; enfin, à l'Académie, tu appris à tout mettre en question. Par exemple, bien que Polybe pensât que la raison de l'histoire était l'unité du monde à travers le pouvoir romain acquis grâce à l'appui que la Fortune accordait à ta patrie, il mettait aussitôt en doute sa propre assertion. L'histoire, disait-il, a non seulement une raison mais un sens, et ce dernier consiste à nous enseigner à supporter les vicissitudes du sort en nous remémorant les désastres des autres. Tu tiendras compte de cet enseignement pour tes propres campagnes. L'orgueil que tu tires de tes leçons et de celui qui te les donne te pousse à demander un jour à Polybe :

— Comment appellerons-nous notre école ?

Il te répond que ce ne sera pas une école mais un cercle ; le cercle de Scipion Émilien. Vous ferez ensemble des choses importantes, surtout et notamment vous vous attacherez à convertir la pensée grecque en termes latins et à atteindre la poésie au moyen de la parole publique. L'art oratoire serait l'école romaine de la vertu et de l'action inséparables. Polybe et toi vous entreteniez en outre des choses du quotidien. La croissance de la cité de Rome. L'arrivée d'esclaves amenés des provinces conquises pour travailler la terre, et l'émigration consécutive des paysans vers la ville, laquelle était en train de se congestionner. L'accroissement du luxe et des opérations financières. De Grèce était venu le savoir, mais aussi le désir de vivre luxueusement. De nombreux jeunes gens, disait Polybe, croyaient qu'être comme les Grecs consistait à gaspiller ses énergies en amourettes avec d'autres garçons, avec des courtisanes ou à faire de la musique et des banquets. Un seul exemple suffisait à illustrer le degré de dégénération de la jeunesse romaine : s'offrir les faveurs d'un giton coûtait plus cher que l'acquisition d'un terrain cultivable, et si la journée de travail d'un paysan était de trente drachmes, un pot de poisson mariné en coûtait trois cents.

Vous parliez des scandales, de la séparation des couples, des amours illicites, mais aussi de la continuité de l'institution familiale et de votre admiration pour la matrone Cornélie, fille de Scipion l'Africain ton grand-père et mère des frères Gracchus, tes cousins. « Pouvons-nous voir vos bijoux, madame ? — Mes bijoux sont mes fils, monsieur. »

N'étaient-ils pas un peu bizarres, agités, révoltés, ces jeunes frères ? Ne parlaient-ils pas d'égalité ? Peut-il y avoir égalité sans immortalité ? Sommes-nous seulement égaux devant la mort ? Non, l'immortalité même peut être sélective : seuls les esprits élus accèdent au royaume céleste. Cette idée te répugne ? Ne crois-tu pas au moins que l'immortalité est un don de la renommée, et que celle-ci est toujours mal répartie ? Tu acceptes la renommée mais tu veux aussi l'égalité ? Polybe te propose une voie intermédiaire : sers bien ta patrie, emploie bien le verbe, qui est le don des dieux aux hommes, et tu auras servi à la fois la fraternité et la gloire.

Vous parlez de l'heureux abandon des tarabis-

cotages architecturaux étrusques pour la simplicité de la ligne hellénistique. On a construit
plusieurs nouvelles basiliques afin d'abriter la
croissante matière juridique de la République. En
revanche, on souffre d'une absence totale de théâtres, problème souvent évoqué par le jeune auteur
Térence, l'un des membres de ton cercle. Térence
parle de sa crainte de présenter ses œuvres devant
un public vulgaire et bruyant. Polybe sourit et
répète que la célébrité est la chose la plus mal
répartie au monde. Il te reproche gentiment
d'être trop modeste. Vous savez l'un et l'autre,
aussi bien que Térence lui-même, que c'est toi qui
as écrit quelques-unes des plus célèbres pièces du
jeune dramaturge, mort à trente-six ans... Les *femmes d'Andros,* par exemple, ou *Les frères...* Comédies
courtoises dont la moralité permissive et le style
plein d'urbanité étaient susceptibles d'offenser les
esprits rigoureux. Est-ce pour cela que tu préféras
les faire signer par Térence ? Qui, en ce cas, est le
débiteur, et qui le créditeur ? Tu peux rêver que
tes idées dramatiques — une école pour éduquer
les maris, un fripon qui se moque de son maître
mais le sauve de lui-même — connaîtront la fortune à travers le temps...

Mais Polybe te dit que seul un garçon comme
celui que le Grec a rencontré en arrivant, captif,
à Rome pouvait combiner la frivolité de la comédie de salon et d'alcôve, naturelle dans son milieu,
avec la perfection formelle et rhétorique qu'il sut
tirer des enseignements grecs. Un homme comme
toi — sensuel d'abord, intellectuel ensuite — pou-

vait-il devenir un grand homme de guerre ? Le monde te connaîtra comme militaire. Mais le monde te sépare, te divise de toi-même. Tu voulais ne faire qu'un ? Jeune privilégié, puis guerrier glorieux, mais une seule et même chose, l'une conséquence de l'autre ?

Toutes ces questions surgirent de la compagnie que tu réunissais dans l'atrium de ta riche demeure romaine : le cercle de Scipion Émilien, où le culte de la parole jouera un rôle fondateur dans la tradition littéraire latine. Il n'existait pas de littérature romaine à proprement parler jusqu'à ce que tu t'entoures de gens comme Térence et Polybe, le poète satirique Lucilius et le stoïcien grec Panaetios. La littérature, jusque-là, était chose mineure, œuvre d'esclaves et d'affranchis. Avec toi et ton cercle, elle devint préoccupation d'hommes d'État, de guerriers, d'aristocrates...

— Comment nommerons-nous notre école ?

Polybe de Megalopolis, pour toute réponse, te tend une poignée de graines et te propose que vous les plantiez ensemble au milieu de l'atrium. Qu'est-ce que c'est ? Les graines d'un arbre lointain, oriental, étrange, connu sous son nom arabe, *narankh*. Un ami me les a apportées de Syrie. À quoi ressemble cet arbre ? Il peut devenir grand, à larges feuilles persistantes, brillantes. Il donne des fleurs ? D'un parfum rare. Des fruits aussi ? Délicieux : une peau de couleur vive, rugueuse et douce comme de l'huile, avec une pulpe à l'intérieur au goût suave et très juteuse. C'est ainsi que nous pourrons nommer ce lieu de nos conversa-

170

tions, ce cercle qui n'est pas une école. L'Oranger ? Attends, Scipion le Jeune, il faut six ans à cet arbre pour commencer à donner des fruits.

Le temps qu'il te faudra pour devenir questeur, volontaire en Espagne (où personne ne voulait accompagner l'infortuné général Lucullus) et enfin, à l'âge de trente-neuf ans, vainqueur et destructeur de la Némésis de Rome, la naguère orgueilleuse Carthage, comme si tu accomplissais le destin de ton grand-père Scipion l'Africain, vainqueur d'Hannibal à Zama cinquante-six ans plus tôt. Tu as fait plier la cité, tu l'as rasée et incendiée. On dit que tu as pleuré en voyant l'antique capitale d'Hannibal, réduite au rôle de comptoir commercial sans pouvoir politique, disparaître de la carte.

Quoi de plus naturel que de te charger toi, le plus vertueux et le plus sage, le plus vaillant des Romains, d'emporter la victoire sur Numance ?

J'arrive en Espagne avec quelques connaissances. Voilà ce que j'ai entendu dire : les Espagnols sont braves mais sauvages. Ils ne prennent jamais de bain, ils ne savent pas manger, ils dorment debout comme des chevaux. Mais pour ces raisons mêmes ils savent résister. Il faut rompre cette résistance. Pas de moyen terme. À leur résistance extrême, je dois opposer quelque chose de plus extrême encore.

Je sais donc qu'ils sont vaillants, mais seulement à titre individuel. Ils ne savent pas s'organiser comme nous. Je dois craindre leur courage personnel et négliger le danger qu'ils représentent à titre collectif. Je dois me prémunir contre l'organisation de leur désorganisation, le génie de leur anarchie. Ils appellent cela la guerre de guérilla. Par ce moyen, ils donnent de l'élan à leur courage et à leur imagination individuels. Attaques imperturbables, de jour comme de nuit, qu'il pleuve ou qu'il vente, qu'il gèle ou qu'il fasse torride. Ce sont des caméléons, des maîtres de la mimêsis ; ils prennent la couleur de la terre et du temps. Ils courent, légers, sans armure, sans monture. Je dois les enfermer en un lieu dont ils ne puissent plus bouger. Je dois les assiéger afin de les priver de leur mobilité et transformer leur vocation héroïque en vocation de résistance de l'intérieur du siège. Voyons s'il est exact qu'il leur suffit d'un petit coin, à partir duquel ils sont capables de tout reconquérir.

Je connais toutes leurs ruses. Ils les ont employées pendant un siècle contre nous. Quelles sont celles dont je dispose qu'ils ne connaîtraient pas ?

Je dois surprendre les Espagnols. Mais je ne dois pas offenser les Romains. Nous avons perdu cent mille hommes en cent ans de guerre contre l'Espagne. Il nous en a coûté cent mille pleurs de mères et de sœurs romaines. Je n'amènerai pas un soldat de plus en Espagne. Je me fais fort de quitter Rome sans un seul fantassin ni un seul cavalier. Tout le monde se souvient des départs en grande pompe de vingt généraux, de Marcellus à Lépide. Mais l'on se souvient aussi de leurs retours dans l'humiliation. Moi, je partirai avec modestie et reviendrai avec gloire.

J'accepte des volontaires venus des cités à titre amical. Je crée, en effet, une troupe d'amis pour m'accompagner. Ce sont des amis de grande distinction. Mon maître Polybe, au premier chef : il est devenu un éminent historien, preuve vivante de la façon dont Rome accueille et assimile les autres peuples de la Mare Nostrum, leur donne les chances que nous voudrions également offrir à l'Espagne et à ses indépendantistes têtus. C'est pourquoi Polybe vient en tête de la cohorte de mes amis, laquelle comprend en outre d'autres personnes de qualité que je réunis habituellement autour de l'oranger de mon atrium à Rome. Parmi elles, les chroniqueurs Rutilius Rufus et Sempronius Assélion, afin qu'il n'y ait pas qu'une seule version des événements, laquelle serait vite exsangue d'objectivité, et il faudra désormais utiliser le présage de la mémoire, l'affect fictif et la représentation, qui sont l'âme de l'histoire. Il faut apprendre à se souvenir du futur et à imaginer le passé. À cette fin se trouve avec nous le poète Lucilius, car la poésie est la lumière qui découvre la relation entre toutes les choses et les relie entre elles. La rhétorique crée l'histoire, mais c'est la littérature qui la sauve de l'oubli. Et, parfois, lui offre l'éternité.

Du campement, je contemple les stades qui nous séparent de Numance, et je n'ai pas besoin que mes amis me le disent : avant de lancer le moindre javelot contre la capitale des Celtibères, je dois frapper de mille dards de discipline l'armée de Rome en Espagne. Ma première bataille devra être contre ma propre armée.

Je commence par expulser les prostituées, les proxénètes, les efféminés et les devins : parmi eux, il y avait plus d'augures et de dépravés que de soldats. Cette armée de professionnels des plaisirs vicieux fut jetée hors du campement au milieu des sourds grognements de la troupe, qui en avait besoin pour se remonter le moral. J'allais donner à cette dernière un autre moral, celui de la victoire. Il suffit de rester face à face avec les Numantins, à se tromper les uns les autres, sans mouvement décisif ni de leur part ni de la nôtre.

Je donne l'ordre aux soldats de vendre leurs chariots et leurs chevaux, en ajoutant cet avertissement :

— Vous n'irez nulle part sinon en avant. Et Numance est à quelques pas d'ici. Si vous mourez, vous n'aurez pas besoin de chariots, mais de la bienveillance des vautours. Si vous gagnez, je vous porterai moi-même sur des litières.

Je fis confisquer vingt mille rasoirs et pinces à épiler. Je commençai à me laisser pousser une barbe de deux ou trois jours afin de donner l'exemple de la rudesse, renonçant à l'une des particularités les plus sensuelles de ma vie, depuis l'âge de vingt ans : avoir le cou net. Ici, nous ne nous raserions pas avant la chute de Numance. J'interdis les miroirs.

Je renvoyai les masseurs, qui s'en furent au milieu des ricanements nerveux chercher d'autres corps. Je déclarai aux soldats qu'ils n'auraient plus besoin de messages pour réduire leur obésité, car on ne se nourrirait plus que de viande bouillie et nul n'aurait droit à d'autre vaisselle qu'une marmite de cuivre et une assiette.

J'interdis l'usage des lits et je donnai l'exemple en couchant moi-même sur de la vulgaire paille.

Je décidai que chacun se baignerait sans l'aide d'aucune pute, d'aucun masseur ni d'aucune ordonnance. « Seules les mules, qui n'ont pas de mains, ont besoin d'autres mains pour les baigner. »

Tous les jours, j'imposai des exercices dès l'aube à tous et à chacun. Pour les animer, je fouettai les hommes avec des sarments. C'est ainsi que je disciplinai ceux qui étaient citoyens romains. Ceux qui ne l'étaient pas furent soumis aux verges. Mais fouettés, ils le seraient tous, qu'ils le méritassent ou non, à titre d'endurcissement de cette troupe que j'avais trouvée ramollie, blanchâtre, endormie.

Les marches quotidiennes s'effectuaient en formation parfaite, et ce qui était auparavant chargé sur des mules était maintenant chargé à dos d'homme.

Mais rien ne les dressa ni ne les prépara mieux au long siège à venir que ma décision de leur faire édifier chaque jour de nouveaux campements pour donner l'ordre de les détruire le lendemain. Les expressions d'étonnement, puis de dépit, puis d'aboulie naissante mais ajournée par la répétition lassante de la même tâche inutile m'annon-

175

çaient que j'étais en train d'obtenir ce que je voulais : leur tremper le caractère contre les échecs répétés qui nous attendaient avant d'obtenir la victoire.

J'organisai une géométrie de l'inutile ; une physiologie de l'absurde. Chaque jour, mes hommes (ils commençaient à gagner ma tendresse) creusaient de profondes tranchées pour les combler à nouveau dès l'aube du lendemain, puis ils rentraient au camp en traînant les pieds, en grommelant contre moi et leur propre inutilité. Un bon soldat doit voir en lui-même son premier ennemi.

Chaque jour, ils érigèrent de hauts murs au milieu de la plaine : des murs qui ne défendaient de rien, qui n'attaquaient personne. Nous le savions tous. Le gâchis était exemplaire. Les actes gratuits étaient parfaits par leur inintérêt notoire. À la guerre, il faut être disponible à tout instant. Le soldat est un bien vacant.

J'occupai, après saccage et destruction, tous les territoires environnants dont Numance recevait son approvisionnement. Les valeureux jeunes gens d'une autre cité ibérique, nommée Lutia, vinrent porter secours à leurs frères numantins. Leur courage contrastait avec la mollesse habituelle de nos troupes. Je capturai quatre cents jeunes hommes de Lutia et je donnai l'ordre de leur couper les mains à tous.

Je bâtis sept forts autour de la ville. Ceux-là, je ne les fis pas détruire le lendemain. Lorsque mes soldats le constatèrent, ils m'acclamèrent. Mes actions disciplinaires n'avaient, en fin de compte, pas été gratuites. À vrai dire, aucun acte n'est gratuit lorsqu'il émane du pouvoir. Je dissipai alors la mélancolie de mon armée. Ses efforts n'étaient plus inutiles. Ils ne l'avaient jamais été, du reste. Ce qui avait semblé relever du caprice n'était qu'un exercice d'adaptation à la possibilité de l'échec. On ne peut agir sans se représenter l'échec à l'horizon. Rien n'assure à quiconque le succès permanent. Plus encore : l'échec est la règle, le succès l'exception qui la confirme... Triste est le pays qui croit mériter le bonheur du succès. J'avais retenu la leçon de Polybe.

Je divisai l'armée en sept parties et mis un commandant à la tête de chaque division. Je déclarai que nul ne devait bouger de son poste sans ordre préalable. L'abandon de poste serait puni de mort.

Le premier objectif de ces forts était d'empêcher quiconque de sortir de Numance. Toute sortie serait signalée, le jour, par une bannière rouge à la pointe d'une lance. De nuit par des feux. De la sorte, tous seraient avertis du danger et fermeraient les rangs afin d'interdire le passage à tout Numantin.

La première fois que j'étais arrivé à Numance, durant la campagne de l'infortuné Lucullus, j'avais remarqué que ses habitants se servaient du fleuve Duero pour transporter des hommes et des vivres. Les Numantins étaient habiles à nager sous l'eau sans être vus, et ils savaient utiliser des embarcations légères mues par des voiles obéissant à un vent fort.

Il était impossible de construire un pont entre les rives. Le Duero était trop large, trop rapide. Je renonçai au pont. À la place, je fis bâtir deux tours de part et d'autre du fleuve. À chaque tour j'ordonnai qu'on fixât de grands troncs, attachés à la fortification par de grosses cordes mais qui laissaient les bois flotter librement. Je fis planter les troncs de lames de poignards et de pointes de lances, les transformant en hérissons intouchables, la main fuyant le contact de cet engin piquant et coupant. Les troncs hérissés étaient en mouvement perpétuel du fait de la puissance du courant. Il était impossible de passer au-dessous, par-dessus ou à côté.

Que personne ne puisse entrer ni sortir : personne pour savoir ce qui se passe dans Numance ni au-dehors. (Pas même moi ?)

Je parachevai ma stratégie en entourant la ville de fossés et de palissades. Ce cercle épousait exactement le périmètre de la cité, lequel était de vingt-quatre stades.

J'eus alors l'idée qui décida du sort de Numance. Autour des murailles de la ville, je laissai un espace libre à l'image de la surface de la ville et de son périmètre. Cet espace je l'enfermai à son tour par des murailles de huit pieds de large et dix pieds de haut.

Je ménageai ainsi un champ de bataille possible à l'intérieur duquel les deux armées, en cas de rencontre, se livreraient un combat lui-même assiégé par la deuxième série de tours et de tranchées. Autrement dit : il y avait maintenant deux

Numance. La cité emmurée des Celtibères. Et la seconde cité, l'espace désert qui la dupliquait, entouré de mes propres fortifications.

Alors seulement j'installai les machines de guerre. Les catapultes, les rangées d'arcs et de pierriers, les tas de dards, de pierres et de javelines sur les parapets.

Sur ces entrefaites arriva Jugurtha, neveu du roi Masinissa, dans l'intention de se joindre à nous, avec son obsédante cargaison africaine : dix éléphants. Je le remerciai de son geste, mais je redoutais une répétition du désastre d'Hasdrubal au temps de mon grand-père le premier Scipion. Je lui inventai d'autres lieux, hypothétiques, où mener ses pachydermes afin d'impressionner les populations d'Espagne, potentiellement rebelles. Manches, escurials, champs alhambrés, j'inventai à l'intention de Jugurtha et de ses éléphants des terres peuplées d'Arévaques, de Carpétiens et de Pélendons. Je crois qu'il les cherche encore. On dit que les éléphants n'oublient pas, mais encore faut-il qu'ils aient quelque chose à se remémorer. Perdus au fin fond de l'Espagne, les éléphants de Jugurtha doivent à ce jour déambuler, gigantesques nomades à la recherche de contrées imaginaires et de forteresses invisibles. Je ne gardai qu'un seul éléphant pour moi, afin de ne pas paraître discourtois et pour le tenir en réserve face à Numance.

(C'est peut-être à cause de cette plaisanterie que Jugurtha s'en retourna tout penaud en Afrique et se rebella contre Rome avec la volonté de libérer sa Numidie native de la « corruption politique romaine ». Mais cela est un autre roman.)

Pour le moment, du haut du parapet, au milieu des archers et des pierriers, avec les éléphants derrière moi et l'armée romaine déployée entre les sept tours qui encerclaient Numance, je me sentis satisfait. J'étais accompagné de Polybe l'historien, des chroniqueurs et du poète Lucilius, des ingénieurs et des sapeurs, plus cinq cents amis, et moi-même, vêtu non en soldat et patricien romain, mais comme un simple chef militaire ibérique, en tunique de laine, le *sagum*, et cape attachée à l'épaule.

Cependant, en signe de deuil à cause des désastres antérieurs de Rome face à Numance, je choisis de porter une cape noire et donnai l'ordre à la troupe de revêtir également un manteau noir.

— Que s'achève ici l'ignominie. Mettons un terme au deuil de nos défaites.

Subitement, au cours de la phase finale des préparatifs, tous ces signes se rassemblèrent en moi, m'offrant une vision dupliquée du monde. Qu'avais-je fait en ce lieu ? Ce n'est qu'à l'instant précédant le début des combats, au méridien de mon esprit, que j'en pris conscience. Devant mes yeux se tenait Numance, la cité inconquise. Autour de Numance, j'avais bâti le double purement spatial de Numance, la reproduction de son périmètre, un nouvel espace en tout point comparable à son modèle. Et je contemplais, dans la surface dupliquée, le fantôme vide, intemporel, de la

180

cité. Quelle était, dans cette Numance ainsi divisée, l'âme de la ville ? son corps ?

Ma vieille angoisse s'empara de moi. L'espace vide était-il l'âme invisible de Numance ? La cité était-elle tangible ? Avait-elle un corps matériel ? Ou était-ce le contraire ? La cité réelle était-elle un mirage et n'y avait-il de réel, de corporel, que l'espace créé pour faire place à une autre cité, identique à la première ?

En cet instant crucial, étourdi par mes pensées, j'eus envie d'arracher ma tunique noire pour offrir mon propre corps nu en sacrifice à Rome et Numance, aux batailles perdues du passé comme aux batailles virtuelles, perdues ou gagnées, du futur...

Je fermai les yeux afin que le dédoublement de Numance, qui était mon œuvre, ne signifiât point la division permanente, insupportable, mortelle, du corps et de l'âme de Cornelius Scipion Émilien, le fils abandonné et le fils adopté, l'homme d'action et l'esthète, la jeunesse aboulique et la maturité énergique : Scipion, moi, l'amant matérialiste des choses concrètes et Scipion, moi aussi, le mécène du cercle intellectuel le plus brillant de la République... L'amant de la guerre. Le mari du verbe.

— Pourquoi n'ai-je pas été une seule chose, heureux ou malheureux, mais non divisé ; fils chéri, épicurien et soldat ; ou fils adoptif, stoïque et esthète ?

Les lames plantées dans le fleuve me tailladaient finement, cruellement, tandis que je me rendais

181

compte que j'étais venu jusqu'ici pour assiéger non Numance, mais moi-même ; non pour vaincre Numance, mais pour la reproduire. Je me dupliquais moi-même ; je m'assiégeais.

Je laisse monter la suffocation dans mes poumons, la cécité dans mon regard, l'étranglement dans ma gorge et le bourdonnement d'oiseaux de mauvais augure qui s'écrasent dans mes tympans comme les aigles contre la montagne pendant la campagne d'hiver de Scipion mon grand-père. Je sens aussi la pestilence de tous les cadavres de toutes les guerres. J'imaginai en cet instant le destin de Numance et lui demandai pourquoi elle m'obligeait, à la fin de ce chapitre de notre histoire, à faire tout ça. Je connaissais toutes les ruses des Ibères ; ceux-ci connaissaient toutes les tactiques des Romains. Nous ne pouvions plus nous surprendre. La politique était épuisée. On ne me laissait d'autres armes que la discipline, puis la mort.

Cela, je le savais. Je voulais simplement parer la fatalité des habits de la beauté. La beauté serait l'ultime surprise de la politique et de la guerre également à bout de souffle. Je fis en sorte (je m'en rendais compte maintenant) qu'au-dessus du sang et de la pierre, au-dessus de l'âme et du corps, flottât finalement un halo de beauté en dépit de la mort. Le bois hérissé de couteaux. L'armée en deuil. Rouge des bannières le jour. Blancheur des incendies la nuit. Taches noires des plumes d'aigles morts sur la neige. Et Numance dupliquée. Numance représentée. Numance transformée en épopée lyrique, se représentant elle-même grâce aux espaces et aux objets que je mis un jour à la disposition de l'histoire.

Comment transformer la représentation en histoire et l'histoire en représentation ?

Je contemple ma réponse à cette question. La Numance déserte représente la Numance habitée. Et vice versa. Mes deux moitiés, corps et âme, ne savent si elles doivent se séparer à jamais ou s'unir en une chaude étreinte de réconciliation. Je cherche avec angoisse un symbole qui me permette de jumeler mes deux moitiés. La tempête du temps emporte loin de moi l'instant présent. J'ai dû lutter contre l'histoire qui m'a précédé, fatale et épuisée. J'ai voulu changer mon histoire en destin. Les dieux ne me le pardonneront pas. J'ai voulu usurper leurs pouvoirs comme j'usurpe l'image de Numance.

Je donne l'ordre d'attaquer. Moi, Cornelius Scipion Émilien, avec mon double moi aussi, me représentant moi-même grâce aux espaces et aux choses que j'ai mis à la disposition de l'histoire : je donne l'ordre d'une attaque qui, elle, sera implacable, indivise, afin de masquer ma propre division.

ILS pensaient que s'ils sortaient de Numance, s'ils allaient se battre, ils ne reviendraient jamais. Les femmes seraient violées par les Romains, les enfants emmenés en esclavage et les maisons détruites par des mains étrangères. Ce même général n'avait-il pas mis le feu à la grande Carthage ? Mieux valait simplement résister. Mieux valait périr. Que le siège l'emporte. Ils donneraient eux-mêmes le triomphe à Scipion. Sans eux, sans leur résistance, le siège serait une singerie : une charade contre le néant. Grâce à eux, Scipion Émilien rencontrera son destin : il sera le vainqueur de Numance. La victoire romaine n'aurait aucun mérite sans la résistance de Numance. Ils sont les alliés de la Fortune : ils la dirigent par leurs larmes, leur faim, leur mort. Eux, les hommes de Numance.

VOUS savez comment s'est terminée cette histoire, et moi, Polybe, qui en ai été témoin, je la raconte aujourd'hui seulement car je n'ai jamais voulu en faire le récit écrit, par respect pour les souffrances de mon ami le général Cornelius Scipion Émilien. J'ai rédigé l'histoire des guerres puniques et de l'expansion romaine en Méditerranée. Mais je me suis abstenu de relater ce que j'ai vu à Numance en compagnie de mon disciple et ami le jeune Scipion. À la postérité je fis croire que mes papiers s'étaient perdus. Je ne parle du jeune Scipion que pour exalter ses vertus et notre amitié : il était généreux, probe, discipliné et digne de ses ancêtres.

Je n'ai rien raconté de Numance car en vérité, la cité étant assiégée et les Numantins de plus en plus isolés en raison de la sévérité du siège imposé par Scipion, nous ne sûmes ce qui s'était passé derrière ses murailles que lorsque tout fut terminé. Je me permis, cependant, d'essayer d'imaginer ce qui se passait à l'intérieur de la cité pour le raconter, à titre de fiction, à mon ami, également disciple, le général Scipion. Je crois que sans cela, il serait devenu fou.

Plus personne ne sortait de Numance, sauf un brave qui eut un jour le courage de fouler cet espace ménagé par Scipion. Double interdit, destiné à la bataille qui n'eut jamais lieu. Par une nuit de brouillard ce Retrógenes, le plus valeureux des Numantins, traversa le terrain interdit accompagné de douze hommes et d'une échelle pliante. Ils tuèrent nos gardes et s'en furent demander de l'aide aux autres cités ibériques. Personne ne la leur accorda. Tous avaient peur de Scipion. Les huit cents mains coupées de Lutia n'avaient pas encore rejoint la poussière. Les moignons de quatre cents jeunes gens n'avaient pas encore cicatrisé. Retrógenes revint consciencieusement à Numance pour informer les habitants de son échec. Évidemment, il ne traversa pas une seconde fois le périmètre imaginaire de la ville. Il fut le seul Numantin à périr dans l'espace de la bataille invisible.

Une nouvelle fois, un ambassadeur numantin sortit demander la paix.

— Nous n'avons rien fait de mal, dit-il à Scipion. Nous ne faisons que lutter pour la liberté de notre patrie.

Scipion exigea la reddition inconditionnelle et la remise de la place.

— Ceci n'est pas la paix, mais l'humiliation, répondit l'envoyé de Numance. Nous ne vous accorderons pas le droit d'entrer pour nous détruire et prendre nos femmes.

Je dis au général : — Leurs greniers doivent être vides. Ils n'ont plus ni pain, ni bétail, ni fourrage. Que vont-ils manger ?

Le siège de Numance dure huit mois.

Les premiers Numantins commencent à se rendre. Ils sortent des murailles comme des fantômes. Pour la première fois, l'unique éléphant de Jugurtha resté ici lève la trompe et se met à pousser des barrissements épouvantables. Les chiens eux aussi se mettent à aboyer, les chevaux à hennir et les canards à piailler. Ils reconnaissent d'autres animaux. Le poil long, la peau dévorée par les plaies, les cheveux jusqu'à la taille. Nombre d'entre eux à quatre pattes. Scipion refuse de livrer bataille à des bêtes. Il pointe du doigt vers le ciel : deux aigles se battent en un rodéo martial. Odeur fétide. Grands ongles barbouillés d'excrément. Scipion choisit une cinquantaine de Numantins à emmener à Rome pour son triomphe. Les autres, il les vend. Il rase la ville.

— Les grandes calamités, lui dis-je, fondent les grandes gloires.

— Merde, répond-il.

NOUS, les femmes de Numance, nous avons toujours su que nos hommes étaient prêts à mourir pour nous et nos enfants. Mais nous ignorions à quel point nous étions nous aussi prêtes à mourir pour eux. Le siège a duré huit mois. Les réserves de grain, de viande et de vin se sont vite épuisées. Nous avons commencé par lécher du cuir bouilli, puis nous l'avons mangé. Ensuite nous sommes passés aux cadavres d'hommes morts de mort naturelle. Nous vomissions : la chair malade nous donnait la nausée. Nous avons peur : quand allons-nous commencer à manger les plus faibles ? Un vieil homme nous donne l'exemple. Il se suicide en place publique pour que nous puissions le manger sans avoir à le tuer. Mais sa chair est dure, maigre, inutile. Les enfants ont besoin de lait. C'est la seule chose qui ne manque pas : nos femelles sont prodigues. Mais si nous ne mangeons pas nous-mêmes, il n'y aura bientôt plus de lait pour les enfants. La nuit, nous entendons crisser nos os, qui commencent à se casser à l'intérieur, comme si le lieu de leur ensevelissement était notre propre corps. Il n'y a pas de miroirs à Numance. Mais nous voyons notre visage dans celui des autres. Ce sont des faces rongées, consumées par le froid et le scorbut. Comme si le temps nous dévorait à mesure qu'il passe, nous dévastant les gencives, les dents, les sourcils, les paupières. Nous perdons tout. Que nous reste-t-il ? Un arbre étrange au centre de la place. Il y a quelque temps est passé par ici un voyageur repentant, génois pour autant que nous comprîmes, qui prétendit planter quelques graines au milieu de la place. Le temps est lent, déclara-t-il, et les distances grandes dans le monde dans lequel nous vivons. Il fallait semer et attendre que l'arbre grandît et donnât ses fruits dans cinq ans. Nous n'avions pas à craindre le froid, nous dit-il. Au contraire, une bonne gelée de temps à autre était le mieux qui pouvait arriver à cet arbre. C'était un arbre qui dormait pendant l'hiver. Le froid ne l'entame pas. Il fleurit et donne ses fruits au printemps. Il achève sa croissance annuelle en automne, puis se remet en sommeil pour l'hiver. À quoi ressemblent ses fruits ? Au soleil : couleur soleil, ronds comme le soleil... Mais le souvenir de ces paroles ne nous consolait pas. Nous étions au dernier hiver avant que l'arbre ne donne ses fruits. Tiendrions-nous jusqu'au printemps ? Nous ne pouvions le savoir. Le temps — disions-nous, nous les femmes — est devenu visible à Numance. Ses ravages s'inscrivent sur notre peau galeuse, les callosités et les champignons de notre sexe. Nous grattons désespérément notre anus pour voir s'il ne resterait pas une croûte d'excrément à manger. Morve, chassie. Tout sert. La terre ne nous abandonne pas. Nous sommes plantées en elle. Nos yeux nous disent que les greniers sont vides. Nos narines ont oublié l'odeur du pain. Nos mains ne touchent plus le foin, nos oreilles n'entendent plus le bétail. Et l'arbre du Génois ne donnera ses fruits ronds et dorés que l'été prochain. Mais la plante de nos pieds nous dit que la terre ne nous abandonne pas. Le monde oui. Pas la terre. Les femmes de Numance font la distinction entre la terre et le monde. Nous mangeons les hommes qui se tuent pour nous les femmes, pour que nous puissions les manger. Les hommes encore vivants hurlent de douleur : à cause de leurs frères morts, à cause de notre famine. Nous leur parlons. En leur parlant, nous leur rappelons que nous n'avons pas perdu la parole. La terre et la parole. C'est ce qui nous soutient. Les corps que nous dévorons nous et nos enfants sont terre et parole transformées. Eux les hommes ne le comprennent pas. Ils sont prêts à mourir pour nous et nos enfants, mais ils pensent que nous allons tous périr et qu'il ne restera rien de vivant. Pas nous. Nous, nous voyons le monde disparaître, mais pas la terre ; pas la parole. Nous pleurons tous la disparition de notre ville. Mais nous célébrons la vie durable du pot d'argile, de la bassine de métal, du masque funéraire. Tête métallique du mouton, taureau de pierre, c'est le seul bétail qui nous reste. Urnes vides, outres de poussière, tels sont le pain et le vin que nous laissons derrière nous. Nous les femmes, nous pleurons la disparition de la ville. Nous acceptons que le monde meure. Mais nous espérons aussi que le temps triomphera de la mort grâce au vent, à la lumière et aux saisons, qui eux sont éternels. Nous ne verrons pas les fruits de l'arbre. Mais les verront la lumière, les saisons et le vent. Le monde meurt. La terre se transforme. Pourquoi ? Parce que nous le disons. Parce que nous ne perdons pas la parole. Nous la léguons à la lumière, au vent, aux saisons. Le monde nous révèle. La terre nous dissimule. Nous retournons à elle. Nous disparaissons du monde. Nous retournons à la terre. Nous en sortirons pour semer l'épouvante.

ELLE vit sortir de Numance les derniers hommes muets, barbus, sales ; les dernières femmes terrorisées ; les derniers enfants émaciés. Ils se rendaient parce qu'ils avaient perdu la parole. Ils avaient oublié comment parler. Elle, avec son enfant mort dans les bras, s'approcha de l'arbre stérile enfoui au profond de l'hiver. C'est en vain qu'ils avaient attendu la promesse de fruits. Maudit arbre, stérile. Elle écarte les jambes et pousse un cri, son enfant dans les bras. Elle laisse choir dans la broussaille stérile le sang fertile de son vagin, le fruit de son ventre, la masse humide et rouge de sa menstruation.

TU te demandes si toute chose dans l'univers possède un double à son image. C'est possible. En tout cas, tu sais que c'est dangereux. Tu t'es promené dans ta jeunesse du côté du Portique et du Jardin, de l'Académie et du Lycée. Mais tu as toujours su que, par le moindre interstice de toutes les portes et fenêtres de la *paideia* grecque, l'esprit nous échappe quand nous croyons le plus en être maîtres. Sûre et directe comme une flèche fut ta vie militaire. Tortueuse et imprévisible aura été ta vie spirituelle. Y a-t-il un dieu pour synchroniser les deux ? Les liens entre le corps et l'esprit ne sont-ils qu'apparents : une illusion créée par les dieux pour nous réconforter ? La réalité n'est-elle qu'une addition d'événements physiques — je monte à cheval, j'attaque une ville, j'aime une femme ? Les événements mentaux ne sont-ils que les conséquences de ces actions matérielles ? Nous dupons-nous en pensant le contraire, simplement parce qu'il arrive que l'état mental précède d'un instant l'événement physique, alors qu'en réalité ce dernier s'est déjà produit ?

Polybe te voit souffrir parce que tu ne parviens pas à résoudre ce dilemme. Il te laisse entendre que des siècles passeront avant que quelqu'un réponde à cette question. Les hommes se tourmenteront à essayer de séparer, de concilier ou de supprimer les deux termes de leur cruelle division : ceci est mon corps, ceci est mon esprit. Sommes-nous pur phénomène physique ? Sommes-nous pur phénomène mental ? Les deux sont-ils une seule et même chose ? Devant Numance, Scipion se présenta comme un homme intègre, en paix avec lui-même. Un *cives* romain. Mais quelque chose le trahit. Jeu, perversité, génie, imagination ? Quoi qu'il en soit, il créa un double de Numance afin d'éviter, peut-être, de se dédoubler lui-même. De rester entièrement le général volontaire et efficace qu'il avait prouvé être.

Tu te rends compte que Polybe imagine ce qui se passe à l'intérieur de la cité assiégée pour te le raconter, perversement, à toi. Perversement, mais aussi charitablement. La version de l'écrivain est évidemment celle qui a été retenue par l'histoire. Il se montra très habile. Ce fut lui qui établit, une fois pour toutes, à l'aube de l'historiographie romaine, que les textes ne doivent jamais être cités littéralement, mais interprétés. L'histoire s'invente. Les faits s'imaginent. Sans la fiction, ni toi ni vous ne saurez ce qui s'est passé à Numance.

L'imagination insatisfaite est dangereuse et terrible. Elle conduit directement au mal. Nous ne faisons du mal aux autres que lorsque nous sommes incapables de les imaginer. C'est la raison pour laquelle tu as pleuré un jour devant Carthage en feu. Polybe voulut te sauver en te donnant l'imagination de la victoire. Crois-le. Voilà ce qui s'est passé. Tu viens de le lire. Tes victimes étaient faites de chair et de sang. Tu ne t'es pas battu contre des doubles, contre les spectres de Numance.

Tu as échoué.

De même que tu as dédoublé la ville, tu t'es dédoublé toi-même.

Tu vécus cinq années de plus, mais tu ne fus plus jamais le poète que tu aurais pu être, ni le soldat que tu avais été. Quelque chose t'avait diminué. Avais-tu à jamais perdu l'unité de ton corps et de ton esprit devant les deux Numance ? Dans l'une d'elles, espace désolé, temps invisible, il ne se passa rien. Dans l'autre, en revanche, à l'intérieur de la cité, ce fut le sacrifice, la folie et la mort. En fin de compte, le double ne servit qu'à la traversée, muette et hagarde, des survivants de Numance. Le défilé des défenseurs vaincus, transformés en bêtes. Ce doit être effrayant de voir une abstention engendrer la dégradation et la mort. Car ta présence devant Numance, Cornelius Scipion Émilien, fut en réalité une absence. À aucun moment tu ne t'es battu. Tu n'as rien fait, en quelque sorte. Et à la chute de Numance, tu as simplement constaté l'atroce présence de ce qui fut une absence.

Rien d'étonnant que tu te sois épuisé, vainqueur de Carthage et de Numance. Rien d'étonnant que tu n'aies plus jamais vécu en paix.

JE me demande, au souvenir de l'exploit de Numance, ce que peut bien être maintenant ce périmètre sans Numance que j'adjoignis à la cité, son double accolé. Un enclos à bétail, un pré, une cour de ferme, pacifiques, ordinaires ? Pourquoi choisissons-nous un lieu et lui donnons-nous un nom dans l'histoire ? Je me retire vaincu par mon triomphe. Je n'en supporte pas le poids. Je cherche d'autres soupapes à mon énergie. Au cours des campagnes contre Carthage et Numance, j'ai connu beaucoup de simples soldats qui occupaient des terres à titre précaire. Ce n'étaient pas de grands propriétaires, mais la réforme agraire radicale promue par mes cousins, les turbulents frères Gracchus, dépouilla aussi bien les grands propriétaires terriens que les petits fermiers sans titre. Je me fis leur défenseur. J'y gagnai de nombreux ennemis, plus invisibles que le fantôme de Numance. Mais une fois de plus, mon activité extérieure n'apaisa pas mes propres turbulences internes.

Je passe des heures entières assis sur mon siège curule devant l'oranger de mon atrium, dans ma demeure romaine. L'arbre est sur le point de donner des fruits et je veux être le premier à le voir fleurir. Je ferai de l'oranger mon interlocuteur à cette heure du crépuscule. J'ai cessé de me raser ; pour penser, j'ai besoin de me passer la main sur les poils du cou. Je suis obsédé par le problème de la dualité. J'invente une théorie de la dualité géométrique. Si deux lignes qui se croisent définissent, à leur intersection, un point, et si deux points déterminent une ligne, il s'ensuit que lorsque tous les points rencontrent une ellipse ils s'épuisent, leur unité se concentre et exige aussitôt la protection d'un double qui abrite et prolonge l'unité. D'où il découle que toute unité, une fois obtenue, réclame une dualité pour durer, pour se maintenir.

Je crois avoir résolu le problème de Numance, et comme le soir tombe et que je commence à sentir la fraîcheur, je m'enveloppe dans ma cape noire espagnole, celle que je portais devant la cité assiégée. J'entre dans ma chambre. Je tire les rideaux, mais dès que je suis couché je suis distrait par le bruit des rats. Comment s'en débarrasser ? Mais mon problème n'est pas là. Je ne dois pas me laisser distraire et irriter par des chasses au rat. Ce que je me demande, c'est si toute chose dans l'univers possède son double exact. C'est possible. Mais je sais aussi que, même si cela est, le phénomène est dangereux. Deux doubles se retrouvant face à face s'annulent l'un l'autre sans avoir à lever le petit doigt. La libération de deux forces identiques les détruirait toutes les deux. Telle est la loi élémentaire de la physique. À Numance, j'ai offert aux doubles inévitables, engendrés par la rencontre géométrique de ma force et de celle de Numance, l'occasion de se regarder un instant dans l'histoire. La ruse de ma stratégie a consisté à faire croire à la première Numance qu'en jetant un regard au-delà de ses murailles elle verrait une seconde Numance. La première était prête à perdre la vie dans le choc avec la seconde. Mais comme cette dernière n'existait pas, elle attendit en vain et se fit périr elle-même. Ma stratégie a consisté à faire en sorte que Numance devînt sa propre ennemie.

Je me dis que mon temps fut celui de la hâte lente. Il n'est peut-être pas de meilleure règle pour un chef militaire. J'ai agi au moment où ma force, incarnant le double de Numance, pouvait détruire celle-ci sans me détruire moi. J'ai trouvé le point exact de la terre où une force, déguisée en néant, a détruit la force antagonique qui était le double réel d'une absence tracée par mon génie militaire. Ainsi se combinèrent les deux propositions, la géométrique et la physique, en une action purement guerrière. L'intersection *géométrique* exigeait un double pour maintenir l'unité. Mais le principe de gravité *physique* refuse la présence de deux forces identiques face à face. J'ai donc trompé la géométrie, phénomène mental, et la physique, phénomène matériel. J'ai démontré qu'en toute circonstance de la vie humaine LE NÉANT EST POSSIBLE.

À juste titre je fus reçu en triomphe à mon retour. C'était en pleine lumière. En ce moment, le jour pénètre difficilement jusque dans ma chambre. Gloire, gloire au vainqueur de Carthage et de Numance. Deux fois gloire. J'écoute le bruit. Sont-ce les rats ? Les pas de ceux qui me reçurent en triomphe ? J'entends des pas. Je me caresse le cou. Je me souviens que tout jeune je discutais avec Polybe et les amis du cercle de Scipion de la nature de l'immortalité. Comme c'est curieux : cette discussion avait surgi parce que les frères Gracchus parlaient d'égalité. Nous nous demandions : Peut-il y avoir égalité sans immortalité ? Ne sommes-nous égaux que devant la mort ? Non, affirmait Polybe, même l'immortalité peut être sélective. Seuls les esprits élus montent au ciel et connaissent Dieu.

— Cette idée te répugne ? Ne crois-tu pas que c'est la célébrité qui donne l'immortalité ? Tu acceptes la célébrité, mais tu veux aussi l'égalité ?

— Sers bien ta patrie, Scipion Émilien. Fais bon usage du verbe, qui est le don des dieux aux hommes. Tu es né pour honorer Rome, assurer son pouvoir au moyen des armes et son moral au moyen de la parole.

Égalité, immortalité. J'écoute les pas. Le rideau s'écarte violemment. Je me caresse les poils du cou. Une fine lame longue, froide, dure, pénètre dans mon cou et je pense à l'Espagne en mourant.

TU es rêvé. Mort, tu es arrivé à la demeure céleste et là tu te retrouves à l'âge de dix-huit ans, au moment où Polybe arrivait en esclavage, avec ses livres, dans la maison de ta famille adoptive et commençait à te rendre digne de celle-ci. Tu te rêves jeune homme. Tu veux que telle soit l'image de toi pour l'immortalité : un garçon de dix-huit ans qui va bientôt se fixer pour but la fusion parfaite de l'homme d'État et du philosophe. Dieu t'accueille et te loue. Il te dit que ton nom, d'abord simplement hérité, va devenir le tien par droit propre. Tu mettras le feu et raseras Carthage. Tu assiégeras et vaincras Numance.

— Deux destructions, dis-tu à Dieu, ce sera cela mon monument : la mort ?

Dieu ne te répond pas, mais Il t'offre la vision ressuscitée de Numance. Qu'est-il réellement arrivé dans la cité assiégée ? Numance était coupée du monde. Il n'y eut pratiquement pas de survivants. Non seulement ces derniers avaient l'air de bêtes. Ils étaient des bêtes. Ils ne retrouvèrent jamais la parole. Qui sait ce qu'ils avaient fait des femmes et des enfants. Ils ne voulaient plus se souvenir de quoi que ce soit. Ils ne s'entendirent désormais qu'avec les vautours et les bêtes de la montagne. Ils étaient devenus des animaux. Ils ne parlèrent plus jamais.

Tu entends ces propos sur la fin de la parole et tu reviens subitement à la vie, ton visage s'illumine, à dix-huit ans, tu sais ce que tu ne savais pas quand tu étais vieux, à l'âge de cinquante-sept ans, quand tu es mort. Tu te demandes quel sera le monument qu'on érigera à ta gloire, Cornelius Scipion Émilien ? Carthage, Numance ? Deux noms ensevelis dans le feu et la faim ? Deux monuments à la mort ? Tu revois les ruines de Numance : battues par les tempêtes, brûlées par le soleil, gelées par les frimas. Le temps, les intempéries ajoutent aux ruines, les éléments sont dotés d'un pouvoir destructif, ils ruinent les ruines.

197

Qu'est cette chose, cependant, qui brille au cœur de Numance ? Tu la distingues à peine. Marmite en terre cuite, masque de bronze, taureau de pierre, plante, arbre, oranger... Oranger ? Un oranger semblable au tien, au centre de la cité détruite ? Est-ce une illusion ? As-tu imaginé ton propre oranger au cœur des cendres de Numance ?

Tu ouvres les yeux pour te regarder rêvé.

Non : tu as simplement prononcé un mot ancien, inconnu, d'origine arabe, *oranger*. Les survivants sortirent des murailles de Numance, ayant perdu la parole. En survivant, ils étaient morts. Ils étaient des animaux, dépourvus de langage articulé. Là était leur défaite, leur mort. Et toi, Scipion Émilien, tu ne sais plus, maintenant que tu es mort, ce que tu savais quand tu étais un garçon plein de rêves d'avenir sur ta vie. Ne devais-tu pas être celui qui allait réconcilier, harmoniser, en donnant des raisons au sentiment que traduisaient ta force animale, la puissance de ton corps : faire honneur à Rome ? Et comment te proposais-tu d'y parvenir, si ce n'est par la parole ? Celle-ci n'est-elle pas ta plus profonde raison de vivre, jeune Scipion, vieux Scipion, défunt Scipion ? Fais bon usage du verbe, qui est le don des dieux aux hommes. Parviens à la poésie par la parole publique. Fais de ta vie une épopée. Chante pour Numance, rends-lui la vie par la parole. Ce qui détruit les choses matérielles bâtit l'œuvre d'art : la lumière, le vent, les saisons, le passage du temps. Sauve la pierre de la pierre et transforme-la en parole, Scipion, afin que ce qui corrode la pierre — tempête, temps, soleil — lui donne vie — poésie, parole, temps.

Tu meurs, mais tu sais enfin que tu seras toujours maître de la parole, qui fonde la vie et la mort sur terre. La terre brûle, résidence de la parole et de la mort. Le monde, en revanche, est mort pour toi.

IL se rêva rêvé. Celui qui le rêvait était Cicéron, le plus grand créateur de la parole latine, soixante-quinze ans après le mystérieux trépas de Cornelius Scipion Émilien, qui avait conquis pour lui-même le titre de son grand-père, l'Africain, et ajouté à sa dynastie un nouveau titre, le Numantin. Cicéron lui rendit hommage en le rêvant. En train de se rêver le jour de sa mort, de se rêver en jeune homme qui rêve du ciel et de la vie éternelle. Tel fut le monument verbal que Cicéron érigea à l'homme qui avait le mieux réuni les qualités de l'homme d'État et du philosophe dans la Rome antique. Le monument de la postérité au héros antique consista à lui montrer la composition de l'univers du haut du royaume divin : Dieu lui fit voir les étoiles jamais vues depuis la terre. Il reconnut les cinq sphères concentriques qui maintiennent l'unité de l'univers : Saturne, l'astre affamé ; Jupiter plein de lumière ; le rouge et terrible Mars ; aimables Vénus et Mercure ; Lune aux reflets. Le ciel embrassant tout, au centre le Soleil telle une grande orange en feu et, tout en bas, une sphère minuscule et sur celle-ci un empire encore plus petit, aux cicatrices invisibles de là-haut, ses guerres et ses conquêtes aux gémissements de poussière, ses frontières effacées par des vagues de sang...

— Quel est ce bruit, si fort et si doux, qui emplit mes oreilles ?

La renommée. Mais ce n'est pas la renommée qu'écoute le héros du haut du ciel. L'univers est très grand. Il existe des régions écartées de la terre même où nul n'a jamais entendu prononcer le nom de Scipion. Les déluges et autres conflagrations terrestres — naturelles, humaines — se chargent de mettre fin à toute gloire personnelle. Qui se soucie de savoir ce que diront de nous ceux qui ne sont pas encore nés ? Ont-ils parlé de nous, les millions d'êtres qui nous ont précédés ? Crois-tu que cette rumeur que tu entends est celle de la renommée, de la gloire, de la guerre ?

— S'agirait-il alors, demanda le jeune Scipion, de la rumeur de la réincarnation ? Pouvons-nous retourner sur terre un jour, transformés ? Pythagore a-t-il raison quand il affirme que l'âme est une divinité déchue, emprisonnée dans le corps et condamnée à répéter sans fin, circulairement, un cycle de réincarnations ?

Quelle ambition que celle des hommes ! s'esclaffa Dieu, de ses hauteurs. S'ils n'ont ni gloire ni renommée, s'ils n'ont pas l'immortalité, alors ils veulent se réincarner. Pourquoi ne se contentent-ils pas de vivre dans les cieux ? Pourquoi ne prêtent-ils pas l'oreille à la musique céleste ? Vous avez perdu la capacité d'écouter. Croyez-vous que les vastes mouvements des cieux s'effectuent en silence ? Les hommes ont l'ouïe atrophiée. Trop préoccupés de ce qu'on dit d'eux, ils ont cessé d'écouter le mouvement du ciel. Lève les yeux, Scipion Émilien, apprends désormais à regarder et à entendre loin et hors de toi, si tu veux enfin arriver à toi-même. Abandonne la gloire, la renommée et le triomphe des armes. Regarde vers le haut. Tu es quelque chose de plus que le meilleur que tu croyais être. TU ES DIEU. Tu possèdes ce que j'ai. Vivacité alerte, sensation et mémoire, prévision aussi, la parole et le pouvoir divin de gouverner et de diriger ton corps qui est ton serviteur, exactement comme Dieu dirige l'univers. Domine ton faible corps par la force de ton âme immortelle.

Et lui, Cornelius Scipion Émilien, entendit alors la musique des sphères.

NOUS assistâmes à la chute de Carthage et à la destruction de Numance. Ce furent des visions glorieuses. Mais qui ne firent qu'ajourner notre propre défaite.

VOUS garderez mémoire de cette histoire. Quant au reste, je le laisse aux antiquaires.

Valdemorillo-Formentor, été 1992.

NOTES

1. Note généalogique. — Les frères Publius Cornelius Scipio et Cnaeus Cornelius Scipio combattirent Hannibal en Espagne, où ils trouvèrent la mort, en l'an 212 av. J.-C. De sa femme Pomponia, Publius Cornelius avait eu un fils, Publius Scipio, surnommé l'Africain pour avoir vaincu les Carthaginois pendant la seconde guerre punique (bataille de Zama, 202 av. J.-C.). De sa femme Emilia, Scipion l'Africain eut quatre enfants : Cornelia, Publius Scipio Nasica (consul en 162 av. J.-C.), Lucius Scipio (préteur en 174 av. J.-C.) et Publius Scipio, que sa mauvaise santé empêcha de suivre une carrière politique. Ce dernier, en revanche, adopta le fils cadet de Paul Émile et de sa femme Papiria, divorcés peu après la naissance de l'enfant, notre héros, survenue en 185 ou 184 av. J.-C., lequel entra dans la famille des Scipions sous le nom de Publius Cornelius Scipio Æmilianus. Le frère aîné, Quintus Fabius Maximus Æmilianus, fut adopté par une autre famille. Scipion Émilien prit et détruisit Carthage en 146 av. J.-C. et vainquit Numance en l'an 133. Ces deux triomphes lui valurent les titres d'Africain et de Numantin. De sorte qu'il y a deux Scipion l'Africain : l'Ancien, grand-père adoptif du Jeune. La sœur de son père adoptif, Cornelia, fut la mère des Gracques, initiateurs des réformes sociales de l'an 133 av. J.-C., auxquelles s'opposa leur cousin Scipion Émilien, qui allait mourir en 129 av. J.-C. dans des circonstances mystérieuses. La rumeur attribua cette mort à un assassinat perpétré par des partisans des Gracques. Scipion Émilien fut marié à Sempronia, sa cousine, fille de Cornelia et sœur des Gracques. Eut-il une descendance ?

2. Note bibliographique. — Mes principales lectures concernant la vie de Scipion Émilien et le siège de Numance ont été :

Appien, Ibérie, sixième livre de son *Histoire de Rome* ;

Polybe, *Histoires* ;

Cicéron : *Le Songe de Scipion*, dans sa *République* ;

et, naturellement, *Le Siège de Numance*, de Miguel de Cervantes.

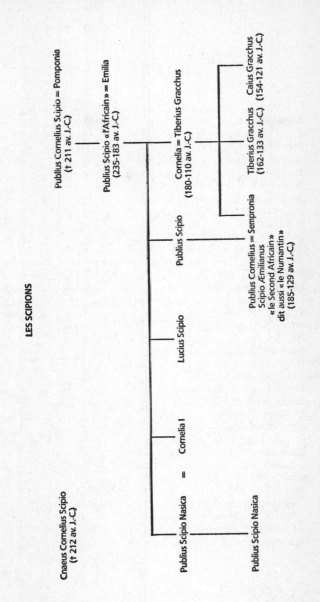

LES SCIPIONS

Cnaeus Cornelius Scipio
(† 212 av. J.-C.)

Publius Cornelius Scipio = Pomponia
(† 211 av. J.-C.)

Publius Scipio « l'Africain » = Emilia
(235-183 av. J.-C.)

Publius Scipio Nasica = Cornelia I

Lucius Scipio

Publius Scipio

Cornelia = Tiberius Gracchus
(180-110 av. J.-C.)

Publius Scipio Nasica

Publius Cornelius Scipio Æmilianus = Sempronia
« le Second Africain »
dit aussi « le Numantin »
(185-129 av. J.-C.)

Tiberius Gracchus
(162-133 av. J.-C.)

Caius Gracchus
(154-121 av. J.-C.)

APOLLON ET LES PUTAINS

*À Carlos Payan et à
Federico Reyes Heroles,
compagnons d'un innocent voyage*

Et le temps m'engloutit minute par minute...

BAUDELAIRE,
« Le goût du néant ».

But one man loved the pilgrim in you,
And loved the sorrows of your changing face...

W. B. YEATS,
When you Are Old.

Lorsque le DC-9 de la compagnie Delta entame la descente sur l'aéroport d'Acapulco, les instructions sont annoncées par une voix si aimable et sereine qu'elle en paraît hypocrite. Pourquoi ne nous dit-on pas : ceci est la partie la plus dangereuse du voyage — l'atterrissage ? Là-haut, il n'y a jamais d'accidents. À moins que l'encombrement croissant du ciel ne finisse par multiplier les collisions. Je suis californien, et je sais que lorsque Ronald Reagan était notre gouverneur, il supprima l'aide aux malades mentaux, lesquels se retrouvèrent de nouveau dans les prisons, comme au Moyen Âge. Par la suite, le même Ronald Reagan démantela le syndicat des contrôleurs aériens. Peut-être reviendrons-nous aux voyages en caravelle, tandis que les avions s'entrechoqueront dans les airs.

Le plus périlleux se situe au décollage et à l'atterrissage. Mais moi, pour une fois, je voudrais que l'avion descende en piqué, pour démentir la voix melliflue qui nous invite, caressante comme un gant, à ne pas fumer, à attacher nos ceintures, à redresser nos sièges, alors que je voudrais un drame qui me rende un moment à la célébrité, un drame étalé sur les huit colonnes de tous les journaux : « Une star d'Hollywood meurt dans un accident d'avion au-dessus de la baie d'Acapulco ».

Au lieu de cela, la célèbre baie, comme si elle me prenait en pitié, ou n'avait même pas envie de se moquer de moi, me renvoie l'image de carte postale de son crépuscule. L'ennui, c'est que ces coulées d'ors resplendissants, ces traînées d'orange, de citron et de raisin sont exactement identiques à l'éternel crépuscule fixé sur une toile au fond d'un plateau de la Universal, éternellement prêt à servir de décor à un duel, à une sérénade ou à un baiser final. Je préfère somnoler, sachant que je vais retrouver le rêve insistant de ces derniers mois : Quelqu'un pose un masque sur mon visage immobile tandis qu'une voix féminine me chuchote à l'oreille : Ceci est le visage de ta beauté idéale.

18 h 30

Tous les avions dégagent la même odeur. Matière plastique, désinfectant, métal, atmosphère confinée, cuisine réchauffée, microbes recyclés. De l'air en conserve. Il doit exister une fabrique invisible mais multimillionnaire qui se consacre à produire de l'air d'avion pour le vendre en boîte à toutes les compagnies d'aviation. Quoi qu'il en soit, je suis le premier à me présenter devant la porte encore fermée de l'appareil immobilisé, dans l'attente de m'échapper tel un lapin d'une cage de laboratoire, avec tout mon bagage à la main — une valise taille cabine avec les quelques chemises, caleçons, espadrilles et objets de toilette dont j'ai besoin ; une petite valise pratique que j'ai toujours avec moi, munie de deux poches extérieures dans lesquelles je peux fourrer le numéro du *Los Angeles Times,* les billets d'avion et le passeport, le volume des poèmes de Yeats. Le premier annonce, au soulagement du monde, la défaite de ce freluquet de Bush aux élections présidentielles ; les billets contiennent un aller-retour en première classe LAX-ACA-LAX ; le passeport présente un nom, Vincente Valera, né à Dublin, Irlande, le 11 septembre 1937, naturalisé américain à l'âge de sept ans, cheveux bruns, sourcils fournis, taille 5 pieds 10 pouces, poids 150 livres, signes particuliers néant. En cas de décès, prévenir Cindy Valera, 1321 Pico Boulevard, Los Angeles, Ca. Et les vers soulignés disent : « Rêve à la douceur qui habita naguère tes yeux, dans leurs ombres profondes... »

La porte s'ouvre et je suis le premier à recevoir la bouffée d'air brûlant, le contraste avec l'air froid et renfermé de l'appareil. L'air chagrin de la cabine, un air qu'on dirait en deuil. C'est une vague de feu que je reçois au visage en descendant la passerelle, une atmosphère ardente mais vive, qui sent la mangle, la banane pourrie, le goudron fondu. Tout ce que l'intérieur de la carlingue rejette, isole, aseptise. Cependant, ce contraste de températures, au moment où je saisis instinctivement la rampe de la passerelle métallique pour ne pas trébucher, me rappelle un souvenir que je voudrais éviter. Ma main brûlante au moment où je reçois l'oscar du meilleur acteur de l'année. Ma main brûlante contre l'objet glacé, comme si on me remettait une statuette de glace infondable.

Depuis cette nuit des oscars, ma main a peur du froid, elle recherche la chaleur, le contact, le recoin humide et chaud. Il est donc normal qu'en cette soirée des tropiques je sois en quête de contact avec tout ce qui brûle.

19 h 40

Tout en remplissant la fiche d'hôtel, je commande un ketch pour demain, pour aller pêcher. Le réceptionniste me demande si je le manœuvrerai moi-même et je réponds que oui. Pour quelle heure le voulez-vous ? Je ne sais pas, disons à partir de six heures du matin, l'essentiel, c'est qu'on me trouve un ketch, ou à défaut un cotre ou une yole. Le réceptionniste est un petit homme basané, assez trapu, aux traits quasi orientaux. Il a l'air saupoudré de café, mais il a les pommettes hautes et brillantes, et dans ses petits yeux asiatiques on perçoit une pointe d'incertitude quant au masque qu'il doit adopter. Doit-il se montrer bassement obséquieux ou abjectement blagueur ? La moustache fine comme des pattes de mouche le trahit. La *guayabera* blanche, amidonnée, cache cependant un torse que je devine robuste, musclé, habitué à nager. C'est peut-être un plongeur de La Quebrada. On n'a pas l'habitude d'associer un homme cloué derrière un bureau de réception avec des aventures en haute mer. Il est trahi par une partie cachée de sa nature. Oui, il y a un ketch de disponible, me dit-il d'une voix doucereuse, mais il s'appelle *Les Deux-Amériques*.

— Et que voulez-vous que ça me fasse ?

— C'est que beaucoup de Nord-Américains n'aiment pas ça.

— Le nom m'est égal.

— Ça les agace qu'on leur dise qu'il n'y a pas qu'une seule Amérique.

— Pourvu qu'il tienne la mer — moi, m'efforçant de sourire, aimable.

— Vous n'êtes pas les seuls Américains, vous savez. Nous sommes tous des Américains, sur ce continent.

— Vous avez raison. Donnez-moi la clé.

— Les États-Unis d'Amérique. C'est une blague. Vous n'êtes pas les seuls États-Unis, ni les seuls Américains...

— Si vous voulez bien me donner la clé, s'il vous plaît...

— « Les États-Unis d'Amérique » ce n'est pas un nom, c'est une description, une fausse description en plus... Une blague.

211

— La clé, lui dis-je en l'attrapant par les épaules.

— Il y a deux Amériques, la vôtre et la nôtre, balbutia-t-il. Je vous fais monter vos bagages ?

Je montrai ma petite valise de cabine avec un sourire.

— Excusez-moi. Je ne voudrais pas que vous m'accusiez... dit-il encore.

« C'est plus fort que moi », l'entendis-je énoncer comme un refrain en suspens dans la chaleur du hall d'entrée tandis que je m'éloignais, la clé dans une main, la mallette dans l'autre.

20 heures

Je suis plongé jusqu'au cou dans une piscine éclairée et plus parsemée de gardénias qu'une boutique de pompes funèbres. J'étais tenté de demander à la réception qu'on m'enlève tous ces gardénias, mais l'idée d'avoir affaire une nouvelle fois au petit homme à la *guayabera* m'en dissuada. En outre, sapristi ! la femme de chambre qui était venue me préparer mon lit (le parsemant, évidemment, de pétales de gardénia) était restée un moment à contempler la piscine illuminée avec ses fleurs. Elle tenait les serviettes serrées contre son tablier rose et son regard était si mélancolique, si absorbé que j'eus l'impression que ce serait une trahison personnelle que de demander qu'on enlève ce qui elle, sûrement, l'enchantait.

— Tu n'as pas de fleurs chez toi ? lui demandai-je.

C'était une jeune Indienne aux cheveux raides, un peu perdue dans le labyrinthe de l'hôtel. Elle me répondit dans un idiome indigène, en s'excusant. Puis elle me tourna le dos et s'en fut avec empressement dans la salle de bains pour y disposer les serviettes. Je l'entendis refermer très doucement la porte de la chambre. J'étais déjà dans l'eau, le menton appuyé contre le rebord du bassin, tandis que le bas du livre de poésie se mouillait à cause des mouvements inévitables de mon corps dans la piscine illuminée. Je fus troublé par la suite du poème de Yeats : « Combien aimaient tes instants de grâce joyeuse, combien aimaient ta beauté d'un amour vrai ou faux ?... » Je préférai regarder les lumières nocturnes d'Acapulco, qui camouflent si habilement la double laideur de la ville. La rangée de gratte-ciel sur le front de mer occulte la pauvreté des quartiers populaires. La nuit occulte l'un et l'autre, ramenant toute chose au firmament, aux étoiles et au commencement du monde. Mais qu'ai-je à dire, moi qui rêve toutes les nuits qu'on me pose un masque sur le visage en me disant : Ceci est ta beauté idéale. Jamais tu ne seras plus beau que cette nuit. Plus jamais ?

20 h 30

Je sortis de la piscine et me jetai sur le lit aux draps roses. Je m'endormis, mais cette fois je ne

213

rêvai pas qu'une femme venait me poser un masque. Mon rêve fut malheureusement beaucoup plus réaliste, plus biographique. Je montais encore et encore sur un podium. Tel un cobaye de laboratoire. Un rêve peut se résumer à un escalier sans fin, rien d'autre. Sur le podium m'attendaient Deux Sourires. Ce n'étaient pas des Visages. Rien que des Dents. On me souriait, on me félicitait. On me remettait la statuette dorée. L'oscar. Je ne sais pas ce que je disais. Les banalités habituelles. Je remerciais tout le monde, de ma première fiancée à mon chien. J'oubliai le pharmacien, le gérant de ma banque et le type qui m'avait vendu une Porsche d'occasion sans m'escroquer. La vieille machine allemande continue à maîtriser les autoroutes de Californie et, si je n'étais pas ce soir à Acapulco, vous pourriez fort bien me croiser en quête de réponses impossibles à cent vingt miles à l'heure en direction de la vallée de San Fernando, fonçant à la rencontre de quelque accident, physique ou sexuel. Quelque chose qui vaille la peine. Au lieu de cela, je suis venu à Acapulco pour fuir un songe et je donne des ordres par téléphone à la direction de l'hôtel pour que demain matin soit mis à ma disposition un ketch que je puisse manœuvrer seul. Le réceptionniste ne m'a guère inspiré confiance. Est-ce que je désire un équipement de pêche ? Je réponds par l'affirmative, afin que tout paraisse normal. Mais oui, bien sûr, matériel de pêche au complet. Demain matin à six heures, je pars pêcher en mer. C'est pour cela que je suis venu ici. Mon ketch sera prêt à l'embarcadère

214

du club de Yates. Il s'appelle *Les Deux-Amériques*.
Tout doit sembler normal.

22 h 5

Je conduis la jeep rose sur la route de montagne. Vous ne pouvez pas vous perdre, m'a dit le
gardien du parking de l'hôtel, il n'y a rien jusqu'aux lumières de la discothèque, *you can't miss
it.* Cet homme ignore que la nuit est plus peuplée
que le jour, elle est plus éclairante que le soleil,
parce que la nuit est comme un gigantesque écran
en cinémascope sur lequel chacun peut projeter
ce qui lui passe par la tête.

Je lutte contre la puissante respiration du tropique qui, la nuit, devient de plus en plus ivre et
folle à mesure que le reste du monde s'apaise.
Apollon et son carrosse de lumières ont sombré
dans la mer. Le moteur de la jeep ne parvient pas
à faire taire les cigales, les grenouilles, les vers lui-
sants, les moustiques. J'aperçois d'autres lumières
dans la montagne, qui ne sont pas électriques,
mais des yeux couleur d'émeraude, d'argent, de
sang. Des ocelots, des coyotes, des animaux solitai-
res comme moi, qui recherchent un peu de
compagnie, comme moi.

J'accélère et projette sur l'écran de ma nuit
mentale, par l'intermédiaire de mon rétroviseur,
le film qui m'a valu l'oscar, le premier accordé à
un acteur américain jouant dans un film étranger.
J'emplis l'obscurité des images inoubliables de la

215

dernière œuvre de Leonello Padovani, dont j'ai eu l'honneur de tenir le rôle principal. Et le plus étonnant, c'est que les images du film que j'évoque comme des choses lumineuses sont des images de nuit et de brouillard.

Tout se passe de nuit ou par des jours brumeux dans le nord de l'Italie. Un homme pauvre ne supporte plus sa femme, pourtant bonne et laborieuse. Il ne sait plus que faire, mais il est convaincu qu'il doit rompre avec sa vie routinière et s'exposer au hasard. Il quitte sa femme par une nuit d'hiver. Il emporte, néanmoins, l'unique objet qu'il aime réellement dans sa maison : sa petite fille de neuf ans. Il n'emporte ni linge ni argent. Seulement l'enfant. Mais sans le vouloir, avec elle il emporte un passé et une habitude. L'enfant le suit avec le plus grand naturel, comme si toute décision la concernant n'était ni bonne ni mauvaise, mais allant de soi, tout simplement. Surtout si cette décision émane de son père. Celui-ci voudrait qu'elle comprenne qu'il l'a emmenée parce qu'il l'aime. Il ne conçoit pas qu'on peut aimer naturellement, dans l'obéissance. Pour lui, l'amour est une question de volonté. Il confond l'amour du cœur avec l'amour cérébral. Pas la petite fille. Elle, elle aime et obéit à son père sans se forcer.

Ils errent tous les deux pendant plusieurs jours dans ce paysage de brume et de froid, sans but, vivant de charité et souffrant de l'incapacité du père à donner à sa fille les raisons de sa fugue aussi bien que de son amour. Et la petite, que pense-t-elle ? Abandonnera-t-elle son père ? Ou le suivra-t-elle jusqu'au bout ? Qu'est-ce que la solitude ? l'absence de compagnie, ou un abandon partagé ? Padovani ne donne pas de réponse. C'est au spectateur de la trouver.

Je sentais que, pour la première fois de ma vie, mon travail était entre les mains d'un artiste. Je sentais que le film se découvrait lui-même à mesure que le réalisateur, affaibli, souffrant, et finalement moribond, le filmait. La différence entre le théâtre et le cinéma, c'est que ce dernier se fait d'une manière fragmentée, sans continuité. Padovani avait réussi à transformer ce procédé technique en création artistique. Les contraintes du cinéma qui obligent à tourner le début à la fin et la fin au début, Padovani en avait fait un moyen de chercher le film. Au surplus, à chaque arrêt entre les scènes, à chaque répétition de prise et même à chaque pause pour prendre un café, il m'obligeait à me chercher moi. Il ne s'agissait pas de mémoriser du texte et de se dire demain c'est de telle page à telle page. Il s'agissait de me chercher comme acteur et comme homme, et je découvris que là était le personnage : quelqu'un qui *est* et qui *représente* en même temps.

Je tiens dans ma main la main chaude de la fillette qui est mon public, libre de décider si elle me quitte ou si elle reste avec moi.

Puis je tenais dans ma main la statuette de l'oscar, et celle-ci était glacée.

217

Je danse seul au milieu d'une foule de personnes qui remplissent la piste de l'incroyable discothèque suspendue au-dessus de la baie d'Acapulco, tel un jardin de Babylone dans l'une de ces extravagances qui firent la célébrité de Cecil B. De Mille. Je n'ai jamais rien vu de pareil, car tant aux États-Unis qu'en Europe les discothèques sont généralement fermées, entourées de béton et de pompes à essence. Elles isolent complètement ; elles peuvent aussi se transformer en pièges mortels. Ici, en revanche, la discothèque se déploie au-dessus de la mer ; elle ressemble à une bulle de verre au plafond étoilé qui se confond avec le firmament réel du Pacifique.

Je ne danse avec personne et personne ne fait attention à ma solitude. La majorité des gens ont entre dix-huit et vingt-cinq ans. Moi, j'ai passé les cinquante-cinq. Je n'ai plus de complexes. Je danse seul, les yeux fermés, souriant, sans conscience active, regrettant seulement de ne pas avoir d'enfants adolescents pour me dire quelle est cette musique que j'entends et sur laquelle je danse. Par contre, je rougis de contentement quand un air datant de ma propre jeunesse — *Michelle,* des Beatles, ou *Satisfaction,* des Stones, ou *Monday, Monday,* des The Mamas and the Papas — réussit à se glisser dans l'inépuisable bande magnétique de rock, dont l'énergie va croissant, depuis le morceau sur lequel on peut danser enlacé à quelqu'un jusqu'au rythme acide qui exige le défoulement individuel, sauvage ; le retour à la tribu, au clan, aux liens du sang les plus anciens et les plus oubliés.

Une image d'Irlande, la terre de mes ancêtres, pénètre dans le noir de mes yeux. Une vallée couverte de rosée. Une baie qui est en réalité une vallée inondée par les catastrophes du temps. Et au milieu, une île blanche vers laquelle se dirigent des canards sauvages. Un bois de noisetiers, blanc, blanc, tout est noyé dans sa propre blancheur.

Je ferme les yeux pour mieux sentir la vision et quand je les rouvre, subitement, je ne suis plus seul. Mon épouse danse avec moi, créée par mon regard (mon regard, mon désir) ; elle observe ma tenue, mes chaussures de chez Gucci, elle me reproche de ne pas porter de chaussettes, je lui réponds qu'en Italie personne ne met de chaussettes dans les mocassins en été, elle dit que j'ai l'air pauvre, comment ça ? Mon pantalon beige, ma chemise rose qui ressemble (je ne m'en rends compte que maintenant) à une publicité pour mon hôtel, et elle ajoute :

— Tout ce que tu sais tu l'as appris en Italie, n'est-ce pas ?

— Non, c'est toi qui me l'as appris...

Je dis ça par amabilité, tout en sachant que c'est encore une illusion de ma part.

— Tu as raison. C'est avec moi que tu as fait ta carrière à Hollywood. C'était une bonne carrière. Tu entends ? J'ai dit *bonne*. Tu avais une personnalité, un lieu sûr, le public te situait. Tu comprends ? *Te situait.*

— Je n'ai joué que dans des films de série B. ne me raconte pas d'histoires et ne t'en raconte pas. On me situait dans les rôles de gangster, de maquereau, de celui qui perd toujours la fille.

— Ne te plains pas. Tu as embrassé Susan Hayward, Janet Leigh, Lizabeth Scott... Tu as peut-être même couché avec elles...

— Cindy, l'Italie m'a tiré de la routine...

— Tu entends ? Le public te situait. C'est ce qui compte, dans cette industrie.

— J'étais stéréotypé, c'est ça que tu veux dire.

— Tu as couché avec Lizabeth Scott ?

— Je me suis contenté de leur offrir le bras pour descendre les escaliers de marbre. La Universal avait ses idées fixes sur comment devaient être les demeures des riches Américains. Il fallait des escaliers de marbre.

— Tu as toujours aimé les blondes.

— Comme toi.

— Non, les blondes à la voix rauque comme Lizabeth Scott.

— Je leur offrais le bras. Elles auraient pu glisser.

— Blondes, la voix rauque et avec d'épais sourcils noirs, comme toi et Lizabeth.

— Elles mettaient des talons très hauts pour ne pas avoir l'air de naines à côté de moi. Ou elles grimpaient des marches devant moi. Les escaliers sont indispensables pour créer l'illusion au cinéma. Tout est traqué, ma chérie. Comme les baisers. On pense à l'impôt sur le loyer pendant qu'on embrasse Lizabeth Scott, tu le sais très bien. Ne fais pas la jalouse.

— Le public veut savoir à qui il a affaire, idiot. Le public n'a pas envie de te voir dans des drames réalistes, doublé en italien, pas rasé, marchant la nuit dans la boue aux côtés d'une gamine de neuf ans. Le public veut te voir avec Susan Hayward, en train de l'embrasser, ou de la battre, ou n'importe quoi, mais avec Susan Hayward !

— J'ai gagné un oscar, Cindy...

— Tu as perdu un oscar, oui. On ne t'a plus jamais offert de bon rôle. Tu étais devenu trop important pour tenir des rôles de gangster dans des séries B. Plus personne n'est venu te chercher pour un grand film. Mais tu as ton oscar sur ta cheminée. Tu peux te le garder. Tu n'auras plus d'autre compagnie qu'une statuette dorée. Moi, je ne suis pas née pour vivre avec un homme qui a été. Je veux un homme qui *sera*.

Je crois que Cindy connaissait mieux les dialogues de mes films que moi, car elle les répétait de mémoire alors que je les avais oubliés. Elle les introduisait à l'improviste dans nos conversations de la vie courante. Moi, je savais qu'un texte tourné se traite exactement comme du papier à cabinet. On le jette et on tire la chasse. On ne regarde pas au fond de la cuvette. Pas elle. Pour elle, ces paroles stupides et minables (« Je ne suis pas née pour vivre avec un homme qui a été » : ce film ne s'était même pas fait, le scénario était resté au fond d'un tiroir, et elle, l'imbécile, elle le

221

connaît par cœur, elle le répète comme s'il s'agissait de « Ne dormez plus, Macbeth a assassiné le sommeil » !) font partie de son inconscient ridicule et déréglé. L'inconscient de Cindy ressemble à ses menstrues : un sang malpropre et incontrôlable (sauf pendant la grossesse, mais cela, grâce à Dieu, je ne l'ai jamais voulu avec elle). Cependant, elle n'a pas tout à fait tort, la salope. L'oscar peut, en effet, être une malédiction, une mascotte perverse, un oiseau de mauvais augure. Comme *Macbeth* est censé être une œuvre maligne, maléfique. Pourquoi ne l'appelle-t-on pas le Macbeth au lieu de l'oscar ? J'ai connu le même sort que Luise Rainer et Louise Fletcher, condamnées par l'oscar. Pourtant, je ne m'appelle pas Luis. Luis Nada. Mon nom est Vince Valera.

Tu es un Irlandais noir, m'avait dit Cindy quand j'étais tombé amoureux d'elle. Elle était platinée, pareille à tout ce que j'ai vu aujourd'hui du haut du ciel. Comme si j'étais Apollon et elle le firmament illuminé et parcouru par ma lumière. Cindy pareille au crépuscule tropical. Cindy pareille à la piscine parsemée de fleurs. Ma femme pareille à une colline rutilante de lumières. Mon amour comme une discothèque de verre. Ma Cindy bien-aimée du ciel étoilé. Elle m'aimait tant qu'elle ne voulait pas que je la voie. Tu t'appelles Vince Valera. Tu es un Irlandais brun, c'est-à-dire un naufragé. Un descendant de marins espagnols jetés sur la côte d'Irlande par le désastre de l'Invincible Armada. Un fils de la tempête et de l'écume, un rejeton du vent et du rocher. Un

Latin du Nord, Vince, au teint basané, avec les sourcils les plus noirs et les plus touffus du monde (il paraît que c'était mon trait le plus marquant), tes cheveux noirs, brillants, et la perfection de ton corps, Vince, lisse comme un Apollon, sans le moindre poil sur la poitrine ni les jambes, la peau satinée comme du marbre noir, comme un gladiateur de l'Antiquité, fort comme un légionnaire romain, musclé comme un guérillero espagnol, mais avec plus de poils aux aisselles et sur le pubis que tous les hommes que j'avais connus jusque-là, les femmes remarquent ces choses, Vince, la toison te descend sous les bras et grimpe au-dessus de ta verge, et nos poils se confondent quand nous faisons l'amour, noirs les tiens, blonds les miens, ne sois rien d'autre que mon amant, Vince, n'embrasse aucune autre, ne baise aucune autre, ne t'occupe que de ta Cindy, ta tinderella, fais-moi sentir comme dans un conte de fées...

Puis elle me dit :

— Tu ne peux jouer que les tueurs, les maquereaux, tout au plus détective privé, tu fais partie du cinéma noir, ne renonce pas au personnage du sombre bandit, Vince mon chéri, sois pour toujours l'Apollon maudit des séries B...

Je ne pouvais plus la supporter, j'ouvris les yeux et la saisis par les bras, comme je l'avais fait avec le petit réceptionniste à la *guayabera,* et là, en plein milieu du dancing et des lumières colorées, je donnai libre cours à ma violence en constatant que j'avais beau fermer les yeux, les lumières donnaient à Cindy un visage fluide, or vert, or rouge, comme si sa jalousie et sa fureur n'étaient que le reflet du jeu des éclairages dans une discothèque, je lui flanquai plusieurs paires de claques, elle se mit à crier tandis que je lui lançais : Ce film a été mon salut, tu m'entends ? Ce film m'a donné un passé, je n'ai pas d'autre passé que ce film italien ! ne m'enlève pas le seul film dans lequel je me reconnaisse réellement ! Tu ne comprends pas qu'il n'y a que là que j'ai été un rêve de douceur dans les yeux, aux ombres profondes, que des millions de spectateurs m'ont aimé, ont aimé mes instants de grâce joyeuse, aimé ma beauté, vraie ou fausse... ?

La femme poussait des cris et les vigiles en blazer bleu pantalon et cheveux blancs, me séparaient de la femme épaisse, d'une cinquantaine d'années, en paréo, qui se défendait, l'air choqué : Je dansais toute seule, je n'ai pas de complexes, je suis venue pour m'amuser, ce n'est pas de ma faute si je suis divorcée, cet homme m'a frappée, je m'étais simplement approchée de lui parce que je le voyais aussi solitaire que moi ! et tandis que les vigiles acapulquègnes s'efforçaient de calmer les gens, ouvraient des bouteilles de Dom Pérignon, organisaient une *lambada,* que la musique et les lumières changeaient à toute allure, j'étais fermement conduit dehors, dans la nuit, jusqu'à ma jeep, balbutiant des excuses d'abord adressées aux pauvres diables qui m'accompagnaient et qui ne les méritaient pas, puis ne marmonnant plus que pour moi-même : pardonnez-moi, pardonne-toi, toute question me rend fou, vous ne voyez pas que je ne sais rien sur moi, si l'on me demande pourquoi je suis ceci ou cela ou pourquoi je fais ceci ou cela, pourquoi je ne suis plus ceci et ne fais plus cela, je deviens fou de rage, je frappe les journalistes, je casse les caméras. Ils ne savent pas que j'ai un passé et que ce passé m'a été donné par un film, un seul. Ils veulent à tout prix me coller un futur et me reprochent de ne pas le vouloir. Je n'ai pas le droit d'être ce que j'ai été. À Hollywood, c'est le pire des péchés : avoir été, *a has been,* comme Gertrude la dinosaure ou l'oiseau Dodo ou la Ford Edsel, un personnage pour rire, un mannequin de cire. Ils ne s'intéressent qu'à ce qui sera, la promesse, le projet en préparation, les démarches nécessaires pour que le prochain film se fasse.

Où est mon film italien ?

Ils avaient raison. Il est dans les cinémathèques. Au mieux, en cassette vidéo à faible vente. Film européen classique en noir et blanc. Bradé : 5 dollars 45. Moins qu'une entrée dans un cinéma normal. Cindy a raison.

— Cette boîte est un étui à bijoux, un foutu étui à foutus bijoux.

Minuit passé

Le *Maggie's,* sur la plage de la Condesa, est un morceau d'Angleterre hors d'Angleterre. Le drapeau britannique, l'Union Jack, sert de décoration pour tout, depuis l'entrée qui annonce :

BRITANNIQUES !

VOUS ÊTES ICI CHEZ VOUS LOIN DE CHEZ VOUS ! jusqu'aux nappes, aux serviettes, aux chopes de bière, celles-ci étant, en plus, ornées des portraits du prince Charles et de la princesse Diana. Je suis assis au bar et le barman m'explique qu'il y a tant d'argent en Europe que même les employés de banque peuvent s'offrir un charter pour venir passer une semaine à Acapulco.

Ça se voit. Ils ont la pâleur d'une crème du Devonshire en train de fondre sur un biscuit. Je me souviens, quand je tournais à Londres : dès le premier rayon de soleil au mois de mai, les employés sortent des banques en retroussant leurs jambes de pantalon pour faire dorer leurs mollets livides, qui n'ont pas vu la lumière depuis des mois. Londres est un lac d'ombres ; pénombre des rues, des appartements, des bureaux, des gares, des tunnels du métro, des centres commerciaux... Pour les Anglais, le soleil d'Acapulco doit paraître un miracle, un blasphème ou une tentation. Il y a quelques filles en train de boire un verre au *Maggie's* qui n'ont même pas eu le temps de changer les vêtements sombres dans lesquels elles vont travailler tous les jours chez Barclays ou chez Marks & Spencer.

Le barman me regarde sans savoir d'où je viens et, voyant mon teint basané, il se montre suspectement animé.

— Combien de Mexicains sommes-nous ici ? Un, deux... avec vous ça fait cinq.

Si seulement, dit-il, il pouvait trouver sept

226

Mexicains au *Maggie's*, il aurait au moins ses sept nains. Il me sert une margarita plutôt morose, puis un bellini amer, puis il m'avoue (je bois, mais c'est lui qui s'enivre) que le rêve érotique de son enfance fut le film *Blanche-Neige et les sept nains* de Walt Disney. Ou plus exactement, glisse-t-il en m'adressant un clin d'œil, un fantasme sado-érotique. Il s'imaginait à la place de Blanche-Neige — rire sous-entendu —, dans l'espoir que les nains la maltraiteraient. Toutes ces ceintures de cuir, ces bottes, ces marteaux et ces clous, quelle folle envie de demander à ces petites personnes : crucifiez-moi, ou jouons à saint Sébastien, les gars !

Je souris et lui répondis que ce qu'il y a de bien avec *Blanche-Neige,* c'est qu'on peut en parler sans révéler son âge parce que c'est un film qu'on ressort tous les deux ou trois ans. Le barman ne comprit pas mes paroles et se fâcha parce que je les prononçai en anglais, ce qui lui fit perdre son arithmétique nationale.

Je sortis me promener sur la croisette envahie de bars, de restaurants polynésiens, de stands de hamburgers, de Kentucky Frieds et de Tastee-Freeze. Dans le tiers-monde, on doit croire que le colonel Sanders est un héros de la guerre civile nord-américaine : sa face ronde, blanche et barbue, ses lorgnons bienveillants sont plus visibles dans ces parages que la Divine Face de Notre Seigneur Jésus-Christ. Il y a plus de Colonel que de Sauveur ! me dis-je un peu gris après les mixtures que m'avait servies le barman sado-maso-chauviniste du *Maggie's.* J'entre un instant au *Carlos'n*

Charlie's. Ce dernier est décoré d'affiches de vieux films et, sur l'une d'elles, je trouve mon nom, en tout petit, tout au bout de la liste des acteurs. Ça, ce n'est pas un conte de fées. Ça, c'est bien un truc qui ne vous rajeunit pas, mon cher barman. J'ai cinquante-cinq ans et j'aurais bien besoin d'un conte de fées. Au lieu de cela, je reçois un verre de tequila tiède tandis que mes pensées vont à un oscar glacé.

1 h 22

L'enfant assis à mes côtés dans la jeep m'indiqua le chemin jusqu'au jardin éclairé par des lanternes chinoises et me tendit la main lorsque nous descendîmes de voiture. Ce n'est qu'à ce moment que je me rendis compte que mon jeune guide me ressemblait : sourcils épais sur un visage imberbe aux traits fortement marqués malgré ses dix ou douze ans (on a du mal à donner un âge aux gens, sous les tropiques ; il y a des mères de douze ans et des grands-mères de trente, des vieillards sans cheveux blancs et des enfants sans dents). Dans le cas de mon petit compagnon, les restes de douceur enfantine avaient été tailladés quelque temps auparavant par un calendrier à la lame de poignard. Dans les yeux du jeune Acapulquèque, le temps passait sans respecter l'enfance, ni la vieillesse, ni aucun âge de la vie.

Je vis dans ces yeux noirs un temps indifférent à l'individu. C'est une peur que je ressens parfois,

228

lorsque je sors de ma propre singularité plus ou moins protégée, soigneusement, patiemment construite, me semble-t-il, et que je me trouve face à une humanité démunie, où les circonstances ne considèrent ni ne respectent personne. C'est pourquoi j'ai tant aimé être dirigé par Leonello Padovani. Dans le rôle qu'il m'offrait, je trouvais le juste équilibre entre cette détresse mexicaine qui m'effraie tant et la surprotection américaine que je méprise. Il était possible de faire un avec les autres, d'être un je avec ses nous autres. C'est une chose que j'ai apprise au cours de cette expérience et que je ne veux pas perdre. Cindy ne le comprend pas. Pour elle, le succès va de pair avec la protection ; pour les Latino-Américains, il va de pair avec le malheur. En Europe, il était possible de vivre une expérience complètement différente, quelque chose comme un sujet collectif, une intimité partagée.

Le garçonnet m'accompagnait au bordel où je lui avais demandé de me conduire ; cet enfant, de combien de tonnes de déodorant, de réfrigérateurs remplis d'aliments surgelés, de céréales à fibres, de jacuzzis, de Porsche et de chaînes câblées aura-t-il besoin pour se protéger du destin d'insécurité, sans bouée de sauvetage individuelle, qui est déjà inscrit dans son regard ? Si je pouvais l'enlever, comme mon personnage dans le film, le mener par la main sur les chemins du hasard, de la liberté des rencontres... Mais les choses étant ce qu'elles sont, il va avoir besoin de beaucoup plus que les dix dollars que je lui glisse à l'entrée du lupanar qui porte le nom de *Le Conte de fées*.

Aussitôt après

La *palapa* est la cathédrale gothique des tropiques. Ce grand parasol de palmes sèches et poussiéreuses peut servir à tout : abri contre le soleil, refuge nocturne, espace convertible, la *palapa* du *Conte de fées* est un cercle parfait d'êtres humains (des hommes seulement) déchaînés autour d'une piste sur laquelle dansent des jeunes filles de quinze à vingt ans, les seins à l'air et avec parfois seulement un cache-sexe. Parfois encore moins : ce que les Brésiliens nomment un « fil dentaire ». Parfois rien. Ou alors, tout au plus, un coquet petit châle à franges noué sur les hanches lorsqu'elles servent les boissons aux tablées de jeunes gens.

Peu de touristes. La quasi-totalité des clients ont l'air d'être des gens d'Acapulco. Je les ai vus dès que j'ai débarqué à l'aéroport. Ce sont presque de vieux amis. Je les ai vus conduire des taxis et des camions, charger des valises, se pencher aux portes des pharmacies et aux balcons des dispensaires pour maladies vénériennes. Je les ai vus aux guichets des banques et des hôtels. Je dois faire l'effort habituel à l'homme occidental pour différencier les masses tiers-mondistes. Chinois, Nègres, Mexicains, Iraniens, ils se ressemblent tous pour un œil américain, difficiles à distinguer.

Et je me dis que pour eux nous devons être tous pareils, nous aussi. Mais pas moi. Moi, je suis un Irlandais noir, vous vous souvenez ? l'Apollon des séries B. À cinquante-cinq ans, je trompe mon monde, j'en parais quarante-cinq. Au lieu de vieillir, je rajeunis. Tout le monde me le dit et j'ai fini par y croire. De toute façon, au cinéma ma jeunesse est conservée pour toujours. Je ne dois pas la démentir, même s'il m'en coûte une mort prématurée.

Je ris, je m'arrange un peu la houppe de cheveux, je retrousse un peu mes manches, je regrette beaucoup de ne pas avoir une petite moustache, même aussi ridicule que celle du réceptionniste de l'hôtel, j'essaie d'imiter un regard de luxure poisseuse pour me confondre, me perdre, parmi l'assemblée masculine qui crie à poil, à poil, le cul, le cul, tandis que les mains se tendent, faisant mine de vouloir toucher les filles qui dansent la salsa cependant qu'une voix domine tout le tohu-bohu, les cris, la musique, la danse des filles nues sur la piste : « Ici, on regarde, on écoute et on peut aller jusqu'à sentir, mais on ne touche pas. »

Je discerne une femme assise sous une lumière draculesque devant une console musicale, protégée derrière un bouclier en plastique et Plexiglas. Elle porte un collier de perles et un corselet de velours à col blanc dressé comme un nuage ou un parachute derrière la nuque. Elle ressemble à Blanche-Neige. Elle s'abrite par-devant avec le bouclier de plastique et par-derrière avec le haut col amidonné. Quoi qu'il en soit, elle domine la

231

situation à l'image de sa tête hérissée d'épingles, pareille à un porc-épic. Elle doit avoir peur que chaque cheveu ne soit pas à sa place.

Bienvenue à une nuit encore plus chaude que celle d'hier, proclame-t-elle. Ici on regarde, on écoute et on peut même aller jusqu'à sentir, mais on ne touche pas.

Un rire éméché et une bedaine qui s'élance sur la piste, justement pour toucher la danseuse. Tous se mettent à pousser des cris de protestation : on viole les règles du lieu, l'accord entre gentlemen. Il suffit à Blanche-Neige de proférer dans le microphone : Sécurité, sécurité, pour qu'une phalange d'hommes masqués, en culotte de lutteur et le torse nu, s'empare en deux ou trois gestes rapides de l'ivrogne, lequel se trouve aussitôt éjecté sous les rires et les quolibets des jeunes spectateurs.

Blanche-Neige invite un homme à pénétrer sur la piste et à s'asseoir sur une petite chaise en paille ; le projecteur tombe sur moi, Blanche-Neige s'écrie allez, celui en rose, celui en rose, reprennent-ils tous en me poussant sur la piste, vers la chaise trop basse sur laquelle je prends place et reçois les instructions : vous n'avez le droit que de regarder, d'écouter, de sentir éventuellement, mais vous êtes prié de ne pas toucher.

On ne doit pas toucher la fille mince et sinueuse comme un serpent, aux traits mêlés de toutes les races, chinoise, africaine, indienne, peut-être même danoise, qui à chaque mouvement de danse ondulante autour de moi, de ma

232

chaise, de mes mains nerveuses, de mes bras écartés, de mes jambes molles (ces membres que je ne maîtrise plus) m'invite à l'interdit : la toucher ; l'interdit : donner un visage à cette femme en particulier, la distinguer de ses races sans visage, chinoise, africaine, indienne, toutes pareilles, sauf elle ; elle qui approche ses mains aux doigts longs, extension diabolique de son petit corps d'esclave, de mon visage comme pour me dessiner de nouveaux traits, une figure inattendue, mon masque idéal...

Je la saisis par le poignet, j'approche sa bouche de la mienne, la musique s'arrête, le silence s'impose, personne ne dit mot, personne ne proteste comme tout à l'heure, les bourreaux ne me tombent pas dessus pour me flanquer dehors, Blanche-Neige quitte son estrade, vient vers nous d'un pas lent, nous sépare lentement, doucement, comme une tendre mère qui découvre le premier baiser qu'échangent deux frères innocents.

(Son habillement est grotesque ; elle a un gros ventre et la minijupe montre des genoux épais et des souliers en Celluloïd transparent. Elle a du mal à ajuster sa jupe sur le ventre et le corselet de velours lui écrase les seins Il n'y a que la collerette blanche, pareille à un nuage, qui la détache de sa pesanteur terrestre et crée l'illusion qu'elle lévite.)

Je suis assis à côté de Blanche-Neige. J'essaie de la convaincre. Venez avec moi. Elle secoue la tête et je crains qu'elle ne me plante ses épingles dans la figure, telles les flèches dans le visage de saint Sébastien évoqué par le barman gay du *Maggie's.* Non, mes danseuses ne sont pas à vendre. Si on t'a dit que ma maison était un bordel, on t'a trompé. Tu ne vas pas me dire que tes filles ne baisent pas ! Serait-on par hasard au collège du Sacré-Cœur-de-Jésus ? Qu'est-ce que tu sais des collèges de bonnes sœurs puisque tu es américain et hérétique ? Je suis irlandais ; alors elles baisent ou elles baisent pas ? Non, elles se font offrir de la coke par leurs galants, tard, quand la fête est terminée et que le soleil se lève. Jusqu'à quelle heure ça leur dure ?

Blanche-Neige augmente le volume de la musique et ceux qui restent (pas mal encore) paient les filles pour qu'elles dansent sur leur table ; celles-ci font monter leurs postures comme on fait monter les enchères au cours d'une vente chez *Christie's,* pour qu'on en voie un peu plus, mais le plus qu'elles montrent les filles, c'est dans leur posture maximale : debout, penchées en avant, présentant les fesses au client, le temps de laisser voir la fente entre les replis puis elles se remettent aussitôt à agiter leurs rondeurs, attirant les regards sur leur surface parfaitement lisse, aiguisant la tentation, le plaisir promis.

Quand elles ont fini de danser, les filles se dou-
chent dans quatre cabines transparentes stratégi-
quement disposées de façon que le public puisse
les voir commodément, m'explique Blanche-
Neige dans son langage le plus châtié. Quatre
cabines en verre, quatre filles, minces ou rondes,
parfaites, en train de se savonner, de se rincer ; la
mousse jaillit telle Vénus de la mer et se concentre
sur le triangle ; l'eau coule entre les seins, le savon
fait des bulles sur les tétons et descend jusqu'au
nombril avant de se rassembler, prisonnier et heureux, sur le pubis ; un gros type dort appuyé
contre la paroi de verre, perdant par conséquent
le meilleur du show. Tout le monde rit tandis que
Blanche-Neige proclame de son estrade de plastique et Plexiglas : Non à la prostitution, Non au
sexe pour de l'argent. À bas le sida.

Je viens de lire, avant de quitter Los Angeles, le
best-seller de García Márquez et je pense à
l'amour au temps du sida. Mais peu importe. Je
ne suis pas venu ici pour me montrer prudent.

6 h 47

Je les assurai que je ne leur demandais rien en
retour, que je leur offrais simplement une petite
promenade en barque. Allez donc prendre un
bain de soleil, leur dit Blanche-Neige, faites-vous
dorer les parties qui ne voient jamais la lumière,
mes trous du cul. On ne parla pas d'argent. J'avais
seulement demandé qu'elles soient sept, en comp-

235

tant Blanche-Neige. Mais celle-ci avait l'œil. Moi, je suis la Marâtre, proféra-t-elle avec un sourire ineffable, c'est moi qui offre la pomme empoisonnée. Mais moi, généreux comme je suis, j'insiste pour lui donner le rôle de l'héroïne.

Le jour pointait, glorieux, et les sept filles que je choisis (Blanche-Neige s'obstinait à rester dans son rôle de Marâtre ; moi, je m'obstinai à l'appeler Snow White) étaient ravies d'être emmenées en promenade, sans contrepartie, juste pour se bronzer un peu, faire la sieste, dans une ambiance différente... Tels furent les arguments de Blanche-Neige pour les convaincre et, de mon côté, je demandai simplement une minute pour passer prendre mes affaires à l'hôtel. Je ne rendis pas la chambre. Je rassemblai dans la mallette le peu que j'avais avec moi, c'est-à-dire le nécessaire à raser, la brosse à dents et la pâte dentifrice, les déodorants. Les filles allaient être divines sous les rayons du soleil, malgré la danse et la nuit blanche. Moi, je m'imaginais tout gris, pas rasé, les yeux rouges et la peau sèche. Les mélanges d'alcool s'étaient condensés en un poing qui me martelait la tête. Quand elles me virent, elles se dirent sûrement : « Avec ce vieux schnoque, on ne risque rien. » J'eus à peine le temps de m'apercevoir dans la glace. Je songeai avec répugnance au réceptionniste couleur café dans sa *guayabera*. Mais il n'était pas là. On ne le sortait que la nuit, à juste titre : la lumière du soleil en ferait de la confiture.

Elles commencèrent peut-être à me voir autrement quand je leur montrai mes connaissances en matière de pilotage d'un ketch à dérive fixe, deux mâts, voile brigantine et deux focs. Avec ses douze mètres de long, trois de large et dix de haut, le bateau avait fière allure au sortir de l'embarcadère tandis qu'il traversait la baie, le moteur auxiliaire en marche, ma main tenant fermement la barre le temps de quitter Acapulco ; puis je passai le gouvernail à Blanche-Neige, qui faillit en tomber dans les pommes, au milieu des rires des pupilles, pour pouvoir hisser la grand-voile, puis la misaine, avec des gestes précis, fixant des cordages, amarrant les écoutes, assurant la brigantine à l'aide d'un raban et les focs par deux tours noués.

Je fixai par une marguerite un câble qui ne me paraissait pas très sûr.

Bref, je carguai et étarquai tout bien comme il faut.

Le voilier était prêt pour n'importe quelle aventure. Une embarcation sensible, fidèle, répondant au moindre geste de celui qui l'aime et la conduit avec sagesse, c'était le plus bel ornement d'une journée superbe, comme seul sait en offrir le Pacifique mexicain. Soleil de février, invariant mais adouci par la brise constante et la sécheresse de l'air. Comme un poème que j'avais appris dans mon enfance, qui a vu une mer semblable et

désire se marier ne pourra le faire qu'avec quelqu'un qui ressemble à cette mer.

L'Irlande bouillonne dans mes veines. Qui plus
est, l'Irlande sombre d'un descendant espagnol,
un naufragé selon toute vraisemblance, mon nom
est Vincente Valera, mais mes ambitions sont
beaucoup plus modestes que celles de ce poème
d'enfance. Vincente Valera est mon nom, et celui
de mon ketch — à la grossière satisfaction du
réceptionniste de l'hôtel — *Les Deux-Amériques.*

Blanche-Neige et ses sept naines me dévisagent
avec admiration, et si je n'épouse pas la mer, je
me contenterais de coucher avec les filles. Toutes
les sept ? Deux Amériques, un Apollon et sept
putes ? En voilà un drôle de cocktail !

9 h 16

Je repris le gouvernail. Je crois que les filles
n'avaient jamais vu un de leur client déployer tant
de compétence dans des manœuvres qu'elles
n'avaient vues effectuées que par les patrons de
bateaux du port. La matinée était à la fois fraîche
et chaude : à Acapulco, la radieuse chaleur sèche
rachète tout — la laideur des édifices, la saleté des
rues, la misère des gens en plein zénith touristique, l'aveuglement des riches qui font semblant
de croire qu'ici il n'y a pas de pauvres, cette situation inexplicable, injuste, impardonnable peut-
être, finalement.

Je vis dans les yeux des sept naines quelque

chose comme une admiration évidente, qui ne requérait, de la part du macho, qu'une série d'actes forts, précis, pour en imposer à la gent féminine. J'en fis sans doute trop ; j'avais mal à la tête, je sentis que j'avais besoin d'un bain, d'une aspirine, d'un lit, plutôt que de tous ces efforts, mais à mesure que nous prenions le large, que nous nous éloignions de l'ongle corrompu de la baie, le Soleil et le Pacifique, couple glorieux capable de surmonter toutes les tempêtes d'infidélité et les divorces les plus orageux, nous empoigna tous, les huit femmes et moi-même, dans une étreinte irrésistible. Je crois que nous eûmes tous la même pensée : si nous ne nous abandonnons pas au soleil et à la mer ce matin, nous ne méritons pas de vivre.

Le minibar des *Deux-Amériques* était bien fourni, et il y avait aussi des amuse-gueules au fromage, aux olives et au jambon cru, ainsi que des *jicamas* coupées en tranches et du piment en poudre, que les filles ne tardèrent pas à découvrir et se mirent à engloutir, se servant les unes les autres tandis que Blanche-Neige haussait les épaules tout en préparant les *cuba libres*. Elle vint m'offrir un verre ; je dus refuser ; mais elle insista en me traçant un visage dans l'air, au-dessus du mien, comme si elle devinait mon rêve, comme pour m'hypnotiser. Puis je lui confiai la barre une nouvelle fois et cela la rendit nerveuse une seconde fois. Tout droit, tout droit, il n'y a pas d'arbres sur la route, lui disais-je en riant, et nous riions tous les deux, créant un étrange lien entre nous.

J'avais une idée. Je voulais apprendre quelque chose aux filles. Je constatai avec soulagement que l'hôtel avait pensé à faire livrer une canne à pêche et des hameçons à bord. Je leur annonçai que j'allais leur apprendre à pêcher. Elles rirent aux éclats en lançant des plaisanteries. Elles se mirent à faire des jeux de mots, comme c'est la coutume à Mexico aussi bien qu'à Los Angeles, villes sœurs où le langage sert plus à se défendre qu'à communiquer, à dissimuler plutôt qu'à révéler. Le jeu de mots éloigne, masque, dissimule ; il consiste à prendre un mot anodin pour faire entendre un mot obscène, à faire en sorte que tout soit à double sens et, si possible, triple.

Elles riaient aux éclats, disais-je, et toutes ensemble leurs voix ressemblaient à un gazouillis de petits oiseaux. Leurs plaisanteries, en revanche, étaient lourdes et physiologiques, plus proches du vautour que du rossignol. La canne à pêche fit l'objet de toutes les métaphores phalliques, l'hameçon se clitorisa, l'appât se prépuça, et le moindre poisson, poulpe, crevette ou autre coquille Saint-Jacques se transforma en tous les objets et vocables sexuels imaginables. Après une nuit passée à dépenser les énergies du corps, c'était comme si les filles avaient sué tous leurs jus corporels, lesquels leur avaient si bien lubrifié le cerveau qu'elles pouvaient maintenant s'adonner à l'art du langage. Un langage grossier, qui suscitait leurs rires en chaîne, mais qui semblait néanmoins les poser comme des êtres en quelque façon supérieurs, des maîtresses de la langue contre les maîtres de l'argent, castratrices du langage « décent » du monsieur, du chef, du milliardaire, du touriste, du client.

Je dois avouer que mes pauvres équivalents anglo-saxons, d'une extrême brutalité, ne pouvaient rivaliser avec les gerbes de métaphores des sept filles déchaînées dans leur hilarité collective. Leur camaraderie et leur délire de plaisanteries verbales étaient contagieux, mais je cessai de les écouter, ah les pénibles, ah le pénis, pine pinette pénètre, allez roule-m'en une mais sans me rouler, il ne faut pas faire la nique à la niquette, Dallas, Texas, je lui rince la dalle ou je le passe à l'as ? il est tout mouillé, le gniasse, qui l'éponge ?...

Tandis qu'elles plaisantaient, j'en profitai pour les prendre dans mes bras. Le prétexte, je l'ai dit, était de leur apprendre à pêcher, à se servir de la canne et de l'hameçon, et pour ce faire je me plaçai derrière chacune tour à tour pour leur montrer comment lancer la ligne, avec précaution, afin de ne blesser personne. L'une après l'autre je les assis sur mes genoux, les enlaçai et je leur appris à pêcher ; mes mains se posaient autour de leur taille, sur leurs cuisses et sur leur sexe, et je sentis finalement l'excitation du mien quand j'allai jusqu'à leur frôler les seins, puis à mettre la main sous le soutien-gorge, ou sous le Bikini pour ensuite mettre mon doigt enduit de leurs jus dans la bouche de...

Je commençai à les distinguer les unes des autres, mes sept naines, à mesure qu'elles s'excitaient et demandaient que je leur apprenne à pêcher, c'est à moi, non à moi, gourmande, salope.

Non. Celle-là c'était la Grognon, parce qu'elle résistait à mes avances en disant non, tu ne me la referas pas, je me suis déjà fait avoir tout à l'heure, lâche-moi. Une autre devait être la Sosotte, parce qu'elle se contentait de glousser quand je lui mettais la main et faisait la cachottière, sans pouvoir maîtriser le mouvement comique de ses oreilles. La troisième c'était l'Endormie, parce qu'elle faisait semblant de rien, jouait les indifférentes pendant que je lui glissais un doigt dans le vagin mouillé, excité, comme si elle me donnait la température des six autres, annonçant la lubricité collective qui se préparait.

J'avais par ailleurs repéré la Doctoresse, qui ne faisait qu'observer la scène d'un air sérieux, et la Timide, qui n'approchait pas, comme si elle me connaissait déjà et se méfiait de moi.

Celle qui commença vraiment à me rendre hystérique, c'est l'Éternuante, la première qui plongea son nez dans les poils de mon sexe et se mit à éternuer comme si mes poils lui donnaient le rhume des foins. Enfant la septième serait l'Industrieuse aux mains précises, qui déboutonna ma chemise et m'allongea nu sur le pont du ketch que Blanche-Neige manœuvrait sans aucune compétence, sans oser me demander :

— Qu'est-ce que je fais maintenant ? Qu'est-ce que je dois faire ?

Sans même oser gronder ses pupilles.

— Ici on regarde, on écoute et on peut même sentir, mais on ne touche pas.

Les filles me touchaient partout, les sept naines endiablées d'Acapulco. Les sept putes du merveilleux Apollon comblé, totalement réalisé que j'étais en cet instant où je perdis la notion, à peine acquise, de l'individualité de chacune d'elles. Elles n'étaient que ce que j'avais dit qu'elles étaient : nigaude, rêvassante, éternuante, précise et experte, industrieuse et sensuelle. Une confusion d'irritations et de désirs palpitants. Elles n'avaient pas de visage et j'imaginai le mien sous le soleil entre les ombres qui me couvraient, nu sur un ketch qui allait droit vers le milieu de l'océan, de plus en plus loin (Blanche-Neige ne change pas de cap, ne proteste pas, ne dit rien, c'est une argonaute ou une putanaute, ou une argopute, paralysée par la mer, la brise, le soleil, l'aventure, le danger, la distance croissante de la terre ferme), tandis que moi, je sais seulement que sept femelles de dix-huit ans (âge moyen) sont en train de me faire l'amour.

Je vois sept paires de fesses qui s'assoient sur ma figure et s'offrent à mon toucher et à ma bouche. Je voudrais me montrer galant, distinguer, individualiser. Je voudrais les glorifier en ce moment culminant. Je ne voudrais pas qu'elles se sentent achetées. Je ne voudrais pas qu'elles se sentent faire partie d'un tas. Je voudrais qu'elles se sentent comme je me suis senti, moi, au moment de recevoir l'oscar, moi le roi de l'univers et elles mes sept naines, mes reines. Fesses dures comme des nèfles, veloutées comme des pêches. Fesses vibrantes comme des anguilles, patientes comme des calamars. Fesses protectrices de l'essence obscure, la douce et mince toison. Impossible protection des larges hanches, des tailles incroyablement fines, les cuisses d'eau et d'huile qui entourent, défendent, protègent le lieu sacré, le réceptacle du vagin, les sept culs qui m'appartiennent ce matin, que je sens, touche, désire et distingue.

Sept culs sept. Cul intérieur de papaye qu'on vient d'ouvrir, chair rose, intouchée telle une perle carnivore et parfumée. Cul palpitant de jeune louve blessée, récemment séparée de sa mère, traversée par la maudite flèche d'un chasseur intrus. Cul de source pure, eau qui court sans obstacles, sans remords, sans se soucier de son destin qui la précipite vers la mer qui va l'engloutir dans sa fourche salée. Cul de nuit à l'affût en plein soleil, gardée en réserve en prévision des faiblesses du jour, nuit vaginale en prévision du jour où le soleil ne se lèvera plus et où le sexe de la femme devra occuper le centre de l'univers. Quatrième cul des filles d'Acapulco, chambre quatrième, cul telle une chambre meublée, chaude, accueillante, en attente de son hôte parfait. Cul cinquième, le cinquième n'est jamais mal venu, dit-on ici, cul métallique de veine qui résiste à la pénétration, qui refuse de livrer son or, qui exige du mineur qu'il meure d'abord de suffocation au cœur du tunnel. Cul glorieux des libations eucharistiques, cul sixième, cul religieux, irlandais, noir, comme dirait Cindy mon épouse waspique, Wasp blancanglosaxonprotestant qui essaie de me refiler ses vieilleries ancestrales, tu ne sais pas jouir, Vince, si tu ne t'imagines pas plongé dans le péché, pauvre Apollon de Celluloïd, inflammable, périssable, prends-moi comme on prend une femme, un être humain, comme ton égal, non comme symbole de ton odyssée spirituelle, fils de pute, je ne suis ni ta communion ni ta confession, je suis ta femme, un autre être humain, quelle idée j'ai eue d'épouser un Irlandais catholique qui croit dans la liberté du péché, et non dans la prédestination de la chair !

C'est cela que je fuis : je veux jouir du dernier cul, le septième sceau, le cul sans attributs, le purgatoire sexuel sans paradis ni enfer, avec mon nom tatoué à l'entrée du vagin, Vince Valera, Apollon vaincu : les sept filles sur ma verge, toutes les sept me suçant, l'une après l'autre, l'une me suce, la deuxième me met le doigt dans l'anus, la troisième m'embrasse les couilles, la quatrième me met sa chatte dans la bouche, la cinquième me mordille le bout des seins, la sixième me lèche les orteils ; la septième la septième promène ses seins immenses sur tout mon corps, elle dirige les autres, elle fait sauter ses seins sur mes yeux, m'en caresse les testicules, fait tourner un téton autour de ma queue, puis chacune d'elles me pompe à son tour, et non seulement elles, me pompent également le soleil, la mer, le moteur des *Deux-Amériques*.

Me pompe aussi le regard impassible de Blanche-Neige, qui garde les mains inutilement posées sur le gouvernail. Inutilement, car on est en train d'enfreindre toutes les règles de son royaume et elle ne peut rien faire d'autre que nous contempler dans une absence indifférente qui doit être celle de Dieu lui-même lorsqu'il nous voit revenir à la condamnable mais indispensable condition de bête.

Inutilement, car *Les Deux-Amériques* a atteint son allure de croisière, il avance seul vers l'intérieur de la mer comme mon sexe ne pénètre qu'une seule, qu'un seul des sept trous qui s'offrent ce matin à mon entier abandon, à l'exigence de me donner totalement, de ne rien retenir, de ne plus trouver un seul prétexte pour rester ou fuir, me marier ou divorcer, signer un contrat ou convoiter un prix, me concilier un chef de studio, sourire à un banquier, séduire un journaliste au cours d'un dîner au *Spago's*, rien, rien d'autre que ceci : l'ascension simultanée vers le ciel et vers l'enfer, les battements déchaînés dans ma poitrine, la conscience d'avoir trop bu, d'avoir passé une stupide nuit blanche, mon cœur galope et mon estomac se tord, je ne suis pas rasé, mes joues râpent les divines fesses de la Sosotte telles les épines sur la tête du Christ, le soleil darde ses rayons verticaux, la brise tombe, ma souffrance devient omniprésente, le moteur ne s'entend plus, le soleil s'éteint, mon corps se liquéfie, les rires des sept naines se dissipent, il n'y a plus sept trous, il n'y en a plus qu'un seul dans lequel je tombe en apesanteur, il n'y a plus sept nuits, il y a une seule nuit dans laquelle je pénètre doucement, sans hésitation, prédestiné comme le voulait mon

246

épouse Cindy, sans tête ni cœur, pure verge dressée, pur phallus d'Apollon dans la bouche d'une muse péripatéticienne qui me caresse le visage en me chuchotant à l'oreille : « Ceci est ton visage idéal. Tu n'en auras jamais de meilleur. Ceci est ton visage pour la mort, mon petit père. »

12 h 1

Je viens de mourir, juste après le passage du soleil au zénith. Je viens de mourir en baisant. Je viens d'être tué par le plus gigantesque pompier de toute l'histoire du sexe.

12 h 5

Que faisons-nous, demande Blanche-Neige les mains serrées sur la barre du timon, comme si de la lâcher ferait aussitôt chavirer le bateau, sans oser même transpirer, les mains plus raides que mon sexe qui refuse de mourir avec moi.

Ma queue reste rigide, comme attendant la jouissance suivante, mais je me rends compte qu'en réalité elle ne fait que présager, par sa dureté excessive, la rigidité absolue, le *rigor mortis* qui va bientôt s'emparer de tout mon corps encore souple, bronzé, amolli et pas rasé. Est-ce le rêve secret de chaque homme que d'être en état d'érection permanente, ce que les médecins appellent priapisme ? Eh bien, Dieu vient de me

247

l'accorder, avec autant de grâce qu'il accorde le génie militaire au conquérant, l'astre poétique à l'écrivain, l'oreille musicale au musicien, la langue au traducteur...

Le rêve dans lequel je m'enfonce me dit beaucoup de choses dont celle-ci : Vince Valera, tu n'as plus besoin de prouver ta virilité sur l'écran. Tu l'as prouvée dans la vie. Et maintenant, dans la mort, tu vas être le macchabée le plus dur et le plus impliable qui soit jamais descendu d'une mère irlandaise. Seuls les asticots du comté de Tyrone auront raison de toi !

Bigre, me dis-je, je parle de mon corps comme de l'extérieur. La voix du Seigneur a raison. Du dedans, que va-t-il m'arriver ? Tout ce qui m'arrive est passif, conséquence ultime, dernier soupir. Mes ongles et mes cheveux continuent à pousser. C'est la première chose dont je sois sûr : je les entends. Les humeurs gastriques s'écoulent, mais le sang s'apaise, trouve ses criques et ses bassins de toujours. Ce sont les étangs de l'éternité. Je crains une flatulence *post mortem.* Je la crains et par conséquent la convoque. Rien de tel que de penser à un pet pour lâcher un pet. Mon cadavre lâche un pet. Les sept naines rient, certaines ouvertement, d'autres à regret, la main sur la bouche, d'autres encore en se pinçant le nez, zut alors, qu'est-ce qui lui arrive à ce mec, avec sa quéquette bien en l'air et le troufignon bien causant, qu'est-ce qui lui arrive ? et celle que vous savez qui éternue, et la sommeilleuse s'allonge près de moi, me berce un peu, me demande si j'ai envie de dormir, puis une autre se met à faire des jeux de mots, tu le dorlotes ou tu le branlottes, ababalolo lolote-moi le baba, pelote-moi les lolos, mon bébé veut son biberon ? Ne fais pas la laiteuse, dis donc celui-là il bande en dormant, et alors y a rien d'extraordinaire, qui dit qu'il dort, regarde il a les yeux grands ouverts comme une chouette, moi je lui vois surtout un dard bien dressé, y a de quoi faire pour sûr, pour sept, sept juments pour l'étalon, monte-le, Doris, lancent-elles toutes à celle que j'ai nommée la Doctoresse, allez ma vieille offre-lui une chevauchée de tous les diables, tringle, tringle, cravache, queçasautelerodéo, et je crois bien que quand la Divine Doris la Doctoresse s'est rassise sur moi j'ai éjaculé à l'état de mort.

Toutes s'esclafffèrent lorsque la Doris me démonta et leurs plaisanteries firent chorus avec la contraction de ma verge, la détumescence, la mèche n'allume plus sa dynamite, ce ballon ne se gonflera plus même à la pompe à vélo, devant chez moi je vois passer/M. Anguille fort pressé/ pourquoi cours-tu comme ça ?/ c'est que j'ai la canne qui me lâche, foutre ! improvisa Doris, et les autres de l'acclamer en chœur, sauf la pure et dure Blanche-Neige très sérieuse qui me fixait, les fixait des yeux.

Qu'est-ce qu'on fait ? répéta-t-elle avec un regard de peur contrôlée.

Laissons-le faire sa sieste, répondit Doris la Doctoresse avec un rire de compassion.

Il est fatigué, le pauvre, il a fait beaucoup

d'heures supplémentaires aujourd'hui, déclara la Bâillante.

Voyons si je le fais éternuer, dit Atchoum en me promenant son pubis sur le nez.

Voyons plutôt mes chatouillis à réveiller les morts, fit la Sosotte aux grandes oreilles en me grattant la plante des pieds.

Toutes éclatèrent de rire et se mirent à me chatouiller les côtes, les jarrets, l'entrecuisse, sous le menton.

Cela ne me fit pas rire. Je vous assure. Pas le moindre frisson.

Les rires et les jeux s'éteignirent.

Elles avaient les mains de plus en plus chaudes. Mais le corps qu'elles touchaient était de plus en plus froid, en dépit du soleil de midi qui entrait par mes yeux ouverts.

Qu'est-ce qu'il a ? demanda Doris.

Qu'est-ce qu'on fait, plutôt ? répéta Blanche-Neige, imperturbable.

12 h 20

Surtout, qu'elles ne me jettent pas à l'eau. C'est tout ce que je leur demande. Qu'elles ne me livrent pas aux requins.

12 h 39

Ben quoi, vous n'avez encore jamais vu un mort ? leur cria Blanche-Neige, et, comme si ses

250

paroles étaient destinées à rassembler toutes les forces du monde pour suppléer à ma soudaine absence de vie, le soleil décupla l'énergie de ses carburateurs, se répandant sur nos têtes comme de l'or fondu, le vent faiblit jusqu'à disparaître, contraignant les femmes à prendre trois inspirations au lieu d'une à mesure qu'elles se trouvaient obligées, avec peine et apathie, de prendre la situation en main.

Cependant, si elles avaient du mal à respirer à cause du manque d'air, moi je rendais grâce au ciel de ce que les vents ne menaçaient pas le ketch, encore que, comme je le disais, la nature entière marqua un brusque changement au moment où je mourais de plaisir, et si l'air ambiant expira avec moi, dans le lointain de gros nuages s'amoncelaient et lorsque Blanche-Neige, dans un réflexe de peur, coupa le moteur d'un geste nerveux, l'océan s'agita subitement. Je me dis que cela n'était que le résultat naturel d'une soudaine suspension de mouvement. Les voiles se mirent à battre à chaque vague de l'océan dont l'agitation semblait monter du plus profond du Pacifique au milieu duquel nous nous trouvions, quatre heures après avoir quitté le club de Yates, absolument seuls, cloués par des remous qui ne semblaient destinés qu'à nous, aux *Deux-Amériques* et à son équipage.

Eh bien, vous n'avez jamais vu de mort ? répéta Blanche-Neige avec un tremblement d'exaspération dans la voix, vous croyez peut-être que nous n'allons jamais mourir, que nous allons vivre heureuses éternellement, que nous aurions, nous seules, le privilège de ne pas mourir un jour ?

Figées dans un silence et un calme plus redoutables que n'importe quelle bourrasque, les sept femmes ne dirent mot, elles restèrent pensives tandis que moi, allongé sur le pont, je commençai à les distinguer vraiment les unes des autres. Avait-il fallu que je meure pour les individualiser, les démexicaniser, les détiersmondiser ?

Je les regardai fixement et presque ressuscité de surprise : dans la mort, j'étais capable de voir avec exactitude les images qui passaient dans l'esprit des vivants. C'est ainsi que je le compris, simplement et directement ; ceci était mon nouveau, véritable pouvoir. Le cadeau que j'avais reçu de la mort. Était-ce cela, l'éternité ? Blanche-Neige formula la question — eh bien, vous n'avez jamais vu de mort ? — et aussitôt l'Endormie se transforma en celle qui fut nommée à l'orée de sa vie María de la Gracia, et, doté de mes nouveaux pouvoirs, je vis dans son regard un enfant mort dans une boîte peinte en blanc, dans une cabane où les cierges étaient plantés dans des bouteilles de Coca-Cola.

La Timide s'appelait en réalité Soledad, et la mort qui était passée dans son regard était celle d'un vieillard aux yeux ouverts qui la remerciait de l'avoir accompagné jusqu'au bout parce que la mort solitaire est la chose la plus terrible du monde.

La Doctoresse, nous le savons déjà, s'appelait en réalité Doris et je reconnus sa mort car cela se passait dans le quartier mexicain de Los Angeles, Doris marchait entre deux rangées de haies avec un sac à dos en compagnie d'une petite fille, plus jolie qu'un dessin de Diego Rivera, qu'elle tenait par la main. Soudain, deux bandes de quartier, armées de revolvers, se mirent à tirer entre les haies où marchaient Doris et sa petite sœur. Le sac à dos et les livres sauvèrent Doris. La petite sœur — Lupe, Lupita, ma mignonne — mourut sur le coup. Doris s'agenouilla auprès d'elle en pleurant et grâce à ce geste la dernière balle ne lui emporta pas la tête.

Ben quoi, vous n'avez jamais vu un mort ? Atchoum s'appelait Nicha (Dionisia) et elle avait grandi auprès de sa mère dans un bordel du port d'Acapulco. Il y avait une grande *palapa* au milieu, d'affreuses petites lumières et des annonces de bière dessinées au néon. Tout cela passe dans ses yeux quand Blanche-Neige leur demande si elles n'ont jamais vu un mort. Nicha remplace la vision macabre par celle d'une mangrove aux fûts serrés et de lumières éteintes. Elle revit une longue attente dans l'une des chambres qui entourent la *palapa*. Il y a trois odeurs. L'odeur naturelle du tropique en éternelle putréfaction et celle du produit à désinfecter les sols, les lits et les cabinets. Mais la troisième senteur est celle d'un oranger qui pousse miraculeusement devant la fenêtre de la chambre, essayant de faire passer une branche un parfum une fleur parfois un fruit à l'intérieur, supplantant les odeurs de putréfaction et de désinfectant. Elle sait déjà qu'elle doit se glisser sous le galetas quand sa maman arrive avec un galant. Elle entend tout. Telle est son image de la mort. Sauvée par le souvenir de l'oranger.

En revanche, la Sosotte aux grandes oreilles se remémore souvent une petite fille nommée Dulces Nombres de Cristo, c'est-à-dire elle à l'âge de dix ans, qui chemine au milieu des chiens perdus et des flaques d'eau boueuse, au milieu de centaines de camions arrêtés comme des éléphants devant un fleuve de béton, de centaines de taxis qui ont l'air de faire le siège du centre d'Acapulco, cernant la ville d'une escadre de moteurs. Les chauffeurs lavent leur taxi la nuit en vue de la journée du lendemain tandis que la mère de Dulces, ivre, les jambes écartées, rit, chante, crie et s'aère le con avec un éventail à la sortie du cabaret.

Vous n'avez jamais vu ? Non, la Grognon a la cervelle comme un écran blanc. Il n'y passe que des morts en Technicolor que je reconnais. Morts de cinéma, gangsters, cow-boys, cadavres rougis au ketchup. Elle s'appelle Otilia et ne laisse entrer aucun mort réel dans sa tête. Quant à la dernière, l'Ouvrière, qui s'appelle Dolores, elle m'offre une longue vision de rivalités, toujours deux hommes qui s'entre-tuent pour elle, s'entre-tuent pour elle à coups de pistolet, de poignard, de gourdin... Tous ces rivaux qui se disputent les faveurs de Dolores sont enterrés jusqu'aux genoux dans le sol dur et compact, comme dans un célèbre tableau de Goya. Où Dolorès a-t-elle bien pu voir ce dernier ? Il me parait inconcevable que Dolores puisse avoir un tableau de Goya dans la tête. Ma vision serait-elle trompeuse ? Tout ce que je crois voir ne serait qu'illusion ? Comme si elle obéissait à une impulsion envoyée de la mort (la mienne), la fille allume alors une cigarette à l'aide d'une allumette extraite d'une petite boîte portant la marque Clásicos. Elle protège la flamme derrière la boîte pour allumer sa cigarette. C'est là que se trouve le terrible tableau de Goya, de la série dite noire, sur une boîte d'allumettes. C'est le portrait de la plus impitoyable fatalité.

Dans l'après-midi

Toutes ces remémorations prirent plus de temps que vous ne l'imaginez. La chronologie de la mémoire, dans la mort, est différente de celle de la vie, et la communication entre les deux consomme des heures, voire (je ne l'ai pas encore vérifié) des jours. Je regretterai, j'en suis sûr, cette pause de la mémoire. Parce qu'à présent les problèmes pratiques supplantent tout le reste.

Moi je suis mort.

Elles en conviennent.

Première question à régler : que faire de moi ?

Dulces Nombres de Cristo fait la preuve de sa sottise en proposant qu'on me jette à l'eau pour que les requins me mangent. Comme ça, dit l'Idiote, il n'y aura pas de traces de ce qui s'est passé. Je la déteste et je lui jette le mauvais œil :

qu'on t'enferme dans un asile anglais à manger de l'avoine jusqu'à ce que tu pourrisses, salope.

Otilia la soutient énergiquement. Qu'est-ce qui se passe si on nous met la main dessus en compagnie d'un macchabée ? Toutes au trou, les frangines. Personne ne nous demandera comment c'est arrivé. Nous, on est coupables. On est nées coupables, faites pas les connes.

J'entends croître un redoutable murmure d'approbation. Dulces et Otilia me saisissent par les bras, Nicha s'empresse de les aider en me prenant par les chevilles. Soledad se joint à elles pour hâter l'opération. Je sens l'écume des vagues me caresser les pieds.

Doris vient à mon secours. Non mais vous êtes complètement nases. On va bientôt se faire recueillir par un autre bateau. On va nous demander ce qu'on fait comme ça toutes seules sur un yacht. Et puis on va nous demander si l'une de nous sait manœuvrer. On sera bien obligées de répondre que non, pas vrai ? Alors on va nous remorquer jusqu'à Acapulco. Et là, ils vérifieront aussi sec que c'est le gringo qui a loué le rafiot et ils en concluront qu'il nous a louées avec. Sept putes avec leur mère maquerelle et un gringo disparu, assassiné ou Dieu sait quoi. Alors là, ça fait pas un pli qu'on se fait coffrer, Otis.

Elles ne me laissent pas tomber, ni dans la mer ni sur le pont, soit dit à leur honneur. Elles m'installent, respectueusement, dans la baignoire.

Blanche-Neige déclare que Doris a raison. Y en a-t-il une parmi elles qui sache conduire un bateau comme ça ? Dolores demande si c'est la même chose que de conduire une voiture.

Un peu plus tard

Non, ce n'est pas la même chose. Allongé sur le pont, je regarde le ciel et aussi le trapèze formé par la voile brigantine ramassée entre les vergues des focs, bien hissés, mais qui, privés d'attention et surtout d'intention marine, ne vont pas tarder à se fatiguer et à tomber, prématurément vieillis, fripés. Car la bonne voile connaît l'intention du navigateur. La bonne coque est prête à obéir à la moindre volonté d'un marin avisé. En l'absence de ces qualités, les voiles en quelque sorte se dépriment et communiquent leur sentiment au mât, qui à son tour se met à trembler jusqu'à la racine où il rejoint la quille.

En d'autres mots : elles ne savent que faire. L'essence va s'épuiser. La brigantine et les focs seront poussés par une douce brise tropicale. Chaque éternuement du moteur les fait sursauter. Et au coucher du soleil, les sept filles s'enlaceront, elles formeront une sorte de gaillarde médiévale (j'ai tourné dans un péplum, en Italie, sur la peste au XIIIe siècle) qui finira agglutinée autour des grosses jambes de Blanche-Neige. Les yeux fixés sur l'horizon obscurci, la patronne du *Conte de fées* ne lâchera pas la barre du gouvernail des *Deux-Amériques*. Et puis le soleil disparaîtra et les sept filles pousseront un gémissement en chœur, un gémissement profond, quasi religieux.

Je me l'approprie. C'est mon repos, mon requiem.

À *la nuit tombée*

Maintenant qu'il fait nuit, je me dis qu'il y a à peine vingt-quatre heures je nageais dans une piscine remplie de fleurs dans un hôtel de luxe en me demandant où j'allais aller me divertir, tandis que, le menton appuyé contre le bord du bassin, je lisais et essayais de mémoriser un poème de William Butler Yeats qui évoque la douceur passée et les ombres profondes de mes yeux ; si le grand poète moderne de mon pays me voyait en ce moment, verserait-il des larmes ? Je crois qu'il avait plutôt prévu mon destin (d'après Leonello Padovani, un grand poème devine et nous communique ce que nous allons être) lorsqu'il posait des questions sur ceux qui aimèrent mes instants de grâce joyeuse, ma beauté, vraie ou fausse, ajoutant : combien furent-ils, combien ? Combien de regards, combien d'amantes platoniques vous vaut le fait d'apparaître sur l'écran, de remplacer Apollon dans la mythologie des temps modernes proposée par le cinéma ? Le poète répond-il ? Dit-il autre chose encore ? J'essaie de me souvenir de la fin du poème, mais ma mémoire de mort ne répond pas, elle reste obstinément muette. Je m'anime. Cela signifie-t-il que, le poème étant inachevé, je bénéficie encore d'un destin à vivre, d'une marge inachevée de ma vie dans la mort ?

J'ai forniqué. Je suis mort. J'ai découvert que mourir, c'est lire dans la pensée des vivants.

Mais mon appétit professionnel (pour ne pas dire artistique) ne se satisfait pas si facilement. Suis-je en train de jouer mon rôle vedette ? Mes productrices vont le décider pour moi. La nuit les effraie. Elles voguent à la dérive. Cela, nous le savons, elles et moi. Elles craignent, si elles mettent le moteur en marche, que le bateau ne prenne une route incontrôlable, catastrophique. Elles pourraient, comme l'a suggéré Doris, le mettre en marche et se lancer dans les quatre directions à la fois. On verrait bien laquelle — le nord, le sud, l'est ou l'ouest — les ramènerait au plus tôt vers la terre.

Cependant, je ne crois pas que ce soit ce qui les préoccupe. Si je passe la nuit à flotter en contemplant les étoiles, elles, de leur côté, voudraient disparaître de la nuit : les femmes, les astres. La solitude à la dérive leur fait une nuit absolue, sans toit, à laquelle elles ne sont pas habituées. Cette nuit les renvoie à un désarroi qu'elles ont fui, dénié, pendant leur courte vie à toutes. Jeunes et bêtes. Suffisamment intelligentes pour ne pas me jeter aux poissons. Mais insuffisamment intelligentes pour se laisser guider non par les instruments qui les dépassent et les termes qu'elles ignorent (en les regardant, je me dis que grâce à elles la technologie redevient magique), mais par les étoiles, auxquelles elles ne se sont jamais intéressées. Après tout, c'est peut-être dans l'immobilité qu'elles trouveront leurs plus grandes chances de survie.

Comme si elle m'entendait, Dolores profère à voix haute :

— Nous n'avons pas la bonne étoile, c'est clair.

J'aimerais comprendre à quelle espèce elles appartiennent. La technique aussi bien que la nature leur sont également étrangères. Pour qui, pour quoi ont-elles été créées alors ? Les considérant depuis la mort, je les reconnais et les réconcilie. Ce sont des créatures de l'artifice, ni nature ni technique. Enchantent-elles le monde ? Elles ne sont peut-être que l'énergie de l'artificiel. Combien ce qui nous arrive est peu de chose, inutile, et pourtant intense.

Le jour se lève

Heureusement encore que la mer s'est comportée comme un miroir. Le ketch a le vent en poupe et pénètre plus avant dans l'océan. Le moteur est toujours coupé. Il n'y a pas d'oiseaux dans le ciel. Les femmes se réveillent. Elles s'étirent avec des gestes sensuels que je reconnais et dont je leur sais gré. Lubrique jusque dans la mort. Elles ont faim. Ça se voit sur leur figure. Il reste des olives, du fromage, des tranches de *jicama*. Dulces Nombre s'empare du plateau comme s'il était fait pour elle toute seule et commence à manger. La brise matinale réveille les appétits. Otilia lui arrache le plateau. Les olives, parfaitement perforées pour recevoir la farce d'anchois, roulent sur le pont. L'une d'elles me tombe, ridiculement, sur la bouche. Les deux filles se disputent les petits morceaux d'amuse-gueule, mais leurs mains voraces s'arrêtent, confuses et révulsées, au-dessus de mes lèvres et de l'olive qui désormais les décore.

Le pied du grand mât grince dans le trou de l'étambrai. Doris intervient rapidement et veille à ce que les menus aliments soient équitablement répartis. Y a-t-il autre chose à manger ? Oui, ricane Nicha l'enrhumée, l'olive sur la binette du galant. Personne ne lui fait écho. Non, il n'y a rien d'autre que les amuse-gueule. Par contre, il y a à boire, tant qu'on veut, des bouteilles de Campari, de Beefeater, de Johnny Walker, de Bacardi, d'eau minérale, et des glaçons. Elles ne vont pas mourir de soif. En plus, je leur ai appris à pêcher. Je sais bien que ce n'était qu'un prétexte. Mais pourvu qu'elles y pensent. Il y a du thon par ici et du merlu.

Elles n'y pensent pas. Il arrive deux choses. L'aube aiguise les sens, surtout l'odorat. On dirait que la nuit amasse toutes les senteurs du monde pour les lâcher au lever du jour, chargées de rosée et de sauge, de bruine et de terre humide, de pelage de jeune animal et de douceur de ruche, de grain de café et de fumée de tabac, de cumin et de giroflée. Toutes ces odeurs évoquent le lever du jour, en différents lieux de la terre. Le Pacifique, mer de Balboa et de Cortés, devrait livrer ses

261

propres, puissants et merveilleux arômes, arrachés du fond de l'océan et à la nostalgie de la terre. Mais la grincheuse Otilia ne pense qu'à l'orange, depuis son enfance, dit-elle, elle a toujours bu un jus d'orange le matin au réveil, c'était le seul luxe chez elle, dans tous les films américains on prend un jus d'orange avant d'aller à l'école ou au travail, mais dans ce foutu rafiot il n'y a pas de jus d'orange, pas le moindre parfum d'orange, même, pleurniche-t-elle.

En vérité, sur *Les Deux-Amériques,* il n'y a qu'une seule odeur dominante. C'est l'odeur que dégage mon corps. Mort depuis dix-huit heures. Je commence à empester. Huit femmes en compagnie de mon cadavre pourrissant. Je lis dans leur regard. Que vont-elles faire de moi ? Les flots commencent à s'agiter. Elles ne savent que faire. Blanche-Neige me sauve la vie. Pardon, me sauve la mort. Elle remarque la même chose que moi. Les yeux des sept naines reflètent la faim, plus forte que le dégoût. Blanche-Neige décide de jouer le tout pour le tout. Elle fait démarrer le moteur. Toutes se tournent vers la nouvelle capitaine. Le moteur tousse, éternue, crache, mais ne veut plus partir. Nicha se laisse contaminer par les éternuements. Nous levons tous les yeux vers les varangues, voir si le mât, la bôme et la corne maintiennent bien tendus et gonflés la brigantine et les focs.

Midi

Je ne supporte pas la chaleur. Je les implore de
faire quelque chose, qu'elles me recouvrent d'une
étoffe, par pitié, qu'elles me transportent dans la
cabine. Je suis bien rigide. On ne pourra bientôt
plus me bouger. J'ai chaud et je sens mauvais. J'ai
presque envie qu'on me jette à la mer. J'ai terri-
blement envie d'un bain frais, d'un jus d'orange,
comme Otilia. Mais les femmes n'ont en tête que
leur faim, visible maintenant dans les regards
qu'elles échangent et qu'elles dirigent parfois
contre moi. Elles essaient de tromper leur faim
avec du rhum et du whisky. Elles se rendent malades. Ivres et nauséeuses, Soledad et Nicha viennent de vomir. Doris les attrape par les cheveux,
les secoue et les gronde. La timide et l'éternuante
se mettent à pleurer de désespoir, qu'allons-nous
faire maintenant, tout était si mignon, le soleil, la
balade en bateau, les gentilles petites cochonne-
ries, et maintenant vous voyez, tout est foutu.
Comme d'habitude, dit Dolores. Comme d'habitude. Saleté de vie.

Il doit être 3 heures de l'après-midi

La chaleur est insupportable. La mer est d'un
calme qui ne présage rien de bon. Elles ne savent
que faire de moi. Elles ne veulent pas me toucher,
en fait. Je leur inspire de la crainte, du dégoût, de

la pitié. Elles n'osent même pas me fermer les yeux. Elles n'ont pas reconnu ma mort. Moi, j'ai découvert que mourir, c'est acquérir, d'un coup, la faculté de voir les images qui défilent dans la tête des vivants. Dans celles de ces femmes, comme dans un film à déroulement continu, les mêmes images repassent d'une fillette criblée de balles à Los Angeles ou d'une putain morte à la sortie d'un cabaret avec un éventail entre les jambes. Un vieillard content de la présence d'une jeune fille au moment de mourir. Ou une enfant contente qu'une branche d'oranger lui adoucisse la certitude de la mort. Dois-je me contenter, moi, de la réponse inconsciente, spontanée, qu'a provoquée hier soir, plus que mon trépas, la fin du jour ? Une petite boîte blanche et quatre bougies coincées dans des bouteilles de Coca-Cola. À qui puis-je me confier ? Elles ne me regardent plus. Elles ne me touchent plus. María de la Gracia dort facilement. Elle s'est glissée dans la cabine en prévenant, les filles, si on ne se tire pas du soleil, on va peler, et qui va nous embaucher si on a l'air teigneuse, avec la peau zébrée. Il n'y a pas de chapeaux. Quelques-unes se sont mis le soutien-gorge du Bikini sur la tête. D'autres, plus hardies, se sont bouché le nez avec des Kleenex. Seule Blanche-Neige ne quitte pas inutilement son poste. Comme moi, elle a vécu suffisamment pour comprendre que ce calme n'est pas naturel. Elle jette un coup d'œil aux bougies. Sans raison apparente, celles-ci se mettent à faiblir, à vaciller contre le vent, à se rendre...

Tout va mal. Privé de direction, *Les Deux-Amériques* prend de plein fouet la houle croissante à la proue et commence à faire de grandes embardées. Les filles poussent des cris et se pelotonnent au fond de la baignoire et de la cabine. Le vent augmente et décroît ; les rafales se déchaînent puis cèdent la place à de brusques accalmies ; le vent se met à souffler depuis la poupe, cette fois sans discontinuer. La tendance instinctive du ketch à prendre le rythme des vagues oblige l'hélice et le timon à sortir de l'eau à chaque crête de vague. De l'orée de la mort, je leur crie : mettez les voiles en oreilles d'âne, le foc doit aller au bord opposé de celui de la brigantine, la brigantine va se mettre à battre, consolidez-la avec le tangon, pourquoi les voiles manquent-elles de souplesse, pourquoi les cordages ne sont-ils pas bien tendus ?

Je parle au vent. Je lui parle à la tombée du jour. Évidemment, le bateau commence à gîter, l'angle de la proue penche du côté du vent. Les filles poussent des cris. La grand-voile se met à faseyer. Elle émet de formidables claquements contre le mât et je manque être éjecté du pont sur lequel je suis en train de pourrir lentement mais sûrement, muet et en attente affamée de la nuit pour me rafraîchir la peau et, bientôt, les entrailles. Je lâche l'olive posée entre mes lèvres violacées. Le bateau a perdu toute direction. Il n'en fait qu'à sa guise. Il gîte de plus en plus. L'avant se soulève et la bôme se balance sur le flanc. Mais soudain, c'est l'accalmie ; le vent tombe, le danger s'éloigne.

J'entends des sanglots. Je vois de l'eau, des images de soif et d'eau se répandre sur les précédentes images de mort. Tout s'apaise. Des ongles pointus commencent à me gratter dans l'obscurité.

Autre lever du jour

Le soleil darde sur mes yeux, mais je sens qu'il me manque quelque chose. Une chose qui me manque parce qu'elle faisait partie de mon corps. Je ne veux pas l'imaginer. Je cherche le regard des femmes. J'aperçois d'abord leurs visages de plus en plus pelés par le soleil. J'essaie de pénétrer leur esprit. Ceci est le privilège de mon état de mort. Doris pense à un homme que je ne connais pas. María de la Gracia est un grand vide ; elle dort encore. Soledad a une piscine d'eau douce, bleue et limpide, dans la tête. Nicha ne pense qu'à des couches et encore des couches de crème solaire. Otilia a une grande orange dans la cervelle, dont elle savoure le jus sucré. Un autre homme, qui n'est pas moi, s'est installé dans la tête de Blanche-Neige. Otilia imagine un miroir. Et dans la tête de Dolores, je trouve mes testicules.

Midi ?

Elles échangent des regards. Le soleil les étourdit. Elles sont incapables de penser. Incapables d'agir. Il faut attendre la tombée du jour. J'aimerais pouvoir toucher l'endroit où se trouvaient mes couilles. Blanche-Neige saisit la canne à pêche et lance l'hameçon dans la mer.

16 h 33

Elles se sont mises d'accord sans rien dire. María de la Gracia est toujours réfugiée dans le sommeil. Là, elle n'a ni faim ni soif. Elle rêve éternellement d'un enfant mort de diphtérie à l'âge de trois ans, en se disant que si son fils avait vécu il l'aurait sauvée de cette vie qu'elle n'aime pas. Pourquoi ? se demande-t-elle. Le gamin n'aurait-il pas été qu'une charge de plus, une bouche de plus à nourrir, m'obligeant à faire pire que ce que je fais en toute innocence, danser toute nue, sous la protection de Madame, qui ne permet pas qu'on nous touche ? Je n'ai pas à me plaindre. La seule chose, c'est que je n'ai personne pour m'attendre à la maison quand je rentre. Alors je dors, je dors beaucoup pour ne pas penser que je pourrais être en train de lui préparer à manger, de l'envoyer à l'école, de le gronder s'il rapporte de mauvaises notes, de l'aider à faire ses devoirs, d'apprendre avec mon enfant ce que je n'ai jamais appris toute seule. Voilà ce qui me manque. Rentrer à la maison pour y trouver quelque chose à faire. Où mon fils est-il enterré ? Comment s'appelle le village que j'ai quitté morte de douleur et belle comme un ocelot blessé, à l'âge de quinze ans, n'étant plus une menace pour personne ? Ah mon Dieu, je ne fais que dormir et je voudrais rêver de mon fils, mais je ne peux pas parce que je sens qu'il va m'arriver du mal, que toutes mes petites copines sont en train de s'approcher de moi en disant celle-là elle ne fait que dormir, elle ne se rendra compte de rien...

— Qui la touche la première ?

Blanche-Neige pousse un cri, un poisson a mordu à l'hameçon, un bon merlu, il n'y a pas de cuisine à bord, pas de quoi faire du feu ? Eh bien, sors ta boîte de *Clásicos*, sacrée Otilia plus grincheuse que jamais, ôtez vos petites culottes s'il le faut, allumez-les pour faire un foyer, mais gare à ne pas foutre le feu au rafiot, parce que là on peut être sûres qu'on est fichues jusqu'au trognon.

Nuit tiède et silencieuse

Des rives de la mort, on voit mieux les étoiles. Celles-ci forment la carte du ciel, et le tracé m'indique que nous sommes poussés vers le nord après avoir vogué sans gouvernail en direction du ponant. Nous nous rapprochons peut-être de la terre, mais cela elles ne le savent pas. Si nous gardons ce cap, nous allons aboutir à la pointe de la Basse-Californie, au Cabo San Lucas, puis nous pénétrerons dans la mer de Cortés, entre les côtes du Sonora et la péninsule, plus longue que l'Italie, où le désert et la mer se rejoignent : les cactus immenses et les eaux transparentes, le soleil rond comme une orange. Ce que le conquistador raconta à ses enfants, à supposer qu'il eut le temps de parler avec eux.

Mais de même que Christophe Colomb ne savait pas qu'il avait découvert l'Amérique, Cortés ne savait pas que la Basse-Californie était une péninsule. Il croyait que c'était une île qui menait à la terre prodigue d'Eldorado. Quant à nous, si les femmes ne sont pas mortes de faim et de soif, nous pénétrerons dans la mer de Cortés comme des navigateurs en détresse, mais nous toucherons enfin à l'aisselle du Mexique, l'embouchure salée du fleuve Colorado ; Terre Ferme...

Comme nous sommes loin. Cependant, en cette nuit tiède et silencieuse, nous voyons passer loin de nous un bateau pavoisé, plein de lumières et de bruits, d'où nous parviennent des rythmes insistants de mambo et de guaracha. Ses lumières brillent, plus que dans la nuit, dans les yeux de Blanche-Neige et de ses sept naines. Elles sont toutes là à agiter les bras, à appeler, à crier, tandis que le bateau blanc rempli de touristes s'éloigne sans nous voir et que Dulces Nombre chante d'une voix morne le refrain qui traverse la nuit,

avec quel charme et quel brio
les Mexicaines dansent le mambo

et que les autres reprennent, unies par l'espoir, la peur et la joie frivole, tout cela en même temps :

> *elles roulent des hanches et des épaules*
> *aussi bien que les Cubaines.*

Une nouvelle aube encore

Elles ont mangé. Elles ont réveillé María de la Gracia pour lui offrir sa tranche de merlu, à moitié cru, mais ça on n'y peut rien. Dolores est sur le point de lancer une blague sur un plat de frivolités, mais elle se mord la langue. Elle rit ; à défaut de mordre dans autre chose. Elle continue à rire comme une idiote et son rire gagne bientôt les autres, comme hier soir quand elles se sont toutes mises à chanter le mambo, comme ça, pour rien, comme ça arrive, tu ris, je ris, nous rions, sans savoir pourquoi. Ou alors c'est que ventre plein, cœur content. Elles rient la panse pleine de poisson à demi mâché. Mais la côte n'est toujours pas visible. Elles regardent Blanche-Neige qui scrute vainement l'horizon, et la gaieté s'éteint. Le bateau au mambo n'était qu'une illusion, ses lumières un mirage.

Cependant, comme il y a de l'énergie retrouvée, elles décident de l'employer. Comme si la matinée que chacune d'elles vit, et que moi je meurs, elles devaient la vivre, à cause de ma présence, avec plus de fureur, plus d'intensité, plus de défi que jamais. Elles commencent par se lancer des jeux de mots pour alléger l'ambiance, puis elles se jettent à la figure les trahisons, les hommes qu'elles se sont pris les unes aux autres, les vêtements qu'elles se sont volés, pourquoi m'as-tu piqué ma coiffure petite merdeuse, et dis donc qui est-ce qui a mis cette jupe rouge la première, et à qui est-ce qu'on glisse le plus d'argent dans la chaussure quand elle danse, et laquelle a le plus d'économies à la banque, et laquelle va se tirer la première, laquelle va avoir sa maison à elle, laquelle va connaître l'aventure de Julia Roberts dans *Pretty Woman*, venez donc mon Richard Gere, *here*, Dick, qui va se marier avec quel genre de mec, de mec, de mec...

Soudain, elles me dégoûtent toutes, je tente de fermer l'écran de ma mort à leur film vulgaire, à leur infâme navet, pour revenir à mon unique film à moi, celui que m'ont offert l'Italie et Leonello Padovani, loin de mes propres navets made in Californie, près de la mer de Cortés... Padovani non seulement ne cachait pas, mais exagérait sa condition d'aristocrate et d'homosexuel. Il était un superbe défi à l'héritage comme à la mode. Membre du parti communiste, il défiait quiconque d'affirmer que l'origine sociale détermine l'appartenance politique ; ni tous les riches sont réactionnaires, ni tous les ouvriers sont progressistes ; la révolution est parfois faite par les bourgeois et le fascisme par les pauvres... Connaisseur comme personne du cœur féminin à l'écran — Alida Valli, Silvana Mangano, Anna Magnani

271

jamais ne furent plus brillantes que vues à travers ses yeux —, il défiait toutes les conventions relatives à l'âme de la femme sans jamais toucher à son corps. On disait qu'à travers ses héroïnes il transposait et sublimait de sordides histoires avec des amants masculins de basse condition, chez lesquels il ne rencontrait que trop les traits de la jalousie et de l'ingratitude, de l'intérêt mesquin et de la passion bestiale. Moi, il me traita avec le plus grand respect. Il fut le premier à me voir et à me traiter comme un être humain. Avec lui, j'osai parler de ce qui était interdit à Hollywood... Comment pouvais-je me souvenir d'une Irlande que j'avais quittée enfant, mais qui revenait, violente et belle, sauvage et odoriférante, dans mes rêves ? Pourquoi dans ma mémoire inconsciente tant de roseaux lacustres, si hauts, tant de bois de noisetiers, tant de truites argentées et de papillons blancs qui ne volettent que la nuit ? Pourquoi tant de rosée noyée de rosée ? Connaissais-je tout cela ? Ou cette mémoire vivace ne me venait-elle que de la lecture de Yeats ?

Non, sourit Padovani, tu connais peut-être tout cela parce que avant de lire un poète tu l'as été toi-même.

J'ai tout juste été un Apollon de série B, comme dit ma femme, lui répondis-je.

Apollon, c'est la lumière, déclara Padovani tandis que nous étions assis tous les deux sur le Lido à Venise, désert en cet après-midi de novembre. Il est associé à la prophétie, au tir à l'arc, à la médecine et aux troupeaux. La Lune est sa sœur. Grâce à elle, il triomphe des divinités de la nuit obscure.

J'aime le poème de Yeats dans lequel un homme, à l'approche de la vieillesse, rêve du doux regard qui anima jadis ses yeux. Il se demande combien aimèrent ses moments de grâce joyeuse, combien aimèrent sa beauté, d'un amour vrai ou faux...

Le regard de Padovani quitta le mien pour chercher un indice de vie dans le crépuscule vénitien. Il avoua qu'il se sentait seul parfois, et qu'il aspirait à une compagnie que tout le caprice et toute la gloire du monde ne pouvaient lui procurer. Si moi je lisais Yeats, lui connaissait bien Rilke et se souvenait de certains vers sur un Apollon au regard sans ombre, la bouche muette parce qu'elle n'avait encore servi à aucun usage, mais qui esquissait son premier sourire.

Quelqu'un, conclut Padovani, est en train de lui transmettre son propre chant.

La lumière révèle alors la tache de sang séché autour de ma braguette ouverte. Toutes les femmes se regardent. Et soudain, elles s'aiment, ah les copines, si nous sommes ensemble pour tout, comme sur ce bateau, comment allons-nous nous séparer, les filles ? Sœurs jusqu'à la mort, elles tombent dans les bras les unes des autres, pleurent, se remémorent, l'homme, l'enfant, les parents, elles partagent un passé qu'elles s'inventent pour être sœurs, maintenant elles s'inventent un avenir dans lequel chacune aide les autres, tout ira bien pour toutes parce que la première qui réussira répandra son or et partagera son succès avec toutes les autres, ça va de soi, ça va de soi...

Nous sommes deux à nous tenir sur la réserve tandis que s'amplifient les larmes, les mains unies, les étreintes, les tremblements, les sueurs.

Blanche-Neige, parce qu'elle ne les connaît que trop bien et se contente de dire, bande de connes.

Et moi, qui les envie parce que je ne me souviens pas avoir jamais assisté dans ma vie ou dans ma profession à un tel étalage de fraternité.

Quelles heures est-il ?

L'embarcation décide de n'en faire qu'à sa tête ; laissée à elle-même, elle répond comme elle peut au gros temps qui nous est tombé dessus. Le courant nous attire comme un aimant vers la mer de Cortés, que les filles ignorent totalement, jusqu'à son nom même, mais que moi j'imagine transparente et semée de joyaux : le pauvre conquistador n'a-t-il pas largué toutes ses richesses au fond des lacs et des mers, l'or de Moctezuma dans les marécages de la nuit triste, les émeraudes de la Conquête lors d'une bataille navale au large de l'Algérie ? De quel trésor hérite un aventurier de cette envergure, conquérant d'un empire égal au Soleil ? La Lune ma sœur me répond cette nuit, ce matin, ce soir de lune apparue à contre-temps, peu importe, elle me répond qu'il ne lui reste peut-être pas plus que le nom d'une mer, testament d'eau, renommée de sel et de vent. Je suis mort et ne vois au fond de la mer qu'une gigantesque toile d'araignée frémissante.

Le ketch se remet à gîter, l'avant se soulève et la bôme reste couchée sur le côté, elle s'enfonce et commence à tirer sur la voile. Le timon est sans gouvernail ; la surface de voile emportée par la dôme a raison du timon. Nous partons à la dérive et en cet instant tous les appétits, les souvenirs et les craintes se fondent en un seul objet, moi, objet dangereux, ce qui reste de moi le comprend et tremble, c'est moi le coupable de la situation, coupable d'avoir trompé ces femmes, coupable d'être nord-américain, d'être riche, célèbre, coupable de tout sauf de ce qu'elles ignorent, comme je l'ai dit, car elles ne connaissent pas les étoiles, elles ne savent pas lire dans le ciel, ni du reste les boussoles ; je suis acteur, sapristi, un acteur frustré, voué à l'échec autant par sa médiocrité habituelle que par son succès exceptionnel, oui, je suis coupable de beaucoup de choses, envers ma profession, envers ma femme, envers mes camarades de travail, qui sont les gens dont je me souviens, et soudain, mort comme je suis là, en train de pourrir sous le soleil du Pacifique, perdant peu à peu les traits de mon visage, je pense aux statues d'Apollon dont l'âge se compte en siècles mais jamais la mort, j'essaie de sauver ma responsabilité en me confondant avec les statues, en me joignant aux poètes et aux artistes, en étreignant ma sœur évanescente la Lune, en posant sur mon front les lauriers que sont les noms des princes du langage et de la vision —Yeats, Rilke, Padovani, Turner et la mer, Géricault et le radeau de *La Méduse* —, tout ce que j'avais appris dans mon enfance et perdu jusqu'à cette conversation sur le Lido de Venise ; je suis surtout coupable envers une femme de chambre indienne qui s'est arrêtée pour me regarder dans la piscine aux gardénias, des bouteilles à la main ; je suis coupable envers un enfant qui me ressemblait et qui m'a guidé jusqu'au jardin éclairé par des lanternes chinoises où j'ai rencontré ces femmes ; coupable envers un autre enfant, inconnu de moi, qui a échappé à la mort grâce au parfum d'un oranger qui entrait par la fenêtre de la chambre où sa mère baisait avec des inconnus ; coupable, enfin, envers une pauvre Américaine quinquagénaire que j'ai offensée en la confondant avec Cindy mon épouse, et giflée en public...

Dans leurs yeux à tous, je vis une époque sans considération pour ma personne. Je vis surtout ces enfants mexicains et je craignis de sortir de mon individualité plus ou moins protégée, construite avec un certain soin et beaucoup de patience, pour me trouver confronté à une humanité sans refuge, parmi laquelle les circonstances ne respectent ni ne distinguent personne.

Je pris conscience. Dans la mort, je devins mexicain.

À midi

Le garde-côtes nous aborda au milieu de l'excitation et de la crainte mêlées de Blanche-Neige et

de ses sept naines. Nous étions à hauteur de la
Barra de Navidad, bien loin de la mer de Cortés.
La mort désoriente, excusez-moi. Le port le plus
proche était Manzanillo. Les marins se bouchè-
rent le nez avec leur mouchoir en montant à bord.
Le capitaine fit une inspection rapide et les inter-
rogea rapidement. Il est mort d'une crise cardia-
que, déclara Blanche-Neige. Les filles n'ouvrirent
pas la bouche. Alors qui l'a châtré ? demanda le
capitaine en montrant ma braguette. Toutes,
s'écria María de la Gracia. Dolores allait crier,
j'avais faim. Blanche-Neige la devança. C'était un
pervers. Un gringo. Il a voulu abuser de mes filles.
Les types du garde-côtes se moquèrent d'elle.
Bon, ça va, dit alors Blanche-Neige. C'est moi.
J'avais faim. Vous n'avez jamais mangé des testicules de veau, par hasard ? C'est comme ça que ça
commence. Nous n'en sommes pas moins
mexicaines et catholiques.

Le lendemain, tous les jours

Ils remorquèrent le ketch jusqu'à Acapulco.
Personne ne put m'identifier. De mon visage plus
ou moins célèbre il ne restait rien. Au club de
Yates, ils déclarèrent que j'avais payé en espèces et
par avance, sans laisser mon nom. C'était faux. Le
club avait été contacté par l'hôtel. Mais nul ne
voulait se compromettre dans une histoire aussi
bizarre ; l'hôtel ne voulait pas compromettre le
club, le club ne voulait pas compromettre l'hôtel.

Pendant qu'on procédait aux vérifications, María de la Gracia déclara que j'étais son amant, le père de son enfant et réclama le cadavre. Trop contents de s'en débarrasser (je veux dire de moi), ils le lui remirent. C'est-à-dire qu'ils me livrèrent à María de la Gracia.

Elle me déposa dans une boîte et me parla doucement, me remerciant de ce que, grâce à moi, elle s'était rappelé le nom de son village et la tombe de son fils.

Elle m'emmena dans un camion de transport jusqu'à un village perdu du côté de la Costa Chica, dans le Guerrero. Ma présence fut fêtée par les autres voyageurs.

Lorsque nous arrivâmes au village de la côte, le menuisier reconnut María de la Gracia et lui fit cadeau d'un cercueil.

Elle le remercia et m'enterra à côté de son fils, dans un cimetière aux croix peintes en bleu indigo, écarlate, jaune et noir comme les oiseaux, comme les poissons. La tombe se trouve à côté d'un grand oranger de six ou sept mètres de haut, qui semble avoir atteint ici son plein développement. Qui a bien pu le planter ? il y a combien de temps ? J'aimerais savoir quelle quantité d'histoire me protège désormais. Suis-je couché à l'ombre de l'histoire ?

Lorsque le réceptionniste de l'hôtel, le petit homme saupoudré de café à la mince moustache, déclara être le seul à m'avoir vu, il mentait. La femme de chambre indienne m'avait regardé flotter dans la piscine tout en lisant un recueil de poèmes mouillé. À l'instant, ce vers me revient enfin en mémoire : « Mais un seul homme aima ton âme pérégrine, aima les chagrins de ton visage changeant. » Je pense à ce vers au souvenir d'une jeune indigène illettrée qui ne parlait peut-être même pas l'espagnol. Le petit homme à la *guayabera* avait voulu sauver sa peau tout en allant dans le sens de la conspiration. Il m'avait enregistré, en effet, déclara-t-il, il m'avait vu, mais ensuite j'avais disparu sans laisser de trace. Le compte avait été débité à mon nom sur une carte de l'American Express.

L'enquête se centra sur moi, et, si certains en déduisirent que j'étais bien le cadavre découvert voguant à la dérive en compagnie de sept putains et d'une maquerelle acapulquègnes sur le Pacifique, à la hauteur de la Barra de Navidad dans un ketch nommé *Les Deux-Amériques,* personne n'eut l'idée de suivre une pauvre créature aussi humble que María de la Gracia jusqu'à son patelin de la Costa Chica, sans compter que Blanche-Neige était bien coincée pour m'avoir coupé les couilles, quoique très fière d'avoir sauvé ses filles. Tout finit par s'oublier. Les pistes se perdent. L'éventualité de ma mort étrange suscita à peine un entrefilet dans le *Los Angeles Times*. La revue *Time* ne la mentionna même pas. Et dans la colonne des nouvelles brèves de *Newsweek,* je lus simplement ceci :

MORT PRÉSUMÉE. Vince Valera, cinquante-cinq ans, héros aux sourcils broussailleux de films de série B, doué d'un certain charme irlandais, lauréat de l'unique oscar attribué à un acteur américain pour un rôle tenu dans un film européen (*La longue nuit,* de Leonello Padovani, 1972), a été porté disparu à Acapulco.

Cindy hérita de tout et ne voulut rien savoir de plus.

Mort, je voudrais ajouter quelque chose, surtout en raison de cette plus que succincte biographie. Je rêve de destins étrangers qui auraient pu être les miens. Je m'imagine au Mexique, conquérant la Grande Tenochtitlán, tombant amoureux d'une princesse indienne. Je m'imagine en prison, rêvant de ma mère morte et abandonnée. Je m'imagine vivant dans un autre siècle, me divertissant, organisant des beuveries et des sérénades dans une ville baroque que je ne connais pas. Et devant une autre cité inconnue, antique celle-là, je m'imagine vêtu de noir face à une armée en deuil, décidé à vaincre en un combat contre un espace invisible. Au cours d'une longue nuit de brume et de boue, je me vois marchant le long d'un fleuve, tenant une fillette par la main. Une fillette que j'ai sauvée de la prostitution, de la maladie, de la mort...

Je rêve de l'oranger et j'essaie d'imaginer qui a bien pu planter pour la première fois cet arbre méditerranéen, oriental, arabe, chinois, sur cette rive lointaine des Amériques.

Comme mes traits avaient disparu sous l'effet conjugué de l'eau de mer, du soleil et de la mort, María de la Gracia a pris un masque de carton

acheté au marché de son village et me l'a posé sur
la figure avant de m'enterrer.

— Ceci est ton visage pour la mort.

Prononça la jeune femme comme si elle répétait un rite très ancien.

Je n'ai jamais pu voir ce masque. J'ignore quoi
ou qui il représente. C'est que, voyez-vous, j'ai
fermé les yeux pour toujours.

Acapulco-Londres, mai 1991-septembre 1992.

LES DEUX AMÉRIQUES

À Barbara et Juan Tomás de Salas

... pour faire relation aux Rois des choses qu'ils voyaient, mille langues ne lui suffiraient pas à l'exprimer ni sa main à l'écrire, et qu'il lui semblait être enchanté...

CHRISTOPHE COLOMB, *Journal de bord,*
selon la transcription abrégée
faite par Bartolomé de Las Casas.

Fragments du journal d'un marin génois

Aujourd'hui, j'ai débarqué sur la plage enchantée. Il faisait chaud et le jour s'est levé tôt, mais la lumière de l'eau était plus brillante que celle du ciel. Il n'est mer plus translucide, verte comme le jus du citron qui a si cruellement manqué à mes marins, morts du scorbut durant la longue traversée depuis le port de Palos. On peut voir jusqu'au fond comme si la surface de l'eau était un simple verre. Et le fond est fait de sable blanc que parcourent des poissons de toutes les couleurs.

Mes voiles ont été déchirées par les tempêtes. Nous avons quitté la barre de Saltes le 3 août, et le 6 septembre nous voyions la terre pour la dernière fois en levant l'ancre du port de la Gomera, aux Canaries. Des trois caravelles, il ne reste à ce jour que la chaloupe que j'ai réussi à sauver de la mutinerie et de la mort. De tous les hommes d'équipage, je suis le seul survivant.

Mes yeux sont les seuls à voir cette plage, mes pieds sont les seuls à la fouler. Je fais ce que l'habitude me commande de faire. Je m'agenouille et je rends grâce à un Dieu qui est sans doute bien trop occupé à des choses plus importantes pour s'intéresser à moi. Je croise deux morceaux de bois et j'invoque le sacrifice et la bénédiction. Je revendique cette terre au nom des Rois Catholiques, qui jamais ne poseront le pied dessus. Moi, je suis arrivé nu et pauvre sur ces rivages. Mais que ce soit en leur nom ou au mien, qu'allons-nous posséder réellement ? Qu'est-ce que cette terre ? Où diable suis-je ?

. . . .

Ma mère me le disait là-bas, à Gênes, tandis que je l'aidais à étendre les immenses draps à sécher et que je m'imaginais, depuis tout petit, poussé par de grandes voiles jusqu'aux confins de l'univers : « Cesse de rêver, mon petit. Pourquoi ne te contentes-tu pas de ce que tu peux voir et toucher ? Pourquoi me parles-tu tout le temps de ce qui n'existe pas ? »

Elle avait raison. Je devrais me satisfaire du spectacle que j'ai devant les yeux. La plage blanche. Le silence, si dru, si loin des bruits étourdissants de Gênes ou de Lisbonne. Les douces brises et le temps comme au mois d'avril en Andalousie. La pureté de l'air, sans une seule de ces mauvaises odeurs qui sont la plaie des ports surencombrés de la mer Tyrrhé. Ici, le ciel n'est assombri que par les vols de perroquets. Et sur les sables de la plage, je ne vois pas les excréments, les détritus, les linges ensanglantés, les mouches et les rats qui infestent toutes les villes européennes, mais de claires étendues immaculées, des perles aussi

286

nombreuses que les grains de sable, des tortues parturientes, et au-delà du rivage, en formations successives, l'épaisse forêt de palmiers, puis, en pente ascendante vers les montagnes, des massifs serrés de pins, de chênes et d'arbousiers qui sont une splendeur à regarder. Et sur la cime du monde, une très haute montagne couronnée de neige, dominant l'univers, rescapée, j'ose le dire, des fureurs du déluge universel. Je suis arrivé, il n'y a aucun doute, au Paradis.

. . . .

Est-ce bien ce que je voulais trouver ? Je sais que mon projet était de me rendre en Chine et au Japon. J'ai toujours dit que, tout compte fait, on ne découvre que ce qu'on a d'abord imaginé. Autrement dit, arriver en Asie n'était qu'une métaphore de ma volonté ou, si vous préférez, de ma sensualité. Dès le berceau, j'éprouvai une perception charnelle de la rotondité de la Terre. Ma mère était dotée de deux superbes seins que je pris l'habitude de téter avec si grand bénéfice que je l'épuisai bientôt. Elle déclara qu'elle préférait laver et étendre des draps plutôt que de nourrir un enfant aussi vorace. Se succédèrent alors mes nourrices italiennes, aux seins tous plus laiteux, ronds et délectables les uns que les autres, terminés par de charmants tétons en pointe qui finirent à l'évidence par constituer pour moi la représentation même du monde. Sein après sein, lait après lait, mes yeux et ma bouche s'emplirent de la vision et de la saveur du globe.

Première conséquence : je devais à jamais voir

le monde **comme** une poire qui serait toute très ronde, sauf à l'endroit où se trouve la queue, qui est le point le plus élevé ; ou bien encore, comme quelqu'un qui tiendrait une balle très ronde sur un point de laquelle serait posé comme un téton de femme, et que cette partie du mamelon fût la plus haute et la plus proche du ciel.

Deuxième conséquence : si quelqu'un venait me dire que j'étais fou et qu'un œuf ne peut se tenir debout, moi, pour trancher la question, j'écrasais un bout de l'œuf et le plantais ainsi tout droit. Mais dans ma tête, en réalité, je pensais à mordre un bout de sein jusqu'à le vider de son lait, jusqu'à ce que la nourrice pousse des cris. De plaisir, de douleur ?

Je ne le saurai jamais.

. . . .

Cette mienne enfance a eu une troisième conséquence que je dois avouer sans tarder. Nous les Génois on ne nous prend pas très au sérieux. En Italie il existe toute une hiérarchie dans le sérieux. Les Florentins estiment que les Génois ne sont pas dignes de confiance. Ils se voient eux-mêmes comme un peuple de gens sobres, calculateurs et doués pour le négoce. Mais les citoyens de Ferrare considèrent les Florentins comme des gens sordides, sinistres, avares, usant de ruse et de fourberie pour parvenir à leurs fins et les justifier par tous les moyens. Ceux de Ferrare préfèrent la fixité aristocratique d'un médaillon classique, raffiné et immuable. Ils sont (ou se sentent) tellement supérieurs qu'ils ne font rien pour ne pas démentir l'effigie de leur noblesse, de sorte qu'ils sombrent bientôt dans le désespoir et le suicide.

Donc, si les gens de Ferrare n'ont que dédain pour ceux de Florence et que ces derniers regardent de haut ceux de Gênes, à nous il ne nous reste qu'à mépriser les Napolitains, bruyants, crasseux et frivoles, et les Napolitains n'ont d'autre recours que de traîner dans la boue les Siciliens, torves, malhonnêtes et assassins.

Je veux que le lecteur de ce journal, que je vais bientôt jeter à la mer, comprenne bien les antécédents afin d'être à même de comprendre la décision dramatique que j'ai prise. Un homme de mon pays et de mon temps a dû supporter autant d'humiliations qu'il en a infligées. En tant que Génois j'ai été traité de songe-creux et de fabulateur dans toutes les cours d'Europe où je suis allé faire part de mes connaissances en matière de navigation et de mes théories sur la circularité mamelonnée de la planète. Hâbleur et fanfaron, plus imaginatif que digne de foi : c'est ainsi que je fus considéré, à Paris comme à Rome, à Londres comme dans les ports de la Hanse. Et tels furent également les termes que m'appliquèrent — je le sus par les railleurs, qui ne manquent jamais — Fernando et Isabel après ma première visite. C'est pourquoi je me rendis à Lisbonne, car c'est dans la capitale portugaise que se retrouvaient tous les aventuriers, les rêveurs, les commerçants, les bailleurs de fonds, les alchimistes et les inventeurs de nouveaux mondes. Là, je pouvais n'être qu'un parmi beaucoup d'autres et en même temps unique, tandis que j'apprenais ce que j'avais sans aucun doute encore à apprendre pour pouvoir étreindre cet univers sphérique, le saisir par les mamelles et lui sucer les tétons jusqu'à la dernière goutte de lait. Je payai cher mon apprentissage.

. . . .

Hier des hommes de ces contrées se sont approchés de moi pour la première fois. Je dormais sur le sable, épuisé par les derniers jours de mon voyage en canot, seul et pour tout instrument d'orientation mon excellente connaissance des *étoiles*. Je revoyais en rêve, ou plutôt en cauchemar, les terribles scènes des tempêtes en haute mer, le désespoir des marins, le scorbut et la mort, la mutinerie et pour finir la décision sagouine de ces sagouins de frères Pinzón de s'en retourner en Espagne en m'abandonnant dans une chaloupe avec trois outres d'eau, deux bouteilles d'alcool, un sac de graines et ma malle remplie de curiosités : breloques, bonnets rouges et un compartiment secret contenant du papier, des plumes et de l'encre. À la malheure qu'ils m'aient abandonné : la nuit dernière, j'ai rêvé que je voyais passer leurs cadavres édentés sur un radeau de serpents.

Je me réveille les lèvres couvertes de sable, comme une seconde peau octroyée par la profondeur du sommeil ; j'aperçois d'abord le ciel et le vol rapide d'une bande de choucas et de canards sauvages, puis je me trouve aveuglé par le cercle de visages couleur canari qui parlent comme des oiseaux, dans une langue chantante et haut perchée. Quand les corps se redressent pour me soulever par les aisselles, ils se révèlent complètement nus devant mes yeux.

Ils me donnèrent à boire, puis ils me conduisirent sous une sorte de tente où ils me servirent à manger de la nourriture inconnue, puis ils me laissèrent reposer.

Pendant les jours qui suivirent, soigné et protégé par ces gens, je récupérai mes forces et me pris d'admiration pour eux. C'étaient des hommes et des femmes dépourvus du mal de guerre, qui allaient nus, très paisibles et sans armes. Leurs terres étaient extrêmement fertiles, traversées de larges cours d'eau. Ils menaient une vie régulière et contente. Ils dormaient dans des espèces de balançoires comme des filets de coton. Ils se promenaient avec un tison fumant à la main qu'ils suçaient d'un air aussi évidemment satisfait que moi les seins. Ils confectionnaient des embarcations de quatre-vingt-quinze paumes de long dans un tronc d'un seul tenant, très jolies, dans lesquelles pouvaient monter et naviguer jusqu'à cent cinquante personnes, et grâce auxquelles ils communiquaient entre les diverses îles et la terre ferme, qu'ils me firent bientôt connaître.

En effet, j'étais arrivé au Paradis et je n'avais qu'un seul problème à résoudre : devais-je ou non informer mes illustres patrons européens de cette découverte ? Mon dilemme était : me taire ou annoncer mon exploit.
. . . .

J'écrivis les lettres appropriées afin que le

291

monde, ébahi, me rendît hommage et que les monarques d'Europe s'inclinassent devant mes hauts faits. Quels mensonges n'ai-je pas contés ! Je connaissais l'ambition mercantile et la convoitise démesurée des gens de mon continent et du monde en général, aussi décrivis-je des terres remplies d'or et d'épices, de plantes rares, de rhubarbe. Après tout, ces entreprises de découverte, qu'elles fussent anglaises, hollandaises, espagnoles ou portugaises, étaient payées pour mettre du sel et du poivre sur les tables d'Europe. Les morceaux d'or, écrivais-je, se ramassent comme des grains de blé. On trouve ici, sauvées des eaux du déluge, dressées et resplendissantes tels les tétons de la Création, les montagnes d'or du roi Salomon.

Je n'ignorais point, cependant, le besoin de fabulation de mes contemporains, l'enveloppe mythique qui leur était nécessaire pour dissimuler et donner de la saveur à leur goût du lucre. De l'or, certes, mais gardé au fond de mines à l'accès difficile par des cannibales et des bêtes féroces. Des perles, mais mises au jour par le chant de sirènes à trois seins trois. Des mers transparentes, mais parcourues par des requins à deux verges, coupantes de surcroît. Des îles fertiles, mais défendues par des Amazones qui ne reçoivent la visite d'hommes qu'une fois l'an, se font engrosser et tous les neuf mois renvoient les enfants mâles à leur père pour ne garder que les filles. Elles sont implacables envers les intrus : elles les châtrent. Elles sont implacables envers elles-mêmes : elles se coupent un sein afin de mieux tirer leurs flèches.

Cela dit, je dois reconnaître que tant mes extravagances mythiques que mon jugement très raisonnable sur la noblesse de ces sauvages n'étaient là que pour masquer l'expérience la plus douloureuse de ma vie. Il y a vingt ans, je me joignis à une expédition portugaise en Afrique qui se révéla être un infâme commerce consistant à capturer des Nègres pour en faire le trafic. Jamais les hommes n'usèrent de plus grand cynisme. Les rois nègres des côtes de l'ivoire pourchassaient et capturaient leurs propres esclaves, les accusant de rébellion et délit de fuite. Ils les remettaient eux-mêmes au clergé chrétien, censément pour les évangéliser et sauver leur âme. Les religieux les confiaient à leur tour aux bons soins des esclavagistes portugais, soi-disant pour leur procurer un travail en Europe.

Je les vis embarquer dans les ports du golfe de Guinée où les marchands portugais arrivaient dans des navires chargés de marchandises destinées aux rois nègres, lesquels les échangeaient contre leurs populations esclaves, bien que rédimées par la religion. On débarquait des soieries, des percales, des sièges curules, des vaisselles, des miroirs, des paysages d'Ile-de-France, des missels et des pots de chambre ; on embarquait des hommes séparés de leurs femmes, celles-ci envoyées vers une destination, ceux-là vers une autre, les enfants partagés et tous jetés dans des galères, entassés, sans espace pour bouger, contraints d'uriner et de déféquer les uns sur les autres, à ne

293

toucher que le plus proche, à parler chacun dans sa langue à ceux qui, mortellement enlacés, ne les comprenaient pas. Y eut-il race plus humiliée, méprisée, soumise au pur caprice de la cruauté ?

. . . .

J'ai vu partir les navires du golfe de Guinée et je me suis juré que dans mon Nouveau Monde, cela ne se produirait Jamais.

Car c'était ici l'âge d'or qu'évoquent les Anciens ; j'en fis le récit à mes nouveaux amis d'Antilles — tel était le nom de leur île, m'apprirent-ils —, qui m'écoutaient sans comprendre alors qu'il s'agissait d'eux-mêmes et de leur époque : au début était l'âge d'or, quand l'homme se gouvernait par la raison incorrompue, en vue constante du bien. Ni contraint par le châtiment ni poussé par la peur, sa parole était simple et son âme sincère. Point n'était besoin de loi là où nul n'opprimait, point besoin de juge ni de tribunal. Ni murs, ni trompettes, ni épées ne se forgeaient, car personne ne connaissait ces mots : le Tien, le Mien.

La venue de l'âge de fer était-elle inévitable ? Avais-je le pouvoir de la retarder ? Pour combien de temps ?

J'étais arrivé à l'âge d'or. J'avais étreint le bon sauvage. Allais-je révéler son existence aux Européens ? Allais-je livrer ces peuples doux, nus, sans malice, à la servitude et à la mort ?

Je décidai de faire silence et de demeurer parmi eux pour divers motifs et en vertu de diverses stratégies. Que le lecteur n'aille pas croire qu'il a affaire à un simple d'esprit, car les Génois sont peut-être des menteurs, mais pas des naïfs.

J'ouvris ma malle et en sortis les bonnets et la verroterie. Je les offris de bon gré à mes amphitryons, qui se réjouirent beaucoup devant ces babioles. En mon for intérieur, cependant, je songeai : si mon but était de parvenir à la cour du Grand Khan à Pékin ainsi qu'au fabuleux empire de Cipango, qui donc là-bas se fût laissé impressionner par ces brimborions acquis au marché du port de Santa María ? Les Chinois et les Nippons se fussent moqués de moi. Alors dans ma zone inconsciente, mama mia, je savais la vérité : je n'arriverais pas à Cathay parce que je ne voulais pas arriver à Cathay ; je voulais arriver au Paradis, et dans le jardin d'Éden il n'est d'autre richesse que la nudité et l'inconscience. Tel était sans doute mon véritable rêve. Je l'avais réalisé. Je devais maintenant le préserver.

Je m'abritai derrière la loi d'airain de la navigation portugaise : la loi du secret. Les navigateurs qui levaient l'ancre de Lisbonne ou de la pointe de Sagres avaient imposé une politique de secret à tout prix, conformément aux ordres de leurs monarques sébastianistes et utopistes. Les capitaines portugais (*a fortiori* les vils marins) qui révélaient les routes et les emplacements de leurs découvertes étaient coupés en morceaux. On avait ainsi trouvé des têtes et des membres le long des routes lusitaniennes, du cap Vert à celui de Bonne-Espérance et du Mozambique à Macao. Les Portugais étaient implacables : s'ils rencontraient des vaisseaux intrus sur leur passage, ils avaient l'ordre de les couler sur-le-champ.

Je me cramponne à ce silence absolu. Je le retourne comme un gant pour le mettre à mon service. Silence absolu. Secret éternel. Qu'en était-il du bavard et chimérique marin génois ? D'où était-il réellement ? Pourquoi, s'il était italien, n'écrivait-il qu'en espagnol ? Pourquoi croit-on qu'il était italien alors qu'il a lui-même (c'est-à-dire moi-même) écrit : Suis-je un étranger ? Mais que signifiait à l'époque être étranger ? Un Génois l'était pour un Napolitain, un Andalou pour un Catalan.

Comme si je devenais mon destin, je semai de minutieuses confusions. À Pontevedra je laissai une fausse archive pour affoler les Galiciens, qui sont aussi durement réalistes qu'amoureux des chimères. À ceux d'Estrémadure, qui ne rêvent jamais, je fis croire que j'avais grandi à Placencia alors que c'était à Piacenza. À Mallorque et en Catalogne, j'offris quelques grains à moudre : mon nom, qui est celui de l'Esprit-Saint, est fréquent sur ces côtes. La Corse, qui ne s'honore encore d'aucun grand homme, pourra me réclamer grâce à un mensonge que je racontai à deux abbés ivres en passant par Bastia.

Et pourtant, je n'ai trompé personne. La seule chose que j'ai laissée clairement écrite est la suivante : « Depuis mon plus jeune âge, je suis entré en navigation maritime et j'ai continué jusques à aujourd'hui... Voici plus de quarante ans que je suis à cet office. Tout ce qui à ce jour se navigue, tout cela je l'ai parcouru. Et j'ai eu commerce et conversation avec toutes sortes de gens savants, ecclésiastiques et séculiers, latins et grecs, juifs et maures, et nombre d'autres sectes encore. »

La mer est ma patrie.

. . . .

J'ai jeté à la mer la bouteille contenant les pages fabuleuses, tous les mensonges sur les sirènes et les Amazones, l'or et les perles, les léviathans et les requins. Mais j'ai aussi relaté la vérité sur les fleuves et les rivages, les montagnes et les forêts, les terres fertiles, les fruits et les poissons, la noble beauté des gens, l'existence du Paradis.

J'ai tout déguisé sous un nom entendu ici, de même que la nature que je lui attribuai. Le nom était Antille. La nature, intermittente. L'île d'Antille apparaissait et disparaissait de la vue. Un jour le soleil la révélait ; le lendemain, la brume l'effaçait. Un jour elle flottait, le lendemain elle sombrait. Mirage tangible, réalité fugace, entre éveil et sommeil, cette terre d'Antille n'était en fait visible que pour celui qui était capable, comme moi enfant, de l'imaginer d'abord.

Je lançai la bouteille aux fables dans la mer, convaincu que personne ne la trouverait jamais et que même si quelqu'un la trouvait, on ne verrait dans ces écrits que le délire d'un fou. Cependant, tandis que mes doux amis me conduisaient au lieu de ma résidence permanente, je me dis une vérité que je ne consigne que maintenant.

Le lieu est le suivant : un golfe d'eau douce dans lequel débouchent sept fleuves, dont la fraîche impétuosité submerge l'eau salée. Un fleuve est une éternelle nativité, pureté et élan sans cesse renouvelés, et les fleuves d'Antille se jettent dans le golfe dans une rumeur constante, délicieuse, qui supplante à la fois le tapage des ruelles méditerranéennes avec leurs cris d'enfants, de marchands ambulants, de concierges, de voyous, de médecins, de bouchers, de teinturiers, de couteliers, de fondeurs, de fourniers, de peaussiers, de barbiers, d'huiliers, et le silence de la nuit, de la peur, ou de la mort imminente.

Là on m'assigna une case et un hamac (c'est le nom qu'ils donnent au lit en filet). Une femme tendre et attentive. Une de leurs barques pour mes promenades, avec deux jeunes rameurs pour m'accompagner. Nourriture abondante, dorade de la mer et truite du fleuve, viande de cerf et de dindon, des papayes et des corossols. De mon sac je sortis les graines, qui étaient celles de l'oranger, et nous les plantâmes ensemble dans les vallées et sur les collines du golfe du Paradis. Mieux encore qu'en Andalousie l'arbre poussa sur le sol d'Antille, avec de belles feuilles brillantes et des fleurs aromatiques. Jamais je ne vis meilleures oranges, si pareilles au soleil que le soleil les jalousait. J'avais enfin un jardin de tétons parfaits, comestibles, renouvelables. J'avais conquis ma propre vie. J'étais le maître éternel de ma jeunesse retrouvée. J'étais un enfant sans la honte ou la nostalgie de l'enfance. Je pouvais téter de l'orange à en mourir.

Le Paradis, en effet. J'y demeurais, délivré surtout de l'horrible nécessité d'expliquer aux Européens une réalité autre, une histoire inexplicable à leurs yeux. Comment faire comprendre à l'Europe qu'il existe une histoire différente de celle qu'elle a faite ou apprise ? Une histoire parallèle ? Comment faire accepter à l'esprit européen que le présent n'est pas seulement l'héritage du passé mais l'origine du futur ? Responsabilité effroyable. Personne ne la supporterait. Et moi moins que quiconque.

J'aurais déjà bien assez de difficultés à en finir avec tous les mensonges sur ma personne, à avouer un jour : Je ne suis ni catalan ni galicien, ni mallorquin ni génois. Je suis un juif séfarade dont la famille a fui l'Espagne en raison des persécutions, toujours les mêmes : une de plus, une parmi tant d'autres, ni la première ni la dernière...

. . . .

Le lecteur de ces notes dédiées au hasard comprendra sans doute les motifs de mon silence et du fait que je sois resté à Antille. Je voulais attribuer la gentillesse avec laquelle j'étais traité à la sympathie, voire à l'empathie qui me liait à ceux qui m'avaient accueilli. Je ne prêtai pas attention aux rumeurs qui faisaient de moi un personnage de légende divine. Moi, un dieu blanc et barbu ? Moi, de retour à l'heure prévue pour voir si les hommes avaient bien pris soin de la terre que je leur avais confiée ? Je pensai aux seins de mes nourrices et je mordis à pleines dents dans l'orange que j'ai toujours avec moi, éternellement renouvelée, un fétiche en quelque sorte.

Du haut du mirador de mon belvédère chaulé, je contemple l'étendue des terres, la réunion des fleuves, le golfe et la mer. Sept fleuves se rejoignent, les uns paisibles, les autres torrentueux (il y a même une cataracte), pour remplir l'estuaire qui à son tour s'ouvre docilement sur une mer défendue contre sa propre colère par des récifs de corail. Ma maison blanche, rafraîchie par les vents alizés, domine les orangeraies et se trouve protégée par des dizaines de lauriers. Derrière moi, les monts chuchotent leurs noms de pin et de cyprès, de chêne et d'arbousier. Des aigles royaux se posent sur les cimes blanches ; les papillons dévalent comme une autre cataracte, mi-or, mi-pluie , tous les oiseaux du monde se donnent rendez-vous dans cette atmosphère immaculée, de la grue à l'ara et à la chouette aux lunettes noires en passant par toute une variété de volatiles que je distingue plus par leur aspect que par leur nom : des oiseaux qui ressemblent à des sorcières aux oreilles noires, d'autres qui se déplient comme d'immenses ombrelles, ceux qui ont une touche de rouge cardinal, ceux qui ont la gorge argentée, des oiseaux longirostres et des oiseaux brévirostres, des oiseaux à pic rouge et des oiseaux à petit bec, ceux qui résonnent comme des trompettes tandis que d'autres émettent un tic-tac d'horloge, des jacamars et des fourmiliers qui se nourrissent de l'abondance de ce qu'ils consomment. Tout cela présidé par le cri incessant du caracara, mon faucon terrestre qui n'a jamais volé mais qui, rampant sur le sol, dévore les immondices, régénérant ainsi la vie.

Et puis, au-delà de la manifestation visible de mon Paradis, il y a ce qui le sous-tend, c'est-à-dire toutes les menues manifestations de la vie invisible. La richesse de la vie animale est évidente : le corbeau, l'ocelot, le tapir, l'once marquent clairement leur chemin dans la forêt et la montagne ; ils s'y perdraient s'ils n'étaient guidés par les vives odeurs qui sillonnent les routes du silence et de la nuit. Le singe hurleur et le tatou, le jaguar et l'iguane sont tous guidés par des millions d'organismes invisibles qui purifient l'eau et l'air de leurs poisons quotidiens, comme le fait, visible à l'œil nu, le bruyant faucon caracara. Le parfum de la jungle provient de myriades de corpuscules occultes qui forment comme la lumière invisible de l'épaisseur végétale.

Ceux-ci attendent la nuit pour se mouvoir et savoir. Nous, nous attendons le jour. J'observe les énormes oreilles velues du loup gris qui tous les soirs se glisse devant ma porte. En elles se rassemble le sang en même temps que s'en échappe la chaleur. Elles sont le symbole de la vie sous les tropiques, où tout est là pour qu'on y vive bien à condition d'être disposé à prolonger la vie en respectant son flux naturel. En revanche, tout se retourne contre soi dès qu'on se montre hostile, dès qu'on porte atteinte à la nature en voulant la dominer. Les hommes et les femmes de mon nouveau monde savent soigner la terre. Je le leur dis à tout instant et c'est pour cela qu'ils me vénèrent et me protègent, bien que je ne sois pas Dieu.

Je compare cette vie avec celle que j'ai laissée en Europe et je frémis. Des villes croulant sous les ordures, purgées de temps à autre par le feu, mais suffoquant de nouveau sous les miasmes. Des villes aux intestins à l'air, couvertes d'excréments, dont les égouts charrient le pus et l'urine, le sang menstruel et le vomi, le sperme inutile et les cadavres de chats. Des villes sans lumière, aux ruelles étroites, grouillantes, par lesquelles les êtres déambulent comme des fantômes ou somnolent comme des succubes. Mendiants, malandrins, déments, gens qui parlent tout seuls, rats qui se faufilent, chiens redevenus sauvages qui forment des hordes, migraines, fièvres, nausées, tremblements, brusques volcans de sang entre les jambes et sous les aisselles, lèpre noire sur la peau : quarante jours d'abstinence n'empêchèrent pas quarante millions de morts en Europe. Les villes se dépeuplèrent. Les larrons pénétrèrent dans nos maisons pour s'emparer de nos biens et les bêtes s'installèrent dans nos lits. Nos yeux éclatèrent. Notre peuple fut accusé d'empoisonner les puits. Nous fûmes expulsés d'Espagne.

Maintenant je vis au Paradis.

Pour combien de temps ? Je pense parfois à ma famille, à mon peuple dispersé. Ai-je également une famille, une femme, une descendance, dans ce nouveau monde ? C'est possible. Vivre au Paradis c'est vivre sans conséquences. Les sentiments passent sur ma peau et ma mémoire comme de l'eau à travers un filtre. Il reste une sensation, plus qu'un souvenir. C'est comme si le temps ne s'était pas écoulé entre mon arrivée dans ces contrées et mon paisible séjour dans la blanche maison aux orangers.

Je cultive mon jardin. Dans l'oranger se résument mes plaisirs sensuels les plus immédiats — je regarde, je touche, je pèle, je mords, j'avale — et aussi les impressions les plus anciennes : ma mère, les nourrices, les seins, la sphère, le monde, l'œuf...

Mais si je veux que mon histoire personnelle ait une résonance plus large, je dois aller au-delà du sein-orange et parler des deux objets de la mémoire que je porte jalousement en moi depuis toujours. Le premier est la clef de la maison ancestrale de mes parents dans la *judería* de Tolède. Chassés d'Espagne par les persécutions, nous n'avons jamais perdu la langue castillane ni la clef de la maison. Elle est passée de main en main. Jamais elle ne s'est refroidie malgré le métal de sa facture. Trop de paumes, de doigts, d'ongles juifs l'ont caressée.

L'autre chose est une prière. Tous les séfarades espagnols l'emportent partout avec eux et la clouent sur la porte de leur armoire. J'ai fait de même à Antille. J'ai improvisé une garde-robe dans laquelle j'ai rangé mes anciens habits, les chausses et le pourpoint, car mes amis du Nouveau Monde m'ont appris à me vêtir d'étoffe de fil, douce et souple, blanche et aérée : chemise et pantalon, sandales. C'est là que j'ai cloué la prière des juifs émigrés qui dit . Mère Espagne, tu as été cruelle avec tes fils israélites. Tu nous as persécutés et expulsés. Nous avons dû laisser derrière nous nos maisons, nos terres, nos souvenirs. Mais en dépit de ta cruauté, nous t'aimons, Espagne, et à toi nous désirons ardemment revenir. Un jour tu accueilleras tes fils errants, tu leur ouvriras les bras, tu demanderas pardon, tu reconnaîtras notre fidélité à ta terre. Nous retournerons dans nos maisons. Voici la clef. Voici la prière.

. . . .

Je la récite et, presque comme un désir exaucé, me revient en mémoire un souvenir de mon arrivée, pressant et aigu comme l'oiseau caracara.

Je suis assis sur mon balcon, aux premières heures de l'aube, occupé à ce que je fais de mieux, contempler. Il souffle une brise très douce. Il ne manque que le chant du rossignol. J'ai récité la prière séfarade du retour en Espagne. Je ne sais pourquoi, il me vient une pensée qui normalement ne me préoccupe jamais tant je suis habitué au phénomène. Antille est une terre qui apparaît et disparaît périodiquement. Je n'ai pas découvert les lois de ces alternances et je préfère les ignorer. Je crains que connaître le calendrier des apparitions et des disparitions ne soit quelque chose comme connaître à l'avance la date de sa propre mort.

Je préfère ce que la nature et le temps réel de la vie me commandent de faire. Contempler, profiter. Mais ce matin, curieusement, un paille-en-queue traverse le ciel ; c'est un de ces oiseaux que le marin voit passer avec plaisir, car il ne dort pas en mer ; il signale donc la proximité de la terre ferme. Les alizés soufflent et la mer est aussi plate qu'une rivière. Soudain des craves et des canards, puis un pélican, fendent l'air en direction du sud-est. Leur hâte éveille mon inquiétude. Je me redresse avec un sursaut bizarre en voyant passer dans les hauteurs un fourchu, oiseau qui fait rendre aux pélicans ce que mangent les rapaces pour s'en nourrir à son tour. C'est un oiseau de mer mais qui ne s'y pose pas et qui ne s'éloigne jamais des côtes de plus de vingt lieues.

Je me rends compte que je suis en train de regarder un événement passé. C'est la vision que j'avais eue en arrivant ici. Je fais un effort pour dissiper ce mirage et fixer mon attention sur le spectacle présent. Mais j'ai du mal à discerner l'un de l'autre. Un autre oiseau apparaît dans le ciel. Il approche, il n'est d'abord qu'un point, puis il devient brillant comme une étoile, si brillant même que j'en suis aveuglé à le mesurer au soleil. L'oiseau descend sur le golfe. De son ventre sortent deux pattes immenses, et, dans un grognement épouvantable qui fait taire le jacassement du caracara, il s'assoit sur l'eau, soulevant un nuage d'écume et une houle qui agite les eaux du golfe.

Tout se calme. L'oiseau est muni de portes et de fenêtres. C'est une maison aérienne. Un mélange d'arche de Noé et du mythologique Pégase. La porte s'ouvre et apparaît alors, souriant, avec des dents dont l'éclat éclipse tant celui du soleil que celui du métal, un homme jaune pareil à ceux décrits par Marco Polo mon prédécesseur, avec de grosses lunettes qui ajoutent encore à la concurrence des rayonnements, vêtu d'une manière étrange, une mallette noire à la main, et des souliers en peau de crocodile.

L'homme fait une révérence, monte dans une chaloupe rugissante qui s'est détachée de la nef volante et se dirige vers moi.

. . . .

Rien ne me surprend. Depuis le début, j'ai contredit ceux qui ne voulaient voir en moi qu'une espèce de marin hâbleur et illettré. Dieu m'a donné l'esprit de l'intelligence et en matière de navigation il m'a comblé : tout le nécessaire dans le domaine de l'astrologie, de même en géométrie et en arithmétique ; de l'adresse pour dessiner des sphères, situer les villes, les fleuves et les montagnes, les îles et les ports, chacun à sa juste place.

Doté de ces attributs, j'ai profondément peiné car je soupçonnais (sans jamais l'avouer) que je n'étais pas arrivé au Japon comme j'en avais le projet, mais dans une contrée nouvelle ; fait qu'en homme de science j'aurais dû reconnaître, mais qu'en homme politique je devais dissimuler. Ainsi fis-je jusqu'en ce matin funeste de mon histoire où, lorsque le petit homme en habit gris clair brillant comme l'oiseau qui l'avait amené, avec sa mallette de cuir noir et ses souliers de crocodile, me sourit et s'adressa à moi, alors je fus convaincu de la terrible vérité :

Je n'étais pas arrivé au Japon. Le Japon était arrivé à moi.

Entouré de six personnes, quatre hommes et deux femmes, qui manipulaient toutes sortes d'objets, des boussoles peut-être, des clepsydres, des compas, voire des ceintures de chasteté, qu'ils pointaient grossièrement vers ma personne, mon visiteur se présenta simplement comme étant le sieur Nomura.

Son discours fut direct, clair et simple.

— Nous avons observé avec attention et admiration le soin que vous avez pris de ces contrées. Grâce à vous, le monde dispose d'une réserve impolluée de forêts, cours d'eau, flore et faune, plages cristallines et poisson non contaminé. Félicitations, Cristobal San. Nous avons respecté votre isolement pendant très longtemps. Mais aujourd'hui est venu le moment pour vous de partager le Paradis avec le reste de l'humanité.

— Comment avez-vous su... ? balbutiai-je...

— Vous n'avez pas débarqué au Japon, mais votre bouteille bourrée de manuscrits, oui. Nous sommes patients. Nous avons attendu l'heure propice. Votre Paradis, voyez-vous, apparaissait, mais il disparaissait aussi très fréquemment. Les anciennes expéditions ne revenaient jamais. Il nous a fallu attendre longtemps avant de mettre au point la technologie capable de fixer la présence de ce que nous sommes convenus d'appeler le Nouveau Monde comme une constante, en dépit des mouvements aléatoires et, en fin de compte, trompeurs, de ses apparitions et disparitions. Je veux parler du radar, du laser, de l'ultrason... D'écrans à haute définition.

— Que voulez-vous... ? réussis-je à dire au milieu de ma croissante confusion.

— De vous, Colombo San, votre collaboration. Entrez dans notre équipe. Nous ne travaillons qu'en équipe. Montrez-vous coopérant et tout ira bien. Wa ! Wa ! Wa ! Accord conclu, don Cristobal, dit-il en faisant un petit saut pour retomber sur la pointe des pieds.

Il sourit, puis il poussa un soupir.

— Avec retard, certes, mais nous avons quand même fini par nous rencontrer.

. . . .

Je signai plus de papiers que pour les accords de Santa Fe avec les Rois Catholiques. Nomura et son armée d'avocats japonais (le golfe s'emplit de yachts, de ketches, d'hydravions) me firent céder les plages d'Antille à la compagnie Meiji, laquelle céda à son tour leur aménagement à la compagnie Amaterasu, laquelle signa un contrat relatif à la construction d'hôtels avec la chaîne Minamoto, laquelle s'engageait avec Murasaki Design pour l'achat de literie, avec le groupe Mishima pour le linge de toilette et le groupe Ichikawa pour les savons et la parfumerie. Les restaurants revenaient à l'agence Kawabata et les discothèques à l'agence Tanizaki, tandis que les cuisines seraient pourvues par Akutagawa & Co, qui s'associait pour la circonstance au groupe Endo pour les produits importés et le groupe Obe pour les produits natifs, lesquels seraient fabriqués dans l'île par la société Mizoguchi et expédiés dans les hôtels *via* les transports Kurosawa, tout le processus impliquant des employés locaux (comment voulez-vous que nous les nommions : aborigènes, naturels, indigènes, Antillais ? nous ne voulons heurter aucune susceptibilité) qui prospéreront avec l'afflux touristique, Columbus San, et qui verront leur niveau de vie monter en flèche. Nous avons besoin de guides pour touristes, de chauffeurs, de lignes d'autocars, d'agences de location de voitures, de jeeps roses, de bateaux de plaisance pour les clients des hôtels et par conséquent de routes ainsi que de tout ce qui est nécessaire au touriste le long de ces dernières : motels, pizzerias, pompes à essence et marques reconnaissables qui lui permettent de se sentir chez lui, car le touriste — c'est la première chose que vous devez savoir en votre qualité d'Amiral de la mer Océane et de président du conseil d'administration de Paradis Inc. — voyage afin de sentir qu'il n'a pas quitté sa terre natale.

Il m'offrit un thé amer :

— C'est pour cela que nous avons accordé des concessions à des marques aisément reconnaissables. Vous devrez cependant signer — là, s'il vous plaît — des contrats particuliers avec chacune des parties engagées afin d'éviter toute infraction à la loi antimonopole de la C.E.E., qui jamais, ajouta-t-il pour se soulager la conscience, n'aurait accepté une institution aussi vorace que la chambre de commerce de Séville.

Je signai, hébété, tous les contrats concernant

les débits de boissons et de poulet rôti, les stations-
service, les motels, les pizzerias, les marchands de
glaces, de journaux, de tabac, de pneus, d'appa-
reils photo, les supermarchés, les automobiles, les
yachts, les instruments de musique et plus d'et
cetera que tous les titres des rois d'Espagne pour
lesquels j'étais parti à la découverte de nouveaux
mondes.

Je sentais que le mien s'était couvert d'une toile
d'araignée au milieu de laquelle je n'étais qu'un
pauvre insecte prisonnier, impuissant, car, comme
je l'ai déjà dit, vivre au Paradis c'est vivre sans
conséquences.

— Ne vous inquiétez pas. Collaborez avec
l'équipe. Collaborez avec la compagnie. Ne vous
demandez pas qui va être le patron de tout ça.
Personne. Faites-nous confiance : vos natifs vont
vivre mieux que jamais. Et le monde sera reconnaissant au Dernier, Suprême, plus Exclusif Lieu
de Divertissement de la Planète, le Nouveau
Monde, la Plage Enchantée où Vous et vos Enfants
pouvez Laisser Derrière Vous la Pollution, le
Crime, la Décadence Urbaine, et Jouir à votre Aise
d'un Pays Indemne, PARADIS INC.
· ·

Je veux abréger. Le paysage se transforme. Une
fumée acide pénètre jusque dans ma gorge de
jour comme de nuit. J'ai les yeux qui pleurent
même lorsque je souris à l'hyperactif M. Nomura,
mon protecteur, lequel a mis à mon service une
garde de samouraïs destinée à assurer ma sécurité
au regard de ceux qui ont proféré des menaces

contre moi ou qui organisent des syndicats et des manifestations. Pour tous je suis la cible, car je suis la seule tête visible de ce nouvel empire anonyme. Naguère encore, ils étaient mes amis.

— N'oubliez pas, don Cristobal. Nous sommes une compagnie du XXIᵉ siècle. Rapidité, agilité sont nos normes. Nous évitons les bureaux et la bureaucratie, nous ne possédons ni immeubles ni équipement, nous louons tout, c'est simple. Et lorsque les journalistes posent des questions sur le véritable patron de Paradis Inc., vous vous contentez de répondre : Personne. Tout le monde. Esprit d'équipe, Cristobal San, loyauté envers la compagnie, yoga le matin, un valium chaque soir...

Nomura me fit remarquer que, loin d'être un lieu fermé, Paradis Inc. était ouvert à toutes les nations. En effet, je vis avec nostalgie apparaître les vieux drapeaux que j'avais connus autrefois, imprimés sur les nefs volantes qui arrivaient avec leurs troupeaux de touristes avides de profiter de la limpidité de nos eaux et de la pureté de notre air, de la blancheur de nos plages et de la virginité de nos forêts. T.A.P., Air France, Iberia, Lufthansa, Alitalia, B.A... Les couleurs de leurs insignes me rappelaient, avec une douce amertume, les cours d'Europe que j'avais parcourues, demandant de l'aide pour mes entreprises. Elles ressemblaient maintenant à des cuirasses dans une joute entre Pégases sur le champ des Pléiades.

Arrivèrent des milliers et des milliers de touristes, et le 12 octobre, on me promena dans un char amené du carnaval de Nice, paré de mes plus beaux

311

atours du XVᵉ siècle, entouré d'Indiens (et d'Indiennes) nus. Aujourd'hui, cela va sans dire, tous mes habits viennent de la république Bananière. Personne ne m'importune. Je suis une institution.

Cependant mon nez essaie encore de percevoir, vainement hélas, les senteurs des invisibles sentiers de la nuit, lorsque des multitudes d'organismes cachés parfumaient l'atmosphère pour guider le tapir et le cerf, l'once et l'ocelot. Je ne sens plus rien, je n'entends plus rien. Seul mon loup gris aux oreilles pointues est resté auprès de moi. La chaleur des tropiques s'exhale par ses blancs pavillons palpitants. Nous contemplons tous les deux les orangeraies qui nous entourent. J'aimerais que le loup comprenne : l'oranger, l'animal et moi sommes des survivants...

Ils ne permettent à personne de m'approcher. Ils m'ont contraint à vivre dans la peur. Je croise parfois le regard d'une mulâtresse à la peau brune et aux cheveux lisses qui me fait mon lit avec des draps roses, parsème des orchidées, puis se retire. Mais le regard de la femme n'est pas seulement fuyant, il exprime le ressentiment, pire encore : la rancœur.

Un soir, la jeune servante indigène ne se présente pas. Contrarié, je m'apprête à l'appeler. Je me rends compte que quelque chose a changé. Je deviens douillet, irritable, je me fais vieux... J'écarte les gazes qui protègent mon hamac (j'ai gardé cet objet de mon émerveillement original) et j'y découvre, allongée, une jeune femme svelte, à la peau de miel : raide comme un bâton, seul le balancement du hamac lui donne quelque douceur. Elle se présente avec volubilité et force gestes comme Ute Pinkernail, née à Darmstadt, en Allemagne, et m'explique qu'elle a réussi à se glisser jusqu'ici à la place de la servante, car je suis extrêmement bien gardé et que j'ignore la vérité. Elle tend les bras, les referme autour de moi et me dit à l'oreille, d'une voix nerveuse, haletante : « Nous sommes six milliards d'êtres humains sur cette planète, les grandes villes d'Orient et d'Occident sont sur le point de disparaître, l'asphyxie, l'ordure, l'épidémie les ravagent, ils t'ont trompé, ton Paradis est le dernier déversoir de nos cités sans lumière, aux rues étroites, grouillantes, remplies de mendiants, de sans-logis, par lesquelles déambulent des malandrins, des déments, des gens qui parlent tout seuls, infestées de rats, de chiens en hordes sauvages, où sévissent migraines, fièvres, nausées : villes en ruine, submergées par des eaux noires, pour beaucoup ; d'autres inaccessibles, perchées dans les hauteurs pour quelques-uns ; et ton île n'est que l'ultime égout, tu as accompli ton destin, tu as asservi et exterminé ton peuple... »

Elle ne put en dire davantage. Les samouraïs firent irruption en poussant des cris, bondissant, vidant leurs pistolets-mitrailleurs, m'écartant violemment. Ma véranda s'emplit de poudre et de vacarme, une lumière blanche envahit tout et en un vaste instant, simultanément, les lance-flammes incendièrent mon orangeraie, une baïonnette transperça le cœur de mon loup et la poitrine d'Ute Pinkernail apparut à mes yeux atones et

313

désirants. Puis le sang de la jeune femme se mit à couler entre les mailles du hamac...

. . . .

Vivre au Paradis c'est vivre sans conséquences. Maintenant je sais que je vais mourir et je demande la permission de rentrer en Espagne. M. Nomura commence par me réprimander :

— Vous n'avez pas agi en accord avec l'équipe Cristobal San. Que croyiez-vous ? Que vous alliez éternellement préserver votre paradis à l'abri des lois du progrès ? Vous auriez dû savoir qu'en préservant un paradis, vous ne faisiez qu'attiser le désir universel de l'envahir pour en profiter. Il est temps de vous en convaincre : Il n'y a pas de paradis sans jacuzzi, sans champagne, Porsche et discothèques. Il n'y a pas de paradis sans frites, hamburgers, boissons gazeuses et pizzas napolitaines. Il en faut pour tous les goûts. Cessez de vous raconter des histoires sur la symbolique de votre nom, porteur de Christ, colombe du Saint-Esprit. Bon, ça va, rentrez chez vous, à tire-d'aile colombine, et apportez le message : Sayonara, Christ ; Paradis, Banzaï ! Wa ! Wa ! Wa ! Accord conclu ! Le clou qui dépasse sera bien vite enfoncé à coups de marteau.

Sur le vol d'Iberia, on me traite pour ce que je suis : une relique. Vénérable relique : Christophe Colomb rentre en Espagne après cinq cents ans d'absence. J'avais perdu toute notion du temps et de l'espace. Maintenant, tandis que je plane dans les airs, elle me revient. Ah ! quelle joie de suivre de là-haut le tracé de mon premier voyage, en sens contraire : les montagnes couvertes de chênes et

314

d'arbousiers, la terre fertile, toute cultivée, les barques qui sillonnent le golfe dans lequel se jettent sept fleuves dont l'un en douce cascade laiteuse ; je vois la mer et les sirènes, les léviathans et les Amazones qui tirent leurs flèches contre le soleil. Et je devine déjà, tandis que je survole mon verger calciné, les plages avec leurs tas de merde, les chiffons ensanglantés, les mouches et les rats, le ciel âcre et l'eau empoisonnée. Vont-ils encore une fois accuser les juifs et les Arabes d'être responsables de tout cela, avant de les expulser et de les exterminer ?

J'observe le vol de craves et de canards sauvages, et je sens que notre nef est poussée par de doux alizés sur une mer changeante, ici placide comme du verre, là clouée dans les Sargasses, parfois démontée comme aux pires moments du premier voyage. Je vole près des étoiles et pourtant je ne vois qu'une seule constellation à la tombée de la nuit. Ce sont les superbes seins d'Ute Pinkernail, qu'il ne m'a pas été donné de toucher...

On dépose devant moi du pseudo-champagne espagnol et la revue *Hola.* Je ne comprends pas le contenu du journal. Je rentre en Espagne. Je rentre chez moi. Je tiens serrées dans mes deux mains les preuves de mes origines. Dans l'une, les graines d'oranger. Je veux que ce fruit survive à l'implacable exploitation de l'île. Dans l'autre, la clef glaciale de la maison de mes ancêtres à Tolède. C'est là que je retournerai pour mourir : maison de pierre au toit effondré, porte grinçante jamais ouverte depuis le départ de ma famille, juifs expulsés par les pogromes, chassés par la peste, la peur, la mort, le mensonge, la haine...

Je récite en silence la prière que je porte sur la poitrine comme un scapulaire. Je la récite dans la langue que les juifs d'Espagne ont préservée durant toute cette éternité, signe que nous ne voulions pas renoncer à notre foyer, à notre maison : « Ô toi, Espagne bien-aimée, nous te nommons Mère et jamais nous n'avons abandonné ta douce langue. Bien que tu nous aies arrachés de ton sein comme une marâtre, nous ne cessons de t'aimer telle une terre sainte dans laquelle nos parents ont laissé les cendres de leurs ancêtres et de milliers de ses amants. Nous t'avons gardé tout notre amour filial, glorieux pays, et t'adressons notre salut glorieux. »

Je répète la prière, je serre la clef dans ma main, je caresse les graines, puis je me laisse aller à un vaste songe sur la mer, dans lequel le temps circule comme les courants marins, où tout converge et se rejoint, conquérants d'hier et d'aujourd'hui, reconquêtes et contre-conquêtes, paradis et envahissement, apogées et décadences, départs et arrivées, apparitions et disparitions, utopies du souvenir et utopies du désir... La constante de cette mouvance est le déplacement douloureux des peuples, l'émigration, la fuite, l'espoir, hier comme aujourd'hui.

Que vais-je trouver à mon retour en Europe ?

Je rouvrirai la porte de ma maison.

Je replanterai la graine d'oranger.

Londres, 11 novembre 1992.

Les deux rives   9
Les fils du conquistador   75
Les deux Numance   143
Apollon et les putains   205
Les deux Amériques   283

L'ŒUVRE NARRATIVE
DE CARLOS FUENTES

L'âge du temps

I. LE MAL DU TEMPS

Tome I
  Aura
  Cumpleaños
  Une certaine parenté (Folio n° 1977)
Tome II
  Constancia
Tome III
  L'instinct d'Inez (Folio n° 4168)

II. TERRA NOSTRA (Le temps des fondations)

(Folio n° 2053 et 2113)

III. LE TEMPS ROMANTIQUE

  La campagne d'Amérique
  *La novia muerta**
  *El baile del Centenario**

IV. LE TEMPS RÉVOLUTIONNAIRE

  Le vieux gringo (Folio n° 2125)
  *Emiliano en Chinameca**

V. LA PLUS LIMPIDE RÉGION (Folio n° 1371)

VI. LA MORT D'ARTEMIO CRUZ (Folio n° 856)

VII. LES ANNÉES AVEC LAURA DÍAZ (Folio n° 3892)

VIII. DEUX ÉDUCATIONS

  Las buenas conciencias
  Zone sacrée

IX. LES JOURS MASQUÉS

  Los días enmascarados
  Chant des aveugles

Les eaux brûlées
La frontière de verre (roman en neuf récits)

X. LE TEMPS POLITIQUE

La tête de l'Hydre
Le Siège de l'Aigle (Folio nº 4605)
*El camino de Texas**

XI. PEAU NEUVE

XII. CHRISTOPHE ET SON ŒUF (Folio nº 2471)

XIII. CHRONIQUE DE NOTRE TEMPS

Diane ou La chasseresse solitaire (Folio nº 3185)
*Aquiles o El guerrillero y el asesino**
*Prometeo o El precio de la libertad**

XIV. L'ORANGER (Folio nº 2946)

Les fils du conquistador/*Los hijos del conquistador*. Texte extrait de
L'Oranger. Traduction, préface et notes de Céline Zins (Folio bilingue
nº 101)
Apollon et les putains. Texte extrait de l'*Oranger*. (Folio nº 3928)

Ont également paru en traduction française aux Éditions Gallimard :

THÉÂTRE

Le borgne est roi
Cérémonies de l'aube
Des orchidées au clair de lune

ESSAIS

Le sourire d'Érasme
Le miroir enterré
Géographie du roman (Arcades nº 52)
Un temps nouveau pour le Mexique

HORS SÉRIE

Portraits dans le temps
Contre Bush

Les titres en caractère romain ont été publiés en traduction française aux
Éditions Gallimard.
Aura a été inséré dans le recueil intitulé *Chant des aveugles*.
Les titres originaux en caractère italique n'ont pas encore été traduits ou,
s'ils sont suivis d'un astérisque, n'ont pas encore été publiés par l'auteur.

Composition et impression CPI Bussière
à Saint-Amand (Cher), le 25 septembre 2009.
Dépôt légal : septembre 2009.
1ᵉʳ dépôt légal dans la collection : mars 1997.
Numéro d'imprimeur : 092659/1.
ISBN 978-2-07-040199-4./Imprimé en France.